NOUS NOUS CONNAISSONS DÉJÀ

DU MÊME AUTEUR

L'Homme de Blaye, Flammarion, 1984.
Voie non classée, Flammarion, 1985.
L'Insomniaque, Flammarion, 1987 ; Babel n° 440.
Le Monarque égaré, Flammarion, 1989 ; Seuil, 1996.
Chambre noire, Flammarion, 1990.
Aden, Seuil, 1992.
Photos de familles, Seuil, 1994.
Merle, Seuil, 1996.
Dans la pente du toit, Seuil, 1998.
L'Amour de loin, Actes Sud, 1998.
Istvan arrive par le train du soir, Seuil, 1999.
Les Mal Famées, Actes Sud, 2000 ; Babel n° 557.
Nous nous connaissons déjà, Actes Sud, 2003.
La Rotonde, Actes Sud, 2004.
Une faim de loup. Lecture du "Petit Chaperon rouge", Actes Sud, 2004.
Dans la main du diable, Actes Sud, 2006.

ISBN 978-2-7427-6048-0

Photographie de couverture :
Dennis O'Clair

ANNE-MARIE GARAT

NOUS NOUS CONNAISSONS DÉJÀ

roman

BABEL

A L'AUTOMNE de cette année-là, je me rendis dans le Sud-Ouest de la France pour examiner un fonds de plaques photographiques que les récents acquéreurs d'un château du vignoble, entreprenant des restaurations d'envergure, avaient trouvées, entreposées dans des caisses, sous la poussière et le fatras divers d'un grenier où elles avaient été reléguées, et sans doute oubliées par les propriétaires qui avaient vendu mobilier et rebuts, en même temps que les murs et les terres. Il y a peu de temps encore, elles auraient fini dans une décharge, mais la valeur des photos anciennes commence à trouver un écho dans le public et il n'est pas rare que soient faites de ces découvertes, qui échouent la plupart du temps entre les mains d'amateurs plus ou moins avertis. Il est beaucoup plus rare qu'elles présentent un réel intérêt, artistique ou patrimonial. Alors le bruit s'en répand, elles font l'objet d'âpres surenchères dans le petit milieu des marchands et des collectionneurs, avant même qu'en soit établie la propriété exacte. Pour une fois, un conservateur du musée régional avait été consulté mais, sa compétence ne s'étendant pas au sujet, celui-ci avait pris l'initiative d'alerter un ancien condisciple à lui, de mes relations, qui m'avait demandé de bien vouloir lui rendre le service d'aller jeter un coup d'œil, genre de mission pour laquelle je n'ai guère d'enthousiasme, mais que j'avais acceptée, parce qu'elle m'offrait un prétexte, en ce début d'automne, d'échapper à de fastidieuses réunions.

Par un jour pluvieux de l'arrière-saison, j'arrivai à la gare où m'attendait une voiture de location. J'évitai le centre et pris aussitôt la route du Médoc, quittant la ville par des rues d'échoppes dont les façades moroses sont à la fois le charme et la tristesse de cette ville, la plus nordique du Sud, que son lointain passé de province anglaise, son architecture Grand Siècle et les fastes de l'esclavage colonial ont empreinte d'une altière mélancolie. La route traverse d'abord des banlieues, des zones pavillonnaires et industrielles aux avenues affublées de publicités tapageuses, puis se dégage soudain de l'ingrat urbanisme provincial pour atteindre la campagne et les nobles et monotones terres de vignobles. J'avais déjà eu l'occasion, il y a longtemps, de séjourner dans cette région bordant le fleuve, dont l'estuaire est un des plus larges d'Europe occidentale, haut lieu de viticulture limité à une petite étendue géographique que de subtils et susceptibles règlements territoriaux cloisonnent pour titrer les grands vins, leur excellence et leur cru variant parfois d'un bord de route à l'autre, pays de bourgs et de vignes basses dont le paysage sévère incite peu au séjour de loisir. Le reste de la région, occupé à l'infini par d'immenses forêts de pins maritimes, s'étend jusqu'à l'océan Atlantique dont le littoral, bordé d'étangs, de dunes et de vastes plages, attire chaque été les amateurs de surf et de naturisme et où quelques stations balnéaires n'offrent plus, dès l'automne, que leurs villas aux volets fermés et leurs campings déserts.

Cette région était associée à des souvenirs de colonie de vacances, à une idylle sans lendemain sur une de ces plages dont les ruines des blockhaus ensablés, tapissés d'algues et de mousses humides où se logeaient de petits crustacés visqueux, servaient de repaire à nos rendez-vous, temps de l'adolescence où le corps mutant cherche dans la rébellion à s'imposer à lui-même, par un effort naïf de simulacre, l'épreuve inachevée et vaine du désir et souffre ensuite de n'en tirer qu'exaspération ou ennui. Sans que ma destination m'en ait prévenue, les souvenirs oubliés remontaient soudain tandis que je suivais cette route serpentant entre les vignes à peine vendangées et mouillées encore des averses de la nuit, et dont les rangs s'emplissaient de flaques miroitantes reflétant, dans la claire lumière des lendemains de pluie, le ciel envahi d'extravagants nuages atlantiques. Je me laissais gagner par l'attrait de ce paysage qui n'est pas sans rappeler celui des tableaux flamands où seule une étroite bande terrestre s'oppose à l'immense plage céleste, dont le seul accident est le nuage, la nébuleuse rêverie des fantaisies atmosphériques propre à inscrire les émotions enfuies, aussi éphémères et immatérielles que les fascinantes formations nuageuses. Aujourd'hui encore, quand je repense à ce retour imprévu sur mes pas d'autrefois, se superposent le paysage des vignes solitaires sous le grand ciel envahi de nuages et la pensée lancinante de mon adolescence, de mon enfance perdues, et j'ai l'impression pénible, comme dans les rêves, que ma voiture n'avance pas, que je traverse dans une excessive lenteur ce paysage, dont la beauté austère dissimule les menaces indistinctes.

J'arrivai vers midi dans la cour du château qu'on m'avait indiqué, et j'eus du mal à trouver une place où parquer ma voiture, tant l'espace, sans doute autrefois jardin d'agrément, était encombré de camions et d'engins de travaux publics d'un jaune agressif, dont les allées et venues avaient défoncé le sol de fondrières et de profonds sillages de pneus. La demeure en question était une de ces nombreuses constructions du XIXe siècle au perron flanqué d'un double escalier néo-renaissant, aux trois étages de façade en pierre et brique et au toit d'ardoises, avec fenêtres à meneaux, tourelles et clochetons gothiques, datant de l'époque faste de ses propriétaires, aujourd'hui infortunés ou inaptes aux mutations de la viticulture moderne, cédant leurs prestigieuses terres viticoles aux investisseurs étrangers, banques et groupes internationaux pour qui le commerce du vin est un placement, comme celui de l'art ou de l'eau. Ce que l'allure du château pouvait avoir eu d'aimablement désuet sombrait ce jour-là dans les gravats du chantier, sous les échafaudages métalliques et les bâches, sans doute en vue d'un de ces réaménagements radicaux d'*open space* tels que les conçoivent les modernes cabinets d'architecture intérieure. Si peu d'intérêt que présente un bâtiment, urbain ou industriel, soumis aux chantiers de rénovation, il me semble toujours que les excavatrices et les marteaux-piqueurs accomplissent une œuvre impie. En abattant cloisons et volées d'escaliers, en dépouillant les murs de leurs enduits et papiers peints, et révélant ce qu'ils cachaient de tuyaux de plomb, de cuivre, aux anciennes soudures, aux capricieuses coudures, de conduits noircis des cheminées et de saignées d'écoulement, en arrachant lambris, planchers et solives, cloisons de torchis ou de plâtre, ils exposent au grand jour, brutalement dépecée, l'architecture intérieure d'un espace dont la disposition obéissait autant à la nécessité fonctionnelle qu'à l'imagination et au désir de ceux qui y vivaient, y travaillaient, et qui exprime, sur le mode le plus tangible, toutes ces choses impalpables, invisibles, qui font une génération ou une époque, ses mœurs, ses habitus et ses aspirations intimes, les tyrannies du pouvoir comme les rêves d'amour, mises à nu, saccagées et réduites à l'état de ruine rapide avant d'être remplacées par un uniforme habillage neuf, sans mémoire. Ce spectacle du chantier de rénovation m'arrête souvent, mais mon sentiment, plus qu'il ne penche vers la mièvre nostalgie de ce qui, au demeurant, est souvent devenu insalubre, infesté et dangereux, est plutôt fait d'un effroi pour ces chirurgies rapides opposant à l'inéluctable dégradation la prothèse et le masque expéditif, qui comme tout masque en rien ne restaure l'ancien visage, au contraire le dénonce, accuse de manière plus tragique sa fatale défaite, c'est pourquoi je préfère la ruine naturelle, celle-ci accomplit son œuvre de délabrement assez lentement pour qu'en une vie nous ayons, revenant quelque part où nous avons séjourné, dormi et joué, aimé, où nous avons eu peur et souffrance, revenant même quelque part où nous avons seulement passé, l'impression, ou plutôt l'illusion, de n'en être pas partis tout à fait, de ne pas nous être oubliés vraiment.

Le château où j'arrivais était à peu près dans cet état de ruine accélérée, que presse un plan de réhabilitation immédiate. Sans doute, quelques semaines plus tôt, était-il encore, un peu décati, sis dans son écrin de frondaisons séculaires, orné de son jardin aux vieux rosiers et aux allées moussues, ouvert vers son horizon de vignes. Mais, ce jour-là, il avait déjà une allure théâtrale de décor désossé, appareillé d'un Meccano grossier d'échafaudages, et par toutes les fenêtres du rez-de-chaussée, dépouillées de leurs battants et de leurs vitres, on apercevait un vaste espace nu empoussiéré et clair, dans lequel la première personne que je rencontrai, une forte jeune femme au ventre ceint d'un tablier en jean et bottée de caoutchouc, était occupée à dresser le casse-croûte des ouvriers du chantier sur une table de fortune, des planches jetées sur des tréteaux, dont le courant d'air soulevait la nappe de papier, comme une grâce surannée offerte en cadeau à ce lieu désolé. Elle m'indiqua l'escalier par où j'allais trouver, à l'étage, le bureau où m'attendait mon hôte, M. Chabert, restant au bas des marches tout le temps que je montais, la tête levée et le bras tendu vers la gauche, telle une vigie inquiète, et je me crus obligée, parvenue sur le palier, de lui adresser un signe amical pour la libérer de sa posture inconfortable.

Quand je poussai la porte entrouverte, après avoir vainement toqué, je découvris une pièce obscure, comme hors du temps, aux murs tapissés jusqu'au plafond de rayons ployant sous une quantité de registres et de livres de comptes, dont la tranche portait la numérotation manuscrite par année, une sorte de sanctuaire que la vente et les transformations de l'édifice ne semblaient pas concerner, et du plafond lui-même, orné de moulures en stuc enfumées par les années, tombait bas une de ces grosses suspensions en cuivre à contrepoids, allumée à cette heure du jour tant il faisait sombre dans cette pièce qui gardait à demi fermés ses volets intérieurs, et dont le verre de lampe vert rabattait la lumière électrique sur un bureau Empire aussi vaste qu'un billard, croulant sous des tas de papiers et de vieux journaux noués en liasses, et derrière lequel se tenait un personnage frêle presque chauve, occupé pour l'instant à nettoyer ses lunettes à l'aide d'une petite brosse à dents. Je le surpris dans cette menue activité, car il la cessa aussitôt, se levant en chaussant prestement lesdites lunettes, glissant très vite vers moi, empressé, se présentant cérémonieusement, désolé de ne pas m'avoir accueillie en bas, et je sus très vite qu'il avait du mal à entendre comme à voir, car il se fit répéter deux fois mon nom avant de le retrouver, consigné d'une écriture vétilleuse, dans un petit agenda noir qu'il enfouit aussitôt dans la poche de son veston. Il m'expliqua que si son bureau était encore épargné par les travaux, c'était un dernier effet de sa position d'ancien comptable de la famille, M. Benedict, à qui il servait aussi de secrétaire autrefois, ayant obtenu qu'il restât garder les archives de la propriété, plus d'un siècle d'histoire du château réunie en instance dans cette pièce, jusqu'à ce que, sous son contrôle, elles soient bientôt mises en caisses et déménagées en ville, où M. Benedict résidait désormais. Et lui-même, ayant déjà dû libérer sa maison des vignes, près des dépendances, occupait provisoirement un petit appartement du dernier étage, qu'il ne tarderait pas à laisser aussi pour ne plus revenir, ayant fait valoir ses droits à la retraite, et préférant ne pas voir ce qu'il adviendrait désormais du château, où il avait passé toute sa vie. C'est pourquoi il n'était que temps de venir examiner ce que lui-même avait trouvé et signalé à M. Benedict, en inspectant les combles avant que les ingénieurs ou les ouvriers ne s'emparent de ce qui y avait été abandonné. C'était lui, et non les nouveaux propriétaires, ou plutôt leur fondé de pouvoir, car les propriétaires en question n'avaient même pas mis les pieds ici, lui donc, qui avait repéré ces photos dans le bric-à-brac des combles, peut-être se souvenant, alors qu'il était sur le point de quitter définitivement cette demeure, qu'enfant il avait joué dans les couloirs, les greniers et les caves avec le père de M. Benedict, dont son propre père avait été le régisseur, et que de belles choses y étaient entreposées, comme des malles et des robes, des mannequins d'osier et des tableaux de peinture craquelée, des collections de verres dépareillés et de faïences ébréchées, enfin tout ce à quoi les enfants ne prennent pas garde mais qui constitue le décor de leurs explorations clandestines et de leurs exploits imaginaires, et il se souvenait y avoir passé des après-midi entiers à feuilleter des journaux et des revues périmés, entassés là, comme *Le Petit Journal*, *L'Almanach du jardinier* de la Librairie agricole, *Le Rire*, journal humoristique paraissant le samedi, *La Semaine de Suzette*, et surtout *Le Magazine des modes* et *L'Illustration*, rêvant, autant qu'à lire Jules Verne ensuite, devant leurs images fabuleuses de bolides et de zeppelins d'avant-guerre, celle de 1914, de Pygmées et d'Iroquois ou d'Esquimaux, de l'Exposition universelle de 1900 où on avait inauguré un trottoir roulant et le palais de l'Electricité, d'ailleurs M. Zola y était photographié avec sa jumelle Carpentier dans l'étui pendu à son cou, mais jamais lors de ses séances de lecture il n'avait remarqué les caisses de bois verni, et les petites boîtes de photos qu'elles contenaient. Il avait fallu qu'il revienne là, au moment où les ouvriers commençaient à vider le grenier, qu'il y remonte après tant d'années pour que son regard s'aiguise et qu'il s'avise soudain que ces caisses existaient, et d'en ouvrir une, et c'était comme s'il n'en était pas tout à fait parti, comme s'il était resté assis là, depuis tout ce temps, et n'avait fait que prolonger par son geste un geste ancien, resté inachevé. Tandis qu'il me racontait les circonstances de sa trouvaille, nous montions ensemble le dernier escalier de bois en colimaçon, et s'il m'avait paru accablé par l'âge, en train de brosser curieusement ses lunettes sous la lampe, dans cette posture d'abandon qu'on a quand on est seul, l'élan nerveux qui propulsait son mollet à chaque marche démentait mon impression, le petit comptable, en dépit de sa vieillesse, avait plus d'énergie que moi pour escalader les étages.

Les combles, en effet vidés, étaient un espace large et bas sous la charpente nue, dont la croisée des poutres assombrissait le jour parcimonieux de quelque chien-assis, révélant avec d'autant plus de netteté, sur les lames du plancher gris de poussière, ci ou là, la trace plus claire des meubles ou des objets qui y avaient séjourné, comme des halos de clarté fantomatiques que le balai n'avait pas dissipés. Il restait peu de choses à présent, une crédence bancale, une bergère sans couleur, deux chaises dépaillées, plantées dans tout ce vide comme des oublis du grand débarras, et posées sur une table de jardin, il y avait les deux caisses pour lesquelles j'avais fait tout ce voyage. J'avais l'impression, après le trajet du train traversant à grande vitesse les paysages d'automne de la moitié de la France, après l'étendue de ville étrangère et hostile, d'être rendue dans un compartiment retiré du temps, un réduit dont l'air embrumé de poussière en suspens et la lumière tamisée dans les recoins d'ombre resserraient la perspective et falsifiaient le volume, un endroit de solitude et de silence où s'étaient condensées les années anonymes de plus d'un siècle, où les cris, les rires, les appels, les convulsions d'amour et d'agonie, le tocsin, la rumeur de trois guerres n'étaient montés, à travers les murs et les planchers, qu'anémiés et décomposés, pour se déposer ici en strates invisibles qui avaient stagné dans l'oubli, jusqu'au sac récent du chantier qui venait d'en agiter et d'en précipiter le souvenir en nuage matériel, opaque et oppressant. Je connais le sentimentalisme attaché aux pièces anciennes et ma propension à me laisser toucher par l'atmosphère de ces lieux de relégation, peu compatible avec l'examen critique. Mais, ce jour-là, l'affable et disert petit homme qui m'accompagnait multipliait les motifs que j'avais d'y incliner, tant il semblait attacher à cet endroit une dévotion équivoque. Il me rapporta qu'à sa connaissance personne de la famille ne s'était adonné à la photographie, du moins à ce genre de pratique artisanale d'une époque où seuls les amateurs acquéraient l'équipement encombrant d'une chambre à soufflet, et du plus loin qu'il se souvienne, cela remontait à son enfance, au milieu des années 1930, il n'avait rien vu de cette sorte ni entendu parler de ces photos, non plus M. Benedict qu'il avait consulté, selon qui il s'agissait plutôt d'un dépôt, d'un don, ou d'un héritage de quelqu'un d'étranger à la propriété, en tout cas seul l'examen en révélerait peut-être l'auteur et l'origine, et, quant à lui, il s'était bien gardé d'y toucher, d'extraire les plaques de leur étui de papier glacé au risque d'en casser une, ce dont je le complimentai, et s'il avait eu, ajoutait-il pensivement, quelque lumière là-dessus, sa mauvaise vue l'aurait empêché de toute façon d'en discerner les images, et peut-être préférait-il avoir mauvaise vue en la circonstance. Tout en parlant, il se déplaçait dans l'espace vide, courbant la tête sous les poutres, semblant éviter d'invisibles obstacles à lui seul présents, comme si le spectre des objets enlevés y séjournait encore. Mais avez-vous mangé ? s'enquit-il soudain, sortant une montre antique de son gousset. Il n'avait à m'offrir sur place qu'un repas de fortune, celui qu'un service de restauration livrait pour les ouvriers agricoles et ceux du chantier maintenant que les cuisines étaient inutilisables, et comme je déclinais son offre, au prétexte mensonger que j'avais pris un sandwich à la gare, et que les quelques heures dont je disposais ne me laissaient pas le loisir d'un vrai déjeuner, il me quitta brusquement, et j'entendis décroître son pas vif dans l'escalier.

Lorsque je redescendis, sans qu'il ait fait une apparition de tout l'après-midi, je le retrouvai dans son bureau dans la même posture avachie, en train de recenser les colonnes de chiffres d'un registre jauni. La lumière avait décliné, en cette fin de journée le soleil bas trouait les nuages, il s'insinuait entre les lamelles des volets intérieurs avec une force crépusculaire et nimbait d'une clarté dorée le vieux monsieur dans son décor de vieux papiers, si bien que, n'eût été le bruit entêtant du chantier qui parvenait ici, alors qu'en haut, dans les combles, on n'en entendait que la lointaine rumeur, on se serait cru revenu à l'époque ancienne où M. Chabert veillait encore aux destinées du domaine et vaquait à ses comptes sans voir passer les années. Avec la plus grande civilité, il m'avança une chaise de bureau aux accoudoirs de cuir brûlé, mais dont je goûtai le confort après les heures passées dans la bergère défoncée du grenier, et il m'écouta très attentivement, ses mains osseuses posées bien à plat sur le bureau, lui exposer les objections, que je ne manquais pas de faire dans ces cas-là, quant à l'établissement exact de la propriété juridique de ce fonds avant même qu'en soient envisagés l'envoi au laboratoire et l'examen d'expertise. A quoi, convenant qu'il était indispensable d'en passer par là, il me rétorqua, non sans satisfaction, qu'il s'en était enquis auprès de M. Benedict et s'était assuré que la vente immobilière spécifiait parfaitement qu'en était exclu le mobilier familial, et que si celui-ci n'avait pas été enlevé plus tôt c'était selon un accord conclu avec l'entreprise dont dépendaient les travaux, d'ailleurs il réservait pour moi un dossier, qu'il me remit, attestant de ces dispositions, dans lequel je trouverais aussi le pouvoir de M. Benedict qui l'autorisait à régler ces affaires à sa place, ainsi les choses étaient claires. Il me demanda ensuite avec empressement mes conclusions sur ce que j'avais trouvé dans les deux caisses de bois vernis. Je lui fis part de mes doutes avec le plus de précautions possible car, au fur et à mesure que je lui présentais mes réserves, son visage flétri exprimait sans masque une déconvenue enfantine, ses yeux troubles et agrandis de cernes se perdaient au-delà de moi vers le fond de la pièce, il se mit même à ponctuer avec insistance mes paroles en secouant la tête d'un air de souci et d'incrédule tristesse comme si mon discours, concernant non des objets mais une personne de sa connaissance, agitait ses pensées les plus secrètes, pourtant sans jamais disjoindre ses belles mains paisiblement allongées, dont je ne pouvais détacher mon attention des veines saillantes sous la peau, d'un bleu de porcelaine et aux reflets nacrés qui dessinaient une palme d'estuaire comme dans les parchemins les anciennes cartes de géographie fluviale, et dont l'avertissement donnait à notre entrevue une insolite solennité. Sans doute, pensais-je alors, jamais n'allais-je revoir le petit comptable sur le point de quitter ces lieux et de laisser le fleuve de sa vie aller à son terme. Pensée qui n'était pas sans s'inspirer d'un petit tableau, auquel je n'avais pas pris garde d'abord, suspendu juste derrière lui, entre deux placards à tiroirs, pour ce que je parvenais à en distinguer dans le contre-jour un panorama de bord de mer, où l'on voyait au loin monter de sombres nuages, tandis qu'au bord des vagues furieuses flânaient, avec une insouciance inquiétante, deux jeunes dames retroussant leurs robes délicates et tournant le dos à deux petits enfants, accroupis au bord d'une flaque laissée par la marée, dangereusement penchés sur l'eau, et l'on ne savait si de ce péril, ou de celui des rouleaux d'écume dressés contre le ciel d'orage, allait surgir le drame, ou si cette impression ne tenait qu'à la patine qui, obscurcissant les couleurs d'un brun doré, faisait de cette scène légère d'été un avertissement funeste, et, tout le temps que je cherchais mes mots afin d'en atténuer l'effet, je ne pouvais empêcher mon regard d'aller sans cesse interroger le petit tableau pour en conjurer la menace. Lorsque je me tus enfin, il remit d'un coup sec ses lunettes sur son nez et, plantant brusquement son regard pâle dans le mien, il demanda avec une douceur extrême, que démentait le tremblement soudain de ses mains, qui se souciait aujourd'hui de *toucher son intérêt au capital imaginaire du temps.* Comme à cette question énigmatique, qui semblait plus adressée à lui-même qu'à moi, je restais sans réponse, il fit le geste d'épousseter négligemment devant lui d'invisibles et importunes miettes, enchaîna aussitôt pour que nous fixions ensemble les conditions d'emballage et d'expédition, s'inquiétant, mais sans insister, du délai probable d'une réponse qu'il ne semblait plus attendre vraiment, et m'expliquant encore combien M. Benedict se reposait sur lui pour savoir ce qu'il adviendrait de ces photos, comme pour beaucoup d'autres choses en suspens, car celui-ci avait, comme son père en son temps, le goût des voyages, et d'ailleurs sa famille, anciennement originaire d'Amsterdam, pour partie y était retournée vivre, en particulier sa première femme et ses deux enfants, si bien qu'en réalité il partageait son temps entre deux pays et lui laissait la charge de tout.

Sentant que ma visite avait déçu son attente, je ne pressais guère mon interlocuteur, comme on ménage avec patience un convalescent, et lorsqu'il me raccompagna le temps avait passé, les ouvriers étaient partis, le rez-de-chaussée était maintenant désert. Les bancs et les tréteaux avaient disparu, la robuste jeune femme en tablier aussi, et il semblait que le domaine était tombé dans une solitude définitive. Nous traversâmes la salle du bas, devenue une vaste nef que traversait le rayon cru du soleil déclinant, ne laissant aucune ombre dans ce théâtre désaffecté où se réverbérait l'écho sonore de nos pas. L'encadrement des fenêtres béantes découpait, tels des tableaux majestueux oubliés aux murs, des rectangles du paysage, dans chacun les rangs de vignes s'étiraient selon des perspectives différentes jusqu'au bord du ciel, borné de lointaines frondaisons de pins maritimes et de chênes dont la frise, d'une fenêtre à l'autre, se colorait des teintes variables du couchant, mais mon hôte ignora cette beauté ironique du chantier, surtout soucieux d'épargner à ses chaussures la poussière du sol, sautillant presque d'une place à l'autre, et maintenant, impatient de me quitter, de voir partir au plus vite sa visiteuse, il consultait sa montre, anticipait mon retour en m'indiquant par quelle petite route couper au plus vite vers la ville, et, tandis que je dégageais ma voiture en marche arrière, je le vis encore dans mon rétroviseur, s'éloignant déjà vers la double volée de l'escalier néo-renaissant, retournant à ses comptes, maigre silhouette sombre flottant en apesanteur dans l'air du soir.

Bien loin de suivre l'itinéraire conseillé, selon mon projet, que je n'avais pas jugé utile de lui soumettre, je tournai le dos à la direction de la ville et pris le plus vite possible vers l'ouest, avec l'intention de rouler assez longtemps et assez vite pour m'éloigner de là, et de trouver un hôtel avant la nuit. Sans carte routière, je me fiai à l'orientation du soleil pour rouler vers la côte, approximativement distante de cinquante kilomètres, et je m'engageai bientôt sur une de ces routes rectilignes de forêt qui dardent vers l'océan, qu'encadre la haute futaie des pins bleuie par le soir, dont la hachure serrée des troncs feutre la profondeur d'une brume indécise, parfois entaillée d'une vaste clairière de jeunes plants ou d'une piste de sable filant au loin, qu'au passage j'entrevoyais du bord de l'œil, des percées rapides dans l'ombre grandissante tels les éclairs de soufre qui éclairent la pénombre des orages secs. Et encore sous l'emprise de mon après-midi passé dans l'inconfort des combles poussiéreux, mains gantées de coton blanc, à extraire des échantillons de chaque boîte pour au moins en identifier la technique, le traitement, et en dater la prise, en évaluer l'état général de conservation, sans m'attacher à distinguer, à travers le verre terni et comme fumé, les images que celles-ci supportaient, en l'absence de table lumineuse inutile de perdre le peu de temps que je m'étais alloué pour cette mission aux résultats improbables ; encore pénétrée par l'atmosphère oppressante du lieu, et sans doute par la personne du petit comptable, je sentais maintenant augmenter ma fatigue, commencer une vague migraine, si bien que le projet que j'avais, de profiter de ce déplacement pour m'octroyer quelques jours de vacances improvisées, me semblait, le soir venu, plein d'incertitude et voué à l'ennui, et que je n'excluais pas de retourner à la gare dès le lendemain, et de reprendre mon train.

Tandis que je roulais, le petit paysage marin me poursuivait, agrandi dans mon souvenir à l'échelle des tableaux découpés par les hautes fenêtres du rez-de-chaussée, conférant sa tonalité patinée et son inquiétant éclairage au décor que je traversais, teintant la beauté des couleurs déclinantes de la forêt d'un voile mordoré, comme en ont les tirages monochromes à l'or, et la vague immense dominant la scène, prête à submerger les jeunes insouciantes, et les enfants en danger qu'elles ignoraient, et la menace de l'horizon océanique empli de lourds nuages d'encre semblaient, comme une fresque primitive émerge des couches qui l'ont recouverte, émaner devant moi du paysage actuel, que j'avais traversé autrefois, celui-là ou un semblable, pour atteindre cette plage de vacances, dont le matin même j'avais eu le pénible souvenir. Je luttai contre ce malaise, et me persuadai que mon humeur venait surtout de ce que, n'ayant pas déjeuné de la journée, seulement vidé ma bouteille d'eau minérale, il était urgent de trouver ma halte du soir, de prendre une douche et d'aller solidement dîner.

C'est la raison pour laquelle, devenue plus attentive aux panneaux, je quittai la route à la première indication, *A l'Auberge rouge*, suivis un chemin de terre de quatre ou cinq cents mètres jusqu'à déboucher sur le parking de l'établissement annoncé. En fait d'auberge, surgi dans une clairière, le bâtiment central était une construction du style moderne des années 1950, à l'allure de paquebot ensablé, dont les oriflammes qui flottaient au fronton déployaient le logo rouge sang avec celui, bleu à étoiles, à l'enseigne de l'Europe. On avait dû y adjoindre plus récemment un motel, de nombreux bungalows rustiques s'essaimaient sous les arbres, et je fus surprise, m'attendant à trouver l'endroit désert, en milieu de semaine et hors de la saison touristique, par le parking plein de voitures particulières, d'un autobus et de 4 x 4 rangés sous la pinède, et par les fenêtres illuminées dès cette heure du soir par où l'on apercevait une agitation de foule. J'appris aussitôt, car, par malentendu, on me prit d'abord pour une congressiste retardataire, que cet endroit reculé hébergeait un colloque de médiévistes. La fin de l'été se prête à ce genre de rencontres savantes qui ouvrent l'année universitaire et, de plus, bénéficient des rabais substantiels de l'hôtellerie, désertée par les estivants, en outre cette région frontalière de l'Espagne comporte nombre de monastères, d'églises et de sites attestant le passage des pèlerins venus de toute l'Europe, convergeant vers Compostelle selon des itinéraires de foi séculaires, à eux seuls suffisant prétexte pour que s'y retrouvent des spécialistes du Moyen Age. On me dit que l'hôtel était plein, mais que je pouvais obtenir la dernière chambre, libre par désistement, peut-être un quart d'heure plus tard aurais-je dû me résigner à poursuivre ma route. J'étais vernie, c'était mon jour de chance, m'expliqua la joviale hôtesse d'accueil, et je n'eus pas le cœur de couper à ses effusions, j'étais fatiguée et pas loin de lui donner raison. Le hall était empli par le brouhaha des gens qui, sortant apparemment d'une séance studieuse, se précipitaient vers les tables d'un cocktail, je pouvais m'inviter si j'en avais envie, ajouta, rieuse, l'hôtesse en me tendant mes clefs. Je me suis souvent demandé plus tard de quoi j'avais envie exactement ce soir-là, si j'étais vraiment vernie, si j'avais eu de la chance, cet automne-là, d'échouer dans cet hôtel de hasard, mais il n'y a pas de hasard dit Laura, pas de désordre, seulement la convergence inéluctable des logiques physiques et organiques qui font advenir, en leur temps et leur lieu, l'accident programmé de leur rencontre, et chaque balle a son billet, dit-on, son adresse ou sa destination parfaite, que la balistique ensuite s'efforce de comprendre, et non d'anticiper comme on le croit, la cible exacte qu'elle atteint était bien celle qu'elle visait, et qu'importent nos envies.

La chambre que, "par chance", on m'avait concédée était la dernière au bout du couloir du rez-de-chaussée, et dès que j'ouvris la baie coulissante pour découvrir de quelle fameuse vue je jouirais de ma terrasse, sur le parking ou sur la forêt, j'entendis le bruit d'un générateur électrique installé non loin, et ceux des cuisines proches, dont me parvenait aussi l'odeur de cuissons fortement assaisonnées. Je refermai la baie, par grâce c'était du double vitrage, et tirai les rideaux, décidée dans ma déconvenue à reprendre, dès le matin, la route du retour. La chambre, une fois close et toutes lampes allumées, avait pourtant gentille allure, habillée de coton frais aux motifs fleuris et moquettée de neuf, mais les meubles standard, la salle de bains exiguë, les tableautins de chromos achevèrent de m'accabler et de me livrer à ce sentiment pitoyable de déréliction qui me saisit quelquefois, où s'engouffre le bilan désastreux de la vie comme un paquet d'eau sale, et où la réalité immédiate n'inspire plus que dégoût, irrésistible répulsion de soi et de toute chose. Sous la douche, gagnée par la chaleur de l'eau, je retrouvai un semblant de sérénité, et d'humour, faisant l'addition, tandis que le jet ruisselait sur ma tête, de ce que ma journée de voyage, ma visite de pure forme au petit comptable et ma courte échappée routière avaient accumulé d'erreurs d'évaluation, de confusion et de malentendus, et si je pensai un instant qu'en cet état de grande nudité et de plaisir sensuel, sous le crépitement continu du jet de la douche, faussement protégée par le rideau translucide, dans une chambre de hasard où personne au monde ne me savait rendue, se trouvaient à peu près réunies toutes les conditions du fatal coup de couteau hitchcockien, c'était par esprit de dérision, et le compte suffit, décidai-je, allons au moins dîner, et dormons.

Il se trouva qu'en dépit de ma fatigue, ou à cause d'elle, je n'eus pas sommeil sitôt dîné. Dans la grande salle à manger, les participants du colloque continuaient d'échanger avec entrain aux tables nombreuses et bruyantes, dégageant cette excitation électrique que produit la réunion en huis clos d'une foule de spécialistes, quelle que soit la spécialité. En l'occurrence, je l'appris en revenant dans le hall, ceux-ci venaient de toute l'Europe pour mener leurs travaux scientifiques dans ce coin perdu de forêt, les plus hautes sommités à en croire leurs titres et le programme, le propos ne me disait pas grand-chose mais au nombre de salles indiqué je découvris l'étendue de l'établissement qui disposait d'un auditorium et de cinq salles dites de séminaire, d'un "carré des libraires", et même d'un "espace de santé" en sous-sol, ce que ne laissait pas soupçonner son allure de paquebot ensablé et son éloignement géographique. Pour participer de temps en temps à ce genre de rencontres universitaires, je considère avec assez d'indulgence, et même d'optimisme, ce que le besoin d'appartenance et l'émulation intellectuelle suscitent de tensions, d'hostilités ouvertes ou latentes, déférence dévote et offenses, dans le petit milieu des spécialistes chacun sachant des autres suffisamment pour nuire ou servir, adopter ou exclure, on peut dénigrer et même fuir la religion de ces rassemblements, si la science n'y gagne pas toujours il s'en dégage souvent une gaieté tribale, plutôt roborative. Ce soir-là, mon statut très minoritaire de touriste chanceuse m'offrait la distance du spectateur d'occasion, je me laissai submerger par le brouhaha ambiant, étudiant avec amusement comment s'appliquait à ce groupe la distribution des âges et des sexes, et celle des langues utilisées, hormis l'anglais d'usage, mes voisins immédiats pratiquant alternativement l'italien et le français, et je ne sais, de l'acuité flottante de mon observation ou de l'excitation contagieuse du dîner, du magret de canard un peu copieux arrosé de côtes-de-bourg, que je bus étourdiment avec excès, ce qui, ajouté à ma fatigue, contribua le plus à galvaniser mes sens, à me procurer une petite ébriété existentielle et à provoquer mon insomnie. Dès que je me retrouvai dans le hall, je sus que je n'avais aucune envie de retourner tout de suite dans la petite chambre au bout du couloir et de me coucher, le sommeil m'avait fuie, je me sentais éveillée comme une chouette, et je n'avais pas non plus envie d'une rencontre, que j'aurais pu chercher, déjà nombre de dîneurs s'installaient dans les banquettes et fauteuils en rotin du bar et commandaient des cafés ou des alcools et il est facile d'aborder les gens, de lier conversation pour une heure, ou simplement d'écouter ce qui s'échange derrière vous, c'est un dérivatif gracieux et plein de surprises auquel je m'adonne souvent, mais l'hôtel baignant désormais dans la volupté de veilleuses orange et la sourdine lancinante d'un Vivaldi de saison me chassèrent dehors. Je fis d'abord quelques pas à la lumière des néons sur la terrasse en slalomant entre les tables dont les parasols fermés pointaient vers le ciel pluvieux, puis je m'engageai sur un des chemins conduisant au motel. La nuit était humide, mais une brise presque tiède venait de la forêt, avec des odeurs sucrées de résine, d'humus, de sable mouillé, et plus je m'éloignais du paquebot illuminé, longeant les bungalows d'où filtraient ci ou là l'éclairage intérieur, plus je me raffermissais dans l'idée d'une promenade improvisée dans la nature, comme j'en fais en ville, dans ces cas-là.

Autant l'insomnie dans une chambre tient de la torture mentale autant, précipitée dans l'espace de la ville, elle est propice à des soliloques et des rêveries organisés qui, si délirants soient-ils, accordent leur texte nocturne au décor urbain, dont l'architecture et les voies de circulation se prêtent à la théâtralité insomniaque, accueillent sa grandiloquence ou son ressassement comme une forme littéraire adressée aux façades et aux vitrines éteintes, aux porches ou aux grilles, les litanies, les marmonnements insensés ramenés à une métrique plus solide et minérale par les murs qui en recueillent l'écho, et il m'arrive de me rhabiller en pleine nuit pour sortir marcher dans les rues de la ville, d'un bon pas, droit devant, d'abord dans mon quartier, puis dans d'autres plus éloignés dont les rues, leur orientation et leur nom me sont inconnus, mais à perdre ses pas on ne perd rien de soi, les pas nous mènent où nous nous attendions. Jamais on ne s'égare dans une ville, si inattentif qu'on feigne d'être à l'itinéraire, à tout moment un panneau vous remet vers une place ou un monument, un carrefour, un jardin, d'ailleurs je ne cherche pas à me perdre, ni à me désorienter, plutôt à disparaître sans cesse de l'endroit où je devrais être, de la place qui voit mon passage je me jette vers une autre qui m'ignore encore, l'élan forcé de la marche apprivoisant peu à peu ce petit simulacre d'exil volontaire qui ressemble tant à l'oubli et parfois, dans l'éloignement, quand s'épuise enfin le texte insomniaque, en moi comme au-dehors, je ne perçois plus qu'un brouillard de grisaille diffuse à peine percé de halos jaunes, de pâles astres sans résistance perdus dans la sombre rumeur colmatée, la note basse et continue à quoi se résume le grondement des villes ou de nos vies, alors quand j'atteins cette zone d'anesthésie mentale j'ai un moment de bien-être parfait, la sensation toute provisoire d'avoir trouvé l'oubli, alors je rentre, et je m'endors. Mais dans le sommeil, les vieilles créatures nocturnes enténébrées d'immémoriales chevelures, de sourcils broussailleux sur les regards de braise, engoncées dans leurs pesants habits de poussière se lèvent alors, c'est là qu'elles logent, immuables, et m'attendent, c'est d'elles que me protège l'insomnie, je le sais.

Dès que j'entrai sous la pinède, je retrouvai sous mes pas le feutre apaisant des aiguilles de pin et de la terre spongieuse qui semble alléger le poids et l'effort. Je me retournai une ou deux fois, au début, pour entrevoir encore, entre les troncs épars, les lumières de l'hôtel, puis je les perdis tout à fait, me fiant au sentier dont la ligne claire s'ouvrait devant moi au fur et à mesure que mes yeux s'habituaient à l'obscurité, je voyais aussi le lainage noir des fines herbes sauvages et des fougères perlées d'eau, suffisamment pour ne pas perdre ma direction, car bien que la nuit fût sans lune, et le ciel brouillé de brumes, une infime lumière émanait des choses, presque phosphorescente, stable et bleutée. Il est rare que nous nous trouvions dans le noir absolu comme nous le redoutons, enfants, avant d'apprendre que c'est plutôt de voir qui épouvante. La vue, ou la vision, quand elle dessille nos yeux sur des réalités que l'ombre confisque, nous condamne à dévisager ce que, le plus souvent, notre cécité chronique nous épargnait, et lorsque se révèle ce que nous avions jusque-là ignoré, sous l'éclairage cru du jour ou de la conscience, ou du sommeil, nous maudissons la lumière, nous portons à nos yeux nos mains glacées d'effroi, nous nous détournons ou nous nous réveillons. Non, je n'avais, marchant dans l'obscurité, ni peur ni pressentiment funeste, accueillant les paisibles sensations nocturnes, la fraîcheur humide de l'air où stagnaient par places des odeurs intenses de pourriture végétale, le fin crépitement des fourrés de genêts et des branches proches, le crissement des têtes de pins balancées par un vent dont la rumeur d'océan passait haut, auxquelles les brusques bourrasques arrachaient des gerbes d'aiguilles de pin dont la pluie tombait sur mes épaules. Maintenant que je distinguais faiblement les motifs végétaux en profils mouvants, sans cesse redessinés, fugaces et changeants, la dentelle gracile des fougères sur un fond charbonneux comme un film ancien dont se sont effacées les images, je retrouvais ce que je croyais avoir perdu tout le jour, cette ruse avec laquelle je m'efforce d'aborder l'instant, avec de prudentes œillères et comme à la loupe, attachée à n'en percevoir que les signes locaux et figuratifs, et non les ombres portées de loin, et non les fantômes passés, qui glissent sans cesse sur eux, pour en troubler et en dénaturer l'apparence, cette manière de rôder autour de la chose présente, de la cerner de traits fermes pour en circonscrire le danger, le travail étant sans doute un bon moyen d'y parvenir, et je travaille beaucoup, je peux même dire que le travail occupe ma vie, car sans le travail je serais livrée à moi-même, c'est-à-dire au souci ou à la torture mentale de l'insomnie chronique qu'est l'existence, et cela m'obligerait à voir ce que je ne veux pas voir, les ombres portées et les fantômes. Mais même mon métier, qui consiste essentiellement à observer, analyser et soumettre à l'expérience, à exécuter de manière opiniâtre, minutieuse et quelquefois fiévreuse, des tâches matérielles de précision qui mobilisent la vigilance, implique toujours une marge considérable d'interprétation, le doute, l'hypothèse, et même la rêverie attachée aux choses du passé que sont les photos, et pour cette raison ne me donne jamais cette sensation parfaite de liquider la question de l'existence, qui ne prend jamais forme de langage rationnel, de mots objectifs organisés en questions logiques, mais celui des organes, des entrailles convulsées, du cœur battant et de l'asphyxie, jamais il ne me livre au pur présent de l'indicatif amnésique, comme la marche nocturne en forêt. C'est ainsi qu'en marchant je retrouvais cet état rare d'apesanteur et d'absence à moi-même, que je cherche parfois dans la ville, quand s'est épuisé le texte insomniaque et que j'atteins les confins du brouillard. Je ne cherchais pas à me perdre mais à disparaître un peu, et en effet j'étais disparue tout à fait, quiconque connaissant mon travail et cette mission improvisée ignorait que j'avais bifurqué pour un itinéraire imprévu et, par veine, trouvé cet hôtel isolé, et pris seule à la fin du dîner une piste de forêt. Cette idée convenait à mon humeur. Je fis ainsi deux ou trois kilomètres sans que change autour de moi l'aspect de la forêt, avant de rebrousser chemin par une de ces brusques décisions que dicte l'instinct, ou le contre-instinct qui l'accompagne, car, sans doute, aurais-je poursuivi un quart d'heure de plus, ou abrégé d'autant ma marche, n'aurais-je jamais retrouvé Laura.

Nous nous sommes rencontrées dans l'obscurité, elle venant d'un sentier que j'avais ignoré, moi de celui que j'avais suivi à l'aller. De manière incidente et furtive, j'avais de longtemps perçu dans mes parages la présence intangible de quelqu'un, mais celle-ci semblait issue davantage d'une région intérieure inconnue de moi que du monde extérieur. Dès avant que nos trajectoires convergent, mes sens accoutumés aux bruits discrets de la pinède avaient décelé son mouvement, ses pas comme les miens pourtant assourdis par l'épaisse couche d'aiguilles, mais dans les ténèbres son fantôme déplaçait l'air et les ondes soyeuses venaient paisiblement m'avertir de sa progression, semblable dans son rythme à la mienne et l'épousant déjà, et peut-être parce que j'étais parvenue à cet état d'oubli je les recueillais sans alarme, au lieu de me tenir sur mes gardes et de ralentir ou d'accélérer mon pas je ne sais quelle intuition me prévenait que c'était un être humain, et même une femme, si bien que j'avançais toujours sans crainte ni émoi, jusqu'à ce que soudain elle apparût à mes côtés. Ou plutôt, en raison de l'obscurité, je ne vis ni son visage, ni son corps, mais sentis tout près de moi une masse plus solide, distincte des formes forestières, dont le souffle et la chaleur m'étaient familiers, communiaient intimement avec les miens, une silhouette de ma taille et de ma hauteur, comme si me rejoignait un double, ou une ombre invisible détachée depuis longtemps de moi, aussi fîmes-nous encore quelques pas ensemble avant de nous souhaiter le bonsoir, et nos voix se trouvèrent d'accord, basses et presque chuchotantes, d'une semblable tonalité brumeuse, comme si nous émergions du même brouillard somnambulique, et elle m'a dit plus tard, se remémorant ces circonstances de notre rencontre, qu'elle aussi avait entendu venir sur son chemin une présence humaine, et même féminine, et que, la laissant monter vers elle comme on attend que montent les images dans le bain de révélation, elle avait eu la certitude qu'elle pouvait s'accorder à elle. Et pas plus que dans les villes, on ne s'égare dans les forêts, me fit-elle aussitôt remarquer, poursuivant naturellement mes propres pensées, pour peu que l'on marche selon l'ordre et le temps qu'on s'est donnés, et même dans des endroits inconnus, les sauvages que nous sommes restés ont un sens commun qui les conduit vers leur destination ou les ramène à leur point de départ, d'autant plus que, comme nos villes, nos forêts occidentales sont hautement domestiquées. Seule la solitude est le vrai risque dans lequel on s'aventure, de s'y livrer sans boussole ni carte intérieure on y apprend exactement quel danger on est à soi, et la nuit ne nous perd, pas plus que le jour. Elle semblait se parler à elle-même plus qu'à moi, à la manière dont on s'exhorte quand on est seul, en effet, lui dis-je, ni elle ni moi n'étions perdues dans la forêt, ni vraiment seules, et même peut-être d'autres convives du banquet des médiévistes s'étaient-ils égaillés sous les pins non loin de nous, pour jouir de la nuit clémente, pour flirter ou digérer, et non pour se mesurer en solitaires à leurs démons, et bientôt nous serions une cohorte de promeneurs à revenir vers la lumière. Quant à moi, je m'étais sentie certainement moins seule sur ce chemin que sous ma douche hitchcockienne, ou pendant le repas gastronomique, où j'entendais les *spécialistes*, dont je n'étais pas, rire entre eux, de connivence, elle semblait être en bonne compagnie avec eux. C'est exactement le contraire, dit-elle, je suis partie marcher comme vous pour n'être pas seule parmi eux, et elle m'apprit alors que, pour être du nombre de ce colloque, elle n'en faisait pas partie plus que moi, que la raison officielle de son invitation étant que le clou des travaux devait être la présentation publique d'un inventaire iconographique, mené depuis plus de vingt ans par le CNRS, la somme exhaustive de ce que les bibliothèques et couvents comptent de miniatures, d'enluminures et de manuscrits précieux, et qui ferait bientôt l'objet d'un superbe coffret multimédia interactif ; la raison officielle était que, ayant contribué à ce projet en assistant techniquement ses nombreux auteurs pour le classement numérique de certains documents, elle était gracieusement conviée à séjourner dans cet hôtel bizarre, pittoresque au demeurant, et à assister facultativement à la fameuse présentation. L'autre raison, subalterne, enchaîna-t-elle, était qu'à la même date sa sœur, par extraordinaire, se trouvait dans cette région, à quelques kilomètres de l'endroit où elle-même n'avait, à priori, aucune intention de se rendre, ni de la rencontrer, ma sœur est une étrangère, à tous les sens du terme : elle a la nationalité américaine et elle m'est inconnue, je ne l'ai jamais vue, ou il y a si longtemps que je ne m'en souviens plus. Dès sa prime jeunesse, et dès la mienne plus grande encore, puisque je suis sa cadette de quatre ans, ma sœur est partie vivre aux Etats-Unis où, après quelques années, elle s'est établie, à Phoenix, en Arizona, d'où il s'est avéré impossible, *uncomfortable* est son mot, de revenir voir de temps en temps sa famille, impossibilité constante et apparemment définitive que ladite famille, ou ce qui en reste (moi, mon père et un oncle), a fini par tenir pour acquise, passant aux pertes ce membre si anciennement sectionné qu'on n'en sent plus le manque. De cette expatriée volontaire ne nous est parvenue que deux ou trois fois ce genre de chronique annuelle, anonyme et ronéotypée, par laquelle les Américains offrent leurs vœux, convaincus que gratifier leur carnet d'adresses de leur récit de vie est un acte de bienfaisance. Grâce à quoi, malgré tout, au fil du temps, mon père et mon oncle comme moi (du moins je le suppose), avons eu vent de son mariage, de son divorce, et de son immédiat remariage, de ses succès professionnels et de l'évolution de son arthrose cervicale. Bien souvent, on en sait moins de gens qu'on fréquente assidûment, mais, concernant une personne qu'on ne connaît pas, ces données autobiographiques confinent à l'abstraction lyrique. Cependant, sans faillir, chaque fois je réponds à ses vœux par les miens, une immuable carte pailletée de poudre d'argent, car j'ai des convictions, adressée aux entreprises dont le logo décore sa correspondance épisodique, et comme je ne suis pas sur la liste rouge, bien que j'aie changé souvent de logement, elle trouve chaque fois mon adresse personnelle, ne se présente jamais à moi que sous cette forme épistolaire, et par quelques exceptionnels appels téléphoniques, dont le dernier explique mon vain voyage, que je me sois rendue à cette invitation à laquelle je n'avais aucune intention de me rendre, ni pour écouter des communications savantes, ni pour me rapprocher d'elle, et vous et moi nous nous sommes rencontrées dans la forêt au moment où je pensais à elle plus que je n'y pense jamais, et peut-on penser à quelqu'un qu'on ne connaît pas, qui marche près de vous comme une ombre, dont ni les traits ni l'histoire, ni les desseins ou les rêves, la volonté, les désirs ne vous sont visibles. Vous êtes parue au moment où je me posais cette question, dont d'une certaine manière vous êtes la réponse, mais s'il arrive qu'à des inconnus, justement parce qu'ils le sont, on s'ouvre sans réserve pour qu'ils emportent ce qu'on peine à se dire à soi-même dans la solitude, il faudrait savoir que c'est une grâce que l'occasion s'en présente parfois, et s'en tenir là. Tandis qu'elle parlait, nous étions arrivées dans la zone éclairée du motel, cependant je ne me tournais pas encore vers elle, ni elle vers moi, nous marchions côte à côte, sans nous toucher tout à fait, mais dans cette grande proximité où l'on partage la chaleur intime qui émane d'un corps, nous restions aveugles l'une à l'autre, comme pour prolonger un peu l'obscurité qui nous avait réunies, évitant de rompre ce lien anonyme par l'écart qu'il aurait fallu mettre entre nous pour nous dévisager. Maintenant que reculaient les immenses ténèbres s'étendant jusqu'à l'océan, dans lesquelles nous ne nous étions ni égarées ni senties seules, nous retardions le moment de faire connaissance, et peut-être étions-nous sur le point de nous quitter sans nous voir, d'un commun accord nous éloigner l'une de l'autre, en restant enveloppées de la même nuit qui nous avait assemblées, quand elle trébucha brusquement, perdit l'équilibre et tomba dans mes bras, elle tombait, je la pris, étroitement serrée d'une étreinte aussi brutale que sa chute, nous avons presque basculé ensemble mais je la tenais, et nous nous sommes redressées, face à face.

Je l'ai vue, pour la première fois j'ai vu Laura. Contre le mien, j'ai vu son visage, et un visage est tant de choses à la fois, accessoires et rivales, ce qui s'y perd et s'y montre, le façonnage étonnant de reliefs et dépressions, l'orbite creuse, le nez bossu, la grande arche de la lèvre, fibre à fibre dissociés et pourtant ensemble manifestes d'une unité corporelle singulière, je vis son visage animal, enfantin, sans saisir où, dans quel détail ou quelle expression d'ensemble, par un effet de mon imagination il m'était immédiatement familier, appartenait à ce répertoire secret des choses déjà vues, parmi les innombrables qu'on a rencontrées et crues oubliées. Elle se détacha de moi, se défit de mes bras, de mes mains, moitié riant, s'excusant du faux pas, et lissant des paumes son visage pour en effacer la frayeur, ou le trouble, car elle avait rougi beaucoup, ses joues et son front devenus pourpres comme ceux dont la peau trahit excessivement les émotions, ses yeux brillaient de larmes soudaines, et je revois encore sa tête petite, aux cheveux très courts de jeune garçon, au grand front bombé et aux pommettes rouges surgie de la nuit, ses mains curieusement gercées aux ongles ras encadrant ses tempes, j'espère qu'à présent quelques-uns seront couchés et que le bar sera libre, dit-elle en se détournant.

Ne restaient plus, en effet, que quelques rares groupes, menant au fond des fauteuils des conversations tardives et languissantes, Vivaldi avait laissé place à un crooner ensommeillé. Nous avons commandé des scotchs et maintenant que, juchées sur les chaises hautes et accoudées au bar, nous étions à bonne distance, j'avais tout le loisir d'observer Laura. Je voyais qu'elle avait ma taille, et sensiblement mon âge, qu'elle portait un jean et un pull noir sous sa veste de tweed, qu'une grosse montre d'homme était son seul bijou. Mais cette inspection ne m'offrait qu'un constat décevant, seule paraissait surprenante sa carnation très blanche, dont la rougeur maintenant disparue révélait le teint uni, presque irréel, poudré par la lumière tamisée des lampes qui en estompait les ombres et le modelé, tels les portraits des miniatures en lissent l'aspect. Dans toute sa personne visible et patente, je cherchais avec une inquiétude grandissante à retenir ce qui s'effaçait par une sorte de déni, la réalité insolite de sa présence au plus profond de la nuit, mais je devais faire effort, et même baisser les paupières, pour que le souvenir remonte de son apparition dans l'obscurité intense et de son poids troublant dans mes bras, alors, comme au travers d'un prisme de cristal, je revoyais miroiter le fantôme de son visage, non celui par lequel elle se montrait maintenant et dont les traits se stabilisaient, mais celui qu'elle avait eu pour moi l'instant d'avant, fourmillant de réminiscences, fait de cendre grise et flottante où perçaient des éclats étoilés, hésitant au bord de se décider et se dissipant, affleurant encore, scintillant, s'éteignant, sans que j'accède aux ténèbres où il se perdait, où je le connaissais déjà. *Nous nous connaissons déjà*, n'est-ce pas, avait-elle demandé en touchant brièvement mon poignet. Je ramenai mon regard vers elle, qui souriait, incrédule à sa question, et presque moqueuse, maintenant nous nous connaissons. Avez-vous remarqué, enchaîna-t-elle, comme nous avons du mal à nous représenter en souvenir les visages les plus familiers, les plus chers, à les faire persister sous nos yeux de manière durable. Leur image est faible, inconsistante et floue, autant qu'une fumée de cigarette se dissipe dans l'air. Même de ceux qu'on croyait le mieux connaître, qu'on voyait chaque jour. Plus nous les fréquentions, plus nous étions distraits, oublieux de leurs traits, au point de les perdre en d'autres, accidentels, et quand ils se représentent, sans savoir ni où ni quand nous les avons connus, ni même s'ils ne sont pas une chimère composite, souvent nous les prenons pour un autre, et si l'autre en question finit par être celui-là, qui dit son nom, de manière persistante on dirait qu'un masque inquiétant de ressemblance falsifie son visage, je me demande comment regarder le visage des gens. Nous oublions celui des morts, des absents, et même de ceux qu'on a quittés hier, les photos que nous gardons sur nous et dans les maisons ne sont pas un secours, au contraire même, elles s'opposent, par leur image, aux faces que nous avons mal regardées quand elles étaient en notre présence, elles les effacent et les défigurent par leur ressemblance.

Je suis d'une famille où les photos sont si rares qu'on dirait qu'elle n'a pas existé, enchaînait Laura, reprenant le lendemain notre conversation au point où nous l'avions interrompue dans la nuit. Désormais seules à occuper le bar, nous avions longuement parlé de nous sans nous livrer vraiment, par ces détours qui se tiennent subtilement aux confins de la confidence, dans ce mélange d'abandon et de retenue que favorisent les rencontres nouvelles, et où les considérations générales habillent prudemment les demi-aveux. Ainsi avais-je opposé, à son propos sur l'oubli chronique des visages, que l'avènement de la photographie avait changé plus que nous ne le pensions notre mémoire des corps et de l'espace. Du temps où l'image de soi et des autres était rare, et même inexistante, pour la multitude des anonymes, à qui la misère pendant des siècles interdit l'accès au luxe du portrait peint, et même à la dignité d'une quelconque représentation, et pareillement ensuite, pendant tout le XIXe siècle, pour ceux que l'indigence privait du portrait de l'atelier ou du photographe ambulant, dont le service coûtait plus que le mois de travail d'un mineur ou d'une couturière, sans doute y avait-il une manière de se souvenir qui empruntait des voies inconnues de nous. Car l'humble cohorte des innombrables, restés sans visage pour l'histoire, devait malgré tout transmettre, au moins à l'échelle locale, celle du village ou de la famille, cette connaissance intime de l'appartenance et de l'identité, même si celle-ci ne s'appliquait qu'au laps de temps qu'on partage de mémoire vive, dans le récit oral qui fabriquait et maintenait le texte de l'histoire privée, qu'aucun écrit ni photo ne recueillait, peut-être alors les absents et les morts étaient-ils plus présents, leurs spectres se mêlaient-ils avec plus d'intensité à la réalité de la vie, contaminant de leur ombre les vivants par le bercement narratif, la répétition infinie de leur souvenir transmué en légende. Nul doute, disais-je, que l'appropriation de l'image de soi a substitué les photos au souvenir, et l'a même en partie aboli ; elles ont encouragé l'amnésie justement parce que nous nous en remettons étourdiment à elles pour conjurer l'oubli, et attester que la famille a une existence. Il y a de nous si peu de photos, disait Laura, et encore ne sont-elles pas en ma possession. C'est un fait dont, longtemps, je ne me suis pas avisée, même lorsqu'on me faisait observer, à l'occasion, combien c'est une exception, ou une anomalie, de vivre sans photo des siens, ou de soi, mais il y a bon nombre de familles comme la nôtre, dans lesquelles, sans cause accidentelle connue, d'infortune ou de guerre, la dispersion semble la règle organique, la pente fatale. Par distraction, abandon, par on ne sait quelle faiblesse, quel épuisement de l'attache, elles se désassemblent, si elles se sont jamais unies. Ce qui a pu les nouer un temps, par nécessité ou par contingence, se dissout dans les sables, la parentèle s'absente dans une succession d'éloignements, de disparitions et de morts, sans drame ni grandiloquence, discorde ou convulsion, au contraire dans l'acquiescement commun au verdict du hasard, par consentement tacite à cette inéluctable dissolution des liens, peut-être chacun secrètement instruit du défaut qui les corrode et les rompt. De ces familles éparses, comme volatilisées, il reste peu de traces ou de témoins pour en dire le déficit originel, si jamais ensuite il fallait lui trouver des raisons.

A mon réveil le soleil, dissipant les brumes du matin avec la vigueur des lendemains de pluie et annonçant une de ces journées radieuses d'arrière-saison, avait aussi dissipé l'envie que j'avais, la veille au soir, d'abréger mon séjour et de rentrer par le premier train. Aussi m'informai-je auprès du réceptionniste d'une destination ou d'un hôtel sur la côte, quand j'aperçus Laura par la porte vitrée au fond de la salle à manger dont la foule des congressistes avait déjà déserté les tables. Elle me fit aussitôt une invite discrète du menton, peut-être me guettait-elle, ou la cherchais-je, je la rejoignis pour prendre le petit-déjeuner. J'étais dispose, ayant dormi d'un seul trait, ma marche ou le scotch avaient servi mon sommeil, sans doute aussi la conversation que nous avions prolongée très tard. Alors que le bar était fermé depuis longtemps et que le portier de nuit avait pris son service, nous avions continué à parler à bâtons rompus du souvenir et de l'oubli, un sujet qui concernait d'évidence cette sœur à qui elle n'avait plus fait allusion, et je me gardai de l'y ramener, sentant pourtant, tout au long de la soirée, que nos propos s'y rattachaient implicitement, nous tournions autour de ce foyer noir sans que je sache quand nous nous en approchions le plus, même si j'en ai eu l'intuition, une ou deux fois, à sa manière de se taire soudain, ou de sauter du coq à l'âne. A quoi je contribuais de mon mieux par des digressions inoffensives à mes yeux mais, malgré mes efforts, elles finissaient par revenir au point que nous évitions, par une fatale attraction à laquelle l'alcool que nous buvions n'était pas étranger, et il me semble que toute la soirée nous avons parlé de la même chose. En particulier je me souviens lui avoir raconté, ce soir-là, comment j'avais été consultée par un ami dans une affaire de succession compliquée, dont les ayants droit avaient cherché en vain auprès de la justice à démêler leur différend, celui-ci portant non sur l'héritage lui-même, un bien assez considérable, que la loi répartissait sans conteste et qui semblait satisfaire chacun, mais sur un album de famille dont l'attribution faisait l'objet d'un terrible conflit entre les enfants, chacun prétendant qu'il lui était destiné par le défunt parent. Rarement il se trouve que quelqu'un s'avise d'en constituer un double, les négatifs ou les plaques sont souvent perdus, l'album est une pièce unique par nature. Et même si aujourd'hui on sait obtenir de parfaits duplicatas à partir des tirages positifs, les héritiers refusaient de recourir à ce procédé, ils exigeaient chacun d'avoir l'original pour lui seul, et non sa copie, ni quoi que ce soit en contrepartie, en quoi ils étaient moins obtus qu'il ne paraît dans leur passion de l'original. Beaucoup de gens négligent qu'une photo a un revers, qui recèle autant, sinon davantage, son histoire ou son secret. En l'occurrence, l'original qu'ils revendiquaient comportait justement, au verso des photos, légendes et dates manuscrites, mais c'était surtout l'album lui-même, un gros livre relié en cuir, aux fermoirs d'argent, un de ces volumes d'images séculaires dont l'exemplaire unique ne pouvait être reproduit à l'identique. Sans doute touche-t-on là aux questions les plus brûlantes de l'appartenance et de la propriété, à leur reconnaissance impossible en terme de filiation subjective, il s'agit d'origine, d'amour et de mort, il arrive qu'on tue pour moins que ça. Ils auraient tous mieux fait de s'adresser à un psychanalyste, prétendait l'ami qui m'avait consultée. En fait de psychanalyse, ils avaient fini par trouver un compromis, celui de brûler le livre de photos. Plutôt qu'un seul en héritât, ils préféraient y renoncer, ce qu'ils firent solennellement ensemble pour s'assurer de sa destruction. Cet autodafé cruel eut lieu en présence d'huissier, après quoi, sur les cendres fumantes de la famille, du moins sur l'autel de son sacrifice symbolique, ils renouèrent leur relation et même leur affection, ce qui est en soi une sage solution, mais l'extrémité où ils en étaient venus montrait assez la violence de cette question de la mémoire et de l'oubli. Mon récit avait plongé Laura dans un état d'abattement ou de morosité, qui mêlait la perplexité à la dérision, il est peut-être plus facile remarqua-t-elle de gérer les placements monétaires que les reliques imaginaires du temps, même si elles dépérissent sous des couches de poussière et de mauvaise mémoire, elles ne se dévaluent guère, on dirait même qu'elles engrangent des revenus terribles en notre absence, et soudain je revoyais la silhouette flottante du petit comptable s'éloignant dans mon rétroviseur avec une infinie lenteur, il me semblait qu'il s'agissait d'un souvenir très ancien surgi d'une grisaille du monde, c'était le lointain après-midi atmosphérique, suspendu dans un repli du temps, qui venait de se déployer et de répandre en moi une tristesse incompréhensible qu'aggravait mon ivresse légère, je quittai Laura, sans savoir si nous nous reverrions le lendemain, ou jamais.

C'est pourquoi, au matin, une fois prise la décision de poursuivre ma route, j'avais été heureuse de la retrouver au petit-déjeuner et de poursuivre un peu notre conversation interrompue, et comme je lui annonçais mon intention de partir tout à l'heure vers la côte, sans y mettre de façon, avec une audace tranquille elle décida que je devais la conduire jusqu'à un village prochain, d'où partait un autobus qu'elle avait l'intention de prendre, n'ayant pas de voiture. Il y a des jours, disait-elle, où le hasard vous choisit, et l'occasion est chauve par-derrière. Elle désignait un journal qu'elle tenait plié près de sa tasse. C'était, me dit-elle, plutôt un de ces bulletins, distribués gratuitement sur les plages pendant la saison, qui informent les campeurs et les résidents en vacances des spectacles itinérants, cirques et concerts de variétés, des ventes de bateaux et de voitures d'occasion, parmi les publicités bariolées et les promotions des supermarchés. De ces pages confuses et tapageuses, qu'on parcourt distraitement sur le sable et qu'on laisse dans la première poubelle, celui-là traînant sans doute à l'hôtel depuis le mois précédent, abandonné par un de ses lecteurs négligents, et qu'elle avait trouvé après mon départ dans la pile de vieilles revues déposées à l'accueil. Elle n'aurait pas jeté un seul coup d'œil au *Petit Canard de la côte* si elle n'avait commencé, après mon départ, répéta-t-elle, d'avoir le sentiment détestable de perdre son temps dans ce colloque, de s'y être fourvoyée pour de mauvaises raisons, des raisons absurdes, et ne trouvant pas le sommeil elle s'était mise à le lire pour passer le temps qu'elle perdait, elle n'avait rien trouvé de mieux que le bulletin en question pour venger sa déconvenue. Elle ne l'avait pas feuilleté, elle l'avait lu de bout en bout, en protestant en son for intérieur contre les médiévistes et contre elle-même, qui avait fait six cents kilomètres afin d'échouer dans cette région, pour laquelle elle n'avait aucune sympathie. Elle l'avait lu sérieusement, et même rageusement, de haut en bas, du début à la fin, prenant connaissance des heures des marées, des horaires des messes et des vins d'honneur du mois dernier, du prix des locations de vélos, et elle était tombée sur une annonce magnifique, disait-elle, un de ces cadeaux du hasard, l'occasion est chauve par-derrière. Une certaine Mme Dhal publiait le mois dernier un avis selon lequel elle cherchait quelqu'un, une *personne de confiance*, pour l'aider à classer ses archives, *motif sérieux*, logement assuré, salaire à débattre. Le libellé, la tournure semblaient si saugrenus dans ce contexte d'annonces estivales, qu'elle en avait oublié son humeur et ses griefs, tentée aussitôt par l'idée, plutôt que de dépérir davantage dans cet hôtel forestier, d'utiliser son bref séjour pour aller voir à quoi ressemblait cette Mme Dhal, qui avait des archives à classer, et si elle avait fait affaire. Dès son réveil, elle avait mis son projet à exécution, appelé le numéro, qui ne répondait pas, mais elle ne désespérait pas de trouver, dans cette petite station de la côte, l'adresse de Mme Dhal, seulement pour la visiter et connaître dans quelles archives elle avait le motif sérieux de mettre de l'ordre, cela au moins occuperait diablement son temps, à défaut de le justifier, et comme l'autobus qui desservait la côte avait un arrêt dans le prochain village, elle avait décidé de partir sans délai. J'ai su plus tard que l'esprit fantasque de Laura, son goût apparent pour les excentricités recouvraient d'affreux sursauts contre le désespoir, qu'elle y mettait d'autant plus de caprice et d'entêtement qu'ils conjuraient son hébétude ou son effroi, jetant vers l'obscurité grandissante qui l'entourait des grappins de survie, dont elle ne savait à quoi ils s'accrocheraient, ou s'ils la précipiteraient davantage dans le vide. Mais, ce jour-là, je pris son projet pour une lubie plaisante, même lorsqu'elle m'expliqua que son chômage assisté, entrecoupé de travail en free-lance, était la manière satisfaisante qu'elle avait de gagner sa vie, elle n'avait pu envisager une carrière promise à l'enfermement, et ses divers emplois l'avaient rendue si polyvalente que sur le marché elle arrivait toujours à se vendre quand elle avait quelque chose à acheter.

Comme nous roulions vers l'ouest, le soleil troua soudain les dernières brumes du matin encore accrochées aux sous-bois, dont les nappes bleues changeaient sans cesse de forme entre les genêts, et qui obscurcissaient devant nous l'horizon océanique, les rayons illuminèrent d'un coup le paysage mouillé du même éclat surréel, scintillant de toutes parts dans la clarté aveuglante en une pulsation vibrante et joyeuse de premier matin du monde. Laura avait jeté son sac sur le siège arrière, il était plus lourd, me dit-elle, de ses quelques livres et de son ordinateur portable que de ses effets. Dix kilomètres plus loin, nous trouvâmes en effet le village, une longue rue de maisons basses en brique et pierre et aux toits de tuiles, aux volets mi-clos, sans un seul commerce ni âme qui vive, d'où seul émergeait un clocher court. Je me garai sur le bas-côté, près de l'abri où elle devait attendre son bus. Plus avançait le moment où nous allions nous séparer, plus le dilemme urgent se présentait à moi, de proposer à Laura de la conduire où elle allait, ou de m'abstenir.

Elle ne m'avait pas demandé davantage que de la mener à cet endroit, et la franchise même de sa requête semblait, d'autorité, la limiter à ce qu'elle posait. Mais j'étais libre de mon temps et disponible, sans véritable motif de me rendre ici ou là, et son expédition loufoque me séduisait, moi qui suis souvent paralysée quand il s'agit de prendre une décision à l'improviste, plus profondément parce que ma pente naturelle est de ne pas poursuivre une relation nouvelle, par une sorte de réticence inquiète, par crainte d'importuner autant que de l'être, qui maintes fois m'a éloignée de gens qu'ensuite je souffrais de ne pas avoir retenus, et cette expression selon laquelle *l'occasion est chauve par-derrière*, qu'elle avait employée deux fois ce matin-là, me rappelait comment l'implacable désinvolture de la vie, sa cruauté narquoise, vous condamne à jeter les dés sans réfléchir, sans spéculer devant l'aléa, et vous met à nu. La manière dont nous nous étions rencontrées et sa compagnie me laissaient un sentiment d'inachevé, qu'elle ne semblait pas partager dans sa détermination, dès ce moment-là elle me considérait comme une rencontre de hasard, de ces inconnus, justement parce qu'ils le sont, comme elle l'avait dit dans l'obscurité, à qui il arrive qu'on s'ouvre sans réserve pour qu'ils emportent ce qu'on tait à soi-même, et qu'il faut savoir s'en tenir là. Le soleil était déjà chaud, nous descendîmes de voiture, et tandis que nous faisions quelques pas sur le bas-côté, à quelque distance l'une de l'autre, je repensai à cette sœur que nous avions fiévreusement invoquée une partie de la nuit sans jamais la nommer, pour qui elle disait avoir fait le voyage, même si c'était avec de mauvaises raisons, qui se trouvait non loin d'ici et dont la présence toute virtuelle me pesait, dont je ne savais rien, même pas si elle existait vraiment, si elle n'était pas une fabulation comme on en propose impunément à des gens qu'on ne reverra pas, que pour ce motif même on tient à ne pas revoir, ce que semblait signifier son silence sur un éventuel échange d'adresse ou de téléphone, que l'imminente arrivée du bus rendait désormais déplacé, et déjà nous nous étions quittées. Au dernier moment, nous nous étions rendues près du monument aux morts, semblable à ceux qu'on trouve dans tous les villages de France, dont le soldat de bronze au casque verdi, la capote emportée par un vent d'obus, s'élançait vers un ciel de gloire, et offrait son fusil au buste d'une Marianne impavide. Nous avons un instant regardé les lettres d'or fané à quoi se résumait la liste des noms des morts de cet endroit qui semblait si vide, si désolé qu'on l'aurait cru immuablement arrêté à cette époque où la guerre vidait ses maisons. Elle m'a confié plus tard que c'était à cet instant de notre séparation, devant le soldat du monument aux morts, qu'elle avait dû, comme elle disait, *franchir le pas*, loin au fond d'elle-même, hors de toute raison, dans ces confins dangereux où l'instinct dicte notre survie, elle avait commencé à vouloir se souvenir.

Dans l'année qui suivit, je ne repensai guère à ce séjour dans le Sud-Ouest, même s'il affleurait parfois sous la forme fugace d'un épisode irrésolu dont les détails s'estompaient, sa brève parenthèse étant de plus en plus reléguée par les tâches pressantes. Le travail occupe tout mon temps, il le comprend et le chasse. L'hiver fut particulièrement occupé, en quelques mois je dus voyager de nombreuses fois, le plus souvent en France, mais à plusieurs reprises à Bologne où j'aimais aller. Nous y avions, depuis quelques années, trouvé un imprimeur, Enzo Battistini, dont la compétence surpassait en qualité et en rapidité la plupart de ses confrères et dont les prix défiaient la concurrence. Nous avions recours à lui dès qu'une publication nécessitait des soins luxueux, et comme je faisais chaque fois le déplacement, au lieu de régler les difficultés par téléphone ou par mail, je m'étais liée d'amitié avec lui. C'était un homme de petite stature, mince et vif, d'un âge avancé, qui dans son éternelle blouse blanche semblait toujours s'apprêter à une délicate intervention, tenant ses mains méticuleuses détachées de son corps, suspendues devant lui, comme le font les chirurgiens après les avoir désinfectées. Mais cet aspect médical était sans affectation ni sévérité, il le tempérait d'une sérénité souveraine et rassurante, satisfaisait avec une courtoisie, une bienveillance sans défaut, les demandes saugrenues, confinant parfois au caprice, d'un artiste ou de son commanditaire, et s'il mettait quelque malice ou ironie à sa complaisance il avait la gentillesse d'afficher un imperturbable sérieux. Il travaillait avec de vieux ouvriers du livre qui avaient pour la plupart dépassé l'âge de la retraite, dont il prétendait qu'après eux il ne lui resterait plus qu'à fermer son imprimerie, ce dont nous plaisantions tout en redoutant d'apprendre qu'il avait mis la clef sous la porte. Je ne l'ai jamais vu pris au dépourvu devant les questions les plus épineuses, se donnant à peine le temps de la réflexion en tapotant sa lèvre du doigt, consultant un de ses employés pour la forme, il trouvait toujours une solution, et devant ses réalisations il se laissait aller avec un candide enthousiasme à faire son propre éloge, à vanter son excellence sans vergogne, à quoi on était forcé d'applaudir, bien sincèrement. Il allait lui-même choisir des papiers d'artistes fabriqués au Japon ou en Suède, mais surtout ceux de Fabriano, où depuis le XIIe siècle s'est poursuivie une production artisanale, surtout la série Roma filigranée à la louve, et l'Umbria, mais aussi ceux d'Alicante, à base de coton et lin, l'excellence, disait-il, pour la gravure ou la photographie, il était vétilleux sur la "cuisine", choisissant des couchés classiques pesants, ou de plus légers dont le calandrage rend selon la feuille mate ou brillante, et il caressait de la main le velouté, le glacis des feuilles avec une gourmandise d'esthète, intarissable sur le grammage qui fait d'un papier qu'il a "de la main", une certaine tenue, une raideur alliée à sa légèreté. Il était disert sur son métier, mais muet sur sa vie, on ne savait s'il avait une famille, une femme, des enfants ou des amants. Outre mon respect pour son exigence et sa passion contagieuses, je m'étais attachée à lui au fil des rencontres pour cette discrète séduction faite de sensualité et d'élégance surannée qu'on ne rencontre plus guère, amitié dont je souffris d'autant plus, cet hiver-là, à la suite d'un incident qui me laissa à son égard dans une confusion d'esprit et un tourment extrêmes, dans cette sorte de dette sentimentale dont on ne s'acquitte jamais. Il s'était trouvé que, dans une soirée professionnelle, lors d'un échange avec quatre ou cinq personnes qui le connaissaient, et moquant avec amitié ses manifestations d'orgueil, intempestives quoique légitimes, l'un d'entre nous s'était lancé par jeu à le parodier, à singer son discours naïf d'autosatisfaction en tenant devant lui ses mains aseptisées de chirurgien. C'était si réussi que nous riions tous, quand quelqu'un opposa que, pour parfaire l'imitation il manquait la bosse. Suggestion à laquelle se rendit aussitôt l'acteur, enfonçant sa tête dans les épaules et inclinant légèrement l'une d'elles. Je fus sur l'instant glacée d'effroi, parce que cette bosse contrefaite parachevait la silhouette, et que tous semblaient d'accord sur cette bosse, que moi je n'avais jamais remarquée à l'imprimeur de Bologne. Je ne pouvais douter, étant donné le nombre des témoins, que seule j'avais ignoré, et plus qu'ignoré, seule j'avais été aveugle à cette infirmité. Je m'éloignai assez vite du groupe, troublée qu'une telle malformation fît rire, même avec une sympathie dénuée de méchanceté, mais surtout que m'en fût révélée ainsi l'existence. Je restai à l'écart, et finis par quitter rapidement la soirée, gagnée par un sentiment de honte et d'angoisse qui me rendait insupportable toute compagnie, et c'est seulement dehors, marchant sous la pluie, que me revint, comme une illumination, un événement mortifiant de semblable méprise, dont j'avais relégué le cuisant souvenir.

Dans le premier service où j'entrai, au Service cinématographique des armées, je travaillai un certain temps, jeune stagiaire, sous la direction d'une archiviste, que tout le monde appelait Margotte, grande femme frileuse et aux mouvements lents, toujours empaquetée de vestes et de châles, même en été, et dont les méthodes me semblaient appartenir à une époque archaïque. Elle régnait sur le service, quoique quittant peu son bureau rencogné dans un angle sans fenêtre, campant derrière des amoncellements de dossiers et de piles instables, bardée d'une rangée de pots de cactées miniatures qui défendaient son accès.

Son autorité et la réputation dont elle jouissait venaient d'avoir mis sur fiches toute l'iconographie de la guerre d'Indochine et, pour l'avoir entièrement transcrite à la main, de son écriture en bâtons, de la connaître par cœur, contrôle qu'elle étendait à l'ensemble des collections. Malgré ses méthodes désuètes, elle était la seule à trouver sans hésiter n'importe quel document selon son classement personnel. Notre service, s'il intéressait en priorité les chercheurs ou documentaristes, avait pour mission essentielle de répondre dans la journée, ou dans des délais encore plus brefs, à des commandes de la télévision, formulées en termes vagues et thématiques, le plus souvent en vue de sujets d'information pour lesquels ils servent d'illustration approximative au journal du soir. Malgré mes préventions à son égard, je m'en rendis compte plus tard, Margotte m'avait appris nombre de choses décisives pour mon métier, en particulier sa maîtrise de la mémoire visuelle, qui devait moins à l'analyse objective qu'à une perception sélective aussi performante que celle des liens informatiques, technologie à laquelle elle n'entendait rien et refusait de s'initier, arguant de son âge et de sa mémoire infaillible. Si à l'époque je considérais, avec la condescendance de la jeunesse, ce refus opiniâtre comme une preuve de présomption sénile, je ne suis pas loin de penser aujourd'hui qu'elle avait raison, que la méthode empirique et artisanale exercée de longue date, qui consiste à croiser et associer par contagion des objets apparemment étrangers les uns aux autres, et particulièrement des images, les apprivoise de proche en proche selon un système qui, pour être émotif et intuitif, n'en construit pas moins un excellent système d'identification, analogue à celui de la mémoire humaine. Sans doute le système de Margotte, qui avait assis sa réputation, était-il à usage privé et son exclusivité un inconvénient pour le service mais, par l'expérience et l'exemple qu'elle m'en a transmis, le principe m'en est apparu adaptable et valide, au point que, souvent, je crois encore travailler sous son empire.

Quoi qu'il en soit, elle disparut du service, ayant pris subitement sa retraite, pour soigner une vieille mère en province, disait-on. Au retour de nos congés, son bureau était vide, les cactus envolés. Je ne regrettai guère son départ prématuré, avec cette insouciante férocité qui réjouit les débutants de voir les anciens céder la place et libérer leur poste. A ce moment-là, ne m'effleurait pas par quelle résolution cruelle elle avait dû renoncer à ce travail qui était toute sa vie et dans lequel elle excellait. Or il m'arriva, quelque temps plus tard, lors d'une recherche qui nous avait tous mis en échec, d'évoquer Margotte et sa célérité phénoménale, et comme je faisais plaisamment la remarque qu'elle l'accompagnait d'une paradoxale lenteur de mouvements, entravée qu'elle était par les multiples châles et vestes dont elle s'emmitouflait en raison de sa grande, grande frilosité, quelqu'un me signala alors charitablement, étonné par mon ignorance, que sa frilosité venait surtout de ce qu'elle avait perdu une main. L'évidence me confondit, indubitable, terrifiante. Je vis Margotte à l'instant, en face de moi, assise à son bureau dans sa posture transie, et revisitai à une vitesse affolante les multiples occasions où j'avais dû lui marquer mon aberrante cécité, dans une confusion qui me mortifiait plus que l'ironique bonté de mon informateur, incrédule moi-même quant à mon infirmité visuelle, à ma propension à ignorer pendant des mois, dans une relation aussi étroite que quotidienne, cet aspect de sa personne. Avec l'inconséquence de mon âge, je pensai que, pour qu'ait pu m'échapper, proprement m'aveugler ce qui crevait les yeux, il fallait ou que je sois une sotte parfaite, ou elle une parfaite comédienne. Le second cas de figure m'étant plus favorable, ma confusion se mua en un étonnement admiratif pour la femme qui avait réussi aussi durablement à soustraire aux regards, du moins au mien, sa terrible infirmité. Elle y était parvenue au prix d'artifices et de ruses inouïs, déguisant son handicap en gaucherie, usant de la feinte et du simulacre pour détourner l'attention, ajustant aux circonstances son air emprunté et frileux, avec une inventivité de chaque instant, pliant chaque geste afin de distraire aux yeux du monde ce qui l'amoindrissait, tout cela me révélait de quelle dignité orgueilleuse, de quel courage et de quelle constance elle avait fait preuve pendant tout ce temps que j'avais passé avec elle et qui résultait, sans nul doute, d'un long apprentissage du déni. D'une certaine manière, elle avait trouvé en moi le spectateur parfait de son imposture, celui en qui elle vérifiait son génie et son art. Auprès d'une personne, au moins auprès de moi, elle avait réussi, et je n'étais pas loin d'imaginer une sorte de connivence muette entre elle et moi, et de concevoir une consolation tardive à mon coupable aveuglement qu'elle ait pu, non sans amertume peut-être, le considérer avec indulgence, puisqu'elle avait toujours marqué à mon égard une discrète et bienveillante prédilection, elle m'avait initiée et formée avec une générosité qui confortait ce sentiment par lequel je m'absolvais. Et si je m'avisai longtemps après, repensant à elle en une ou l'autre occasion de mes recherches qui lui devait son résultat, que je ne m'étais jamais enquise, alors, de la cause de cette infirmité, accidentelle ou congénitale, de la manière dont elle avait reçu sa surprenante formation d'archiviste et avait abouti à ce poste, ni de ce qu'elle était devenue ensuite, cet épisode me semblait trop lointain pour occuper durablement mes pensées et mériter que j'y revienne. Le souvenir avait ressurgi au moment où, en de trop semblables circonstances, mes compagnons de soirée m'avaient ouvert les yeux sur la bosse du petit imprimeur de Bologne, et je m'étais enfuie, bouleversée.

Cette fois je n'avais plus l'excuse de ma légèreté juvénile pour expliquer comment je fermais les yeux sur des pans entiers de la réalité immédiate, et qu'ait pu rester hors de ma conscience, ou même de mon intuition, non un détail discret et discontinu que seule une fréquentation intime révèle, mais une anomalie visible et permanente connue de tous, dont l'existence m'avait échappé, que moi seule avais réussi à ignorer par un effet d'obturation proprement insane, et que l'imitation avait restituée comme pour en faire mieux saillir l'évidence grossière. Combien de fois m'étais-je absorbée dans l'examen studieux des documents anciens, l'observation méthodique et pleine de scrupule qu'exige mon métier, et avais-je exercé cette aptitude, héritée précisément de Margotte, à déceler dans le foisonnement des signes, dans le fourmillement indistinct que la matière photographique oppose à la vue ordinaire, l'indice infime qui établit l'origine et l'identité, aiguisé ce regard de l'enquête, de l'investigation scientifique et esthétique qui requiert la maîtrise froide du savoir, le discernement et le contrôle de l'affect, même si l'émotion, ou l'imaginaire, loin d'en être l'ennemi, participe de la connaissance, et il m'apparaissait soudain que, à consacrer cette compétence à mon travail, j'en avais peut-être perdu l'usage pour les choses de ma vie, pour le plus simple et le plus ordinaire des contacts humains, dans la relation aux autres qui occupe l'intense, irremplaçable présent, comme j'aime à le penser, car nous ne sommes assidus ni au passé ni au futur qui nous assiègent de leurs chimères et de leurs fictions, mais assignés au présent, à l'immédiat sensible, et je ne sais pas d'autre lieu où je pourrais être plus sûrement. Je ne me consolais pas du sentiment de découvrir qu'à Bologne, pas plus que Margotte, je n'avais jamais vraiment regardé Battistini, ni au concert où il m'invitait parfois, ni dans la trattoria de la via Garibaldi où il choisissait pour moi des vins charnus et fruités de Toscane, son pays, ni dans son atelier quand nous travaillions côte à côte tard dans la nuit. Malgré le sincère, le tendre attachement que j'avais pour son naturel enjoué et péremptoire, son tact, le charme subtil qui émanait de sa personne mystérieuse, j'avais traversé du regard l'obstacle contingent de son visage, de son corps, pour contempler un Battistini immatériel, idéalement virtuel, je l'avais rêvé, comme tant d'autres que j'approchais, et aimais. Je rêvais ma vie parmi des fantômes de réalité, ou plutôt c'était moi le fantôme au milieu des êtres réels, des créatures tangibles, qui ne trouvait ni la place ni le moment de les empoigner, de les étreindre et les garder avec moi. Je n'avais de place dans l'existence que pour choisir toujours l'angle mort quand ils étaient là, au présent, et n'avait d'yeux que pour les voir de dos s'éloigner de moi dans un rétroviseur.

Au lieu de marcher comme à mon habitude, j'avais tourné en rond en errant dans le quartier, prise d'une fatigue insurmontable qui me coupait les jambes, et le souffle, renonçant pourtant au refuge d'un café d'où me chassaient les gens attablés joyeusement, les garçons désœuvrés qui regardaient la rue d'un air absent à travers les vitres enfumées, chassée aussi des trottoirs encombrés par la sortie des cinémas, j'avais ralenti, puis j'étais restée immobile, dans une rue mal éclairée, sans pouvoir m'éloigner de cet endroit où j'avais été foudroyée de stupeur, et je ne sais au bout de combien de temps je pris conscience que j'étais arrêtée devant la boutique d'un libraire. La vitrine éteinte présentait à l'étalage des livres anciens, aux pages blêmes ou jaunies ouvertes pour le passant, que j'avais lues sans m'en rendre compte, ainsi que les lettres autographes, les photos paraphées et les dédicaces manuscrites qui y étaient exposées, je lisais tout ce qui tombait sous mes yeux dans la plus grande hébétude, jusqu'aux titres à peine déchiffrables inscrits sur les tranches de volumes reliés, dont les lettres semblaient des hiéroglyphes suspendus en l'air, tels des insectes aux pattes crochues de vieil or, la devanture tout entière s'apparentant à un tableau de nature morte baignant dans une lumière grise et comme la coulisse d'un monde en ruine, car dans l'ombre, au fond de la librairie, les rayonnages indistincts de livres tendaient une sorte de voile menaçant aux plis pleins de poussière rousse et verdâtre, tout ce papier pulvérulent maintenu en apesanteur factice, prêt à tomber en cendres au moindre remuement d'air, je ne sais de quel trou dans ce rideau théâtral des livres on pouvait voir ma face avide collée à la vitre, cherchant à distinguer dans l'obscurité une scène d'exposition propre à m'instruire des oracles qu'ils contiennent tous, dont nous lisons les mots ligne à ligne, et les pages, sans comprendre ce que les spectres qu'ils agitent dispensent d'avertissements occultes, dans l'ordre des fictions comme de la science, dont nos vies dépendent, cette somme vertigineuse des livres dont ici le moindre échantillon valait pour tous dans son habit d'ombre et de poussière, que la clarté de la rue atteignait sans force, filtrée et délavée, et ne concernait plus que comme la lointaine lueur d'un monde provisoire, agité de feux illusoires, alors qu'eux, fables ou lois, étaient nés sous l'éclairage cru du jour ou de la conscience, ou du sommeil, et nous redoutons leur lumière cruelle, nous portons à nos yeux nos mains glacées d'effroi. Je reculai brusquement, effrayée par cette vue, et plus encore par mon visage que la vitre avait reflété tout ce temps, contre l'image duquel j'avais posé ma face brûlante, grillagée par les ombres portées de la rue et embuée par mon haleine. L'instant d'une vision, je ne reconnus rien de cette forme hideuse sans couleur ni matière humaine, aux orbites excavées dont s'éteignait le regard, égaré entre l'insondable profondeur et la surface, je crus qu'il s'agissait d'une autre derrière moi, qui à travers moi regardait la vitrine du libraire. Un souffle froid sur mon front me réveilla de ce sommeil, et d'un sursaut je m'arrachai à cet endroit, emportée par une honte et un chagrin immenses dont je ne savais plus s'ils tenaient à Margotte et Battistini réunis dans la même méprise, aux vains calculs et vérifications que j'appliquais à ma vie comme dans les rêves où se dilate et se rétrécit le temps de la pensée pour accoucher de monstres, ou bien à cette librairie inconnue, dont je n'ai ensuite pu retrouver la rue, ni le nom, et si je l'ai revue, je ne l'ai pas reconnue.

J'ai un souvenir confus des semaines qui suivirent. Au même moment que j'acceptais divers engagements dont j'aurais dû me passer, obéissant à un besoin compulsif de mettre de l'ordre autour de moi, j'entrepris brusquement de changer la disposition de mon appartement. Je transférai et redistribuai, d'une pièce à l'autre, meubles, livres et objets selon une méthode que je croyais cohérente, mais, dans l'impossibilité où j'étais d'y consacrer le temps nécessaire de manière suivie, le rangement prévu se désorganisa, les déplacements s'avérèrent si décousus qu'au bout de quelque temps la pagaille était à son comble. J'avais égaré la plupart des documents ou des ustensiles dont j'avais besoin dans l'instant, d'autres, inutiles, encombraient systématiquement la place. A quoi s'ajoutait que les objets, une fois quitté la place ordinaire que l'usage leur assigne et privés de leur fonction, tombaient en disgrâce, et surtout les bibelots, chacun revendiquant sa mièvre histoire passée, sa raison d'être là ravivait d'importuns souvenirs, dont l'émotion ou l'amertume grandissait mon malaise de me déplacer parmi eux, je battais la campagne dans l'espace saturé et confiné que leur accumulation rendait plus exigu encore, maudissant la faible sentimentalité qui pousse à collecter, conserver, embaumer sur les autels domestiques, ces petits fétiches mortifères. L'exaspération devant la résistance inepte des choses, leur hostilité sournoise, aggravait mon humeur car, quoique sachant avec une belle clarté que les choses n'y peuvent rien, et que j'organisais cet absurde dérangement au pire moment, c'est-à-dire le meilleur pour satisfaire mon angoisse larvée, je m'obstinais, en dépit du bon sens, à poursuivre mon projet, jusqu'à ce que le désordre ait atteint à la perfection son état de symptôme de ma propre vie.

C'est dans cette disposition d'esprit que je dus retourner en Italie, fin février, afin de mettre sur pied l'édition d'un catalogue d'exposition avec notre imprimeur. Le prétexte de mon voyage professionnel tombait à point pour fuir mon catastrophique appartement, il m'offrait aussi l'occasion, sans cesse retardée, de revoir Enzo Battistini. Je m'y rendis avec le sentiment latent, puis de plus en plus évident que cette rencontre était pour moi l'épreuve qui mettrait fin à mon angoisse obsédante, au découragement insidieux où m'avait précipitée la terrible révélation de cette soirée d'hiver, à laquelle j'attribuais la confusion et le dérangement chroniques de ma vie. Plusieurs fois des insomnies me poussèrent vainement dehors pour des marches qui ne me procuraient pas le sommeil, ou bien un sommeil pénible dont je sortais encore plus accablée. Pendant cette période, je refis un rêve ancien. J'étais au bord d'une ravine que dévalait un torrent, près d'une grange isolée de montagne, contre laquelle était accumulé le rebut d'une ferme, que je savais lointaine, de vieux outils agricoles, des poutres vermoulues, des sacs entassés là, sous des bâches de plastique luisant de pluie, car il pleuvait, une bruine froide ensevelissait la montage, je voulais pénétrer dans la grange, et j'en faisais le tour, cherchant un passage, mais cela me semblait au-dessus de mes forces, cependant je finissais par m'introduire dans un interstice humide, et quand je me trouvais à l'intérieur, ils étaient là, je ne sais combien de vieilles gens transis, serrés les uns contre les autres, empaquetés de hardes lourdes, poussiéreuses et moisies, de qui émanait une odeur repoussante de pourriture, seuls émergeant du tas leurs visages effroyablement ridés, ravinés, et souillés, c'étaient les grands-parents de mon père, leurs frères et sœurs et tous leurs parents et grands-parents, je les reconnaissais tous, eux que je n'ai pas connus, seul leur regard véhément perçait leurs masques de vieillards maculés de tavelures, d'ecchymoses suintantes, je savais alors que c'étaient les taches hideuses que portent les cadavres, mais je n'avais pas peur, j'avais honte, honte d'avoir tant tardé à entrer, et si mal, dans le secret de leur mort. C'était un rêve déjà fait puisque j'en savais d'avance le déroulement et l'issue, mais peut-être le rêvais-je pour la première fois.

J'arrivai à Bologne un soir de froid vif et sec de bel hiver. Le bord des toits de tuiles se découpait avec une précision minutieuse contre le ciel d'un bleu intense, et tout le rouge de la ville, du brun poivré au rose de safran brûlait en un nuancier éblouissant, jusque sous les arcades des vieilles rues, à l'ombre des tours penchées, dans cette atmosphère exaltante où la dentelle d'ombre et de lumière délie les motifs, décuple l'acuité visuelle jusqu'à la douleur délicieuse, la profusion du visible ne comblant jamais la jouissance promise, et si je m'attardai un peu dans les rues à goûter ce moment, c'était aussi pour différer celui de revoir Enzo Battistini, comme si je faisais provision de la force et de la sérénité que donne la beauté pour affronter sa vue. Peut-être aussi parce que, à travers lui, j'avais un rendez-vous ancien, longtemps ignoré, avec Margotte que la vie ne m'avait pas permis de revoir, et dont le souvenir ravivé avait pris la forme d'une dette obscure et lancinante que j'étais sur le bord d'acquitter. Quand j'arrivai à l'imprimerie, le crépuscule flambait orange sur les toits, tandis que le ciel virait au bleu marine et, dans la cour de l'immeuble déjà plongée dans la nuit, les vitres des plus hautes fenêtres étincelaient de reflets d'incendie. Je trouvai l'atelier en pleine effervescence, dans le bruit des rotatives, et j'aperçus aussitôt Battistini, s'entretenant avec un client dans son petit bureau vitré vivement éclairé sur la mezzanine, d'où il contrôlait le navire. Tandis que je patientais, tout en bavardant avec un des ouvriers, très embarrassée par mon italien élémentaire, je le voyais de loin discuter et gesticuler dans sa posture coutumière, et j'eus tout le temps d'observer sa silhouette sous la lampe pour y repérer la difformité qui m'avait tant tourmentée, soulagée de ce retard providentiel qui me donnait le temps de m'y accoutumer. Mais si je décelais dans sa voussure une protubérance indubitable, elle m'était familière. Je lui connaissais cette manière gauche de soulever son dos et de projeter en avant les épaules, surtout la droite, en tenant écartées ses mains de chirurgien, et sa bosse me parut, plutôt qu'une infirmité naturelle, de ces déformations que le métier, les mauvaises postures répétées infligent au corps, imprimant au fil des ans des gibbosités ou des torsions, les stigmates du travail laborieux, de l'effort physique, et plus passait le temps, plus je m'étonnais du mirage ou de la méprise, si elle n'était mystification, qui avait égaré mes collègues, et de la crédulité avec laquelle j'avais accueilli leur témoignage au lieu de protester du mien, plus je me convainquais d'avoir été le jouet de leurs affabulations. L'idée très gaie me vint alors que mon amitié pour l'imprimeur avait amoindri mon appréciation de cette bosse, au demeurant bien réelle, je le voyais maintenant, de même que, dans le conte, la passion incline la belle à trouver de l'attrait, et même du charme, aux laideurs de Riquet à la Houppe, à sa bosse un certain air penché, à ses yeux louches un trouble intéressant, en quelque sorte j'avais eu pour Battistini les yeux de l'amour. Si bien que lorsque, libéré de son entretien, il vint vers moi, mains tendues, j'y jetai gaiement les miennes avec un emportement qui dut lui paraître bien étrange, et plus étrange encore, une heure plus tard, comme nous discutions d'une qualité de papier, un aspect technique sans lien aucun avec mes scrupules et mes angoisses passés, que je m'effondre soudain en larmes sur un banc. Submergée de chagrin, je suffoquais dans mes mains, hoquetant comme font les enfants, d'autant plus lamentable que ces pleurs avaient surgi sans cause raisonnable, rien qu'à passer le doigt sur une trame soyeuse de papier. Comme si une maladie qui couvait se déclarait de manière foudroyante, je pleurais sur la bosse patente, irréfutable, de mon ami, sur ma cécité criminelle, chronique, inamendable, sur mon inaptitude radicale à aimer, à distinguer la réalité de ses apparences, sur mon appartement dévasté dont pas un objet ne méritait d'échapper à la poubelle, sur tout ce qui me condamnait à l'instant, et pour toujours. Désemparé, éperdu, Battistini me tendait son mouchoir, soupçonnant je ne sais quelle peine de cœur ou drame privé, éloignant d'un geste impérieux les ouvriers attirés par le petit scandale de cette dame en pleurs, et lui me consolant de son mieux, et moi protestant, reniflant, que ce n'était rien, rien de rien, que j'étais seulement très surmenée. Et comme je redoublais de pleurs à l'idée désolante d'une dépression rampante, il prit la décision sur-le-champ qu'il m'enlevait, qu'il m'emmenait avec lui voir son cousin à Arezzo, comme il en avait l'intention le lendemain, un aller-retour qui me changerait les idées et il me promit le vin de son cousin comme de l'ambroisie. Et je crois qu'à cet instant j'acceptai sans hésiter parce que venait de surgir à ma pensée que *l'occasion est chauve par-derrière*, sans me souvenir en quelle circonstance j'avais entendu cet adage ni à quoi il s'était appliqué, cependant racontant plus tard à Laura ce voyage à Bologne, elle le reconnut pour sien, il se trouvait quelque part dans l'*Iliade*, disait-elle, et que chaque ligne d'Homère valait pour bréviaire comme le substrat de ce que la jeune humanité avant lui avait compris du monde et lui dictait, menant sa main à écrire pour ce qu'il ne voyait pas mais savait de son œil intérieur, au moins ceci que la circonstance échoit et ne repasse pas deux fois, qu'elle marche penchée contre le vent et que toujours les hommes à la croiser s'effarent de son visage échevelé, brouillé, barbouillé, plaisantent ou moquent sa face tandis qu'elle passe, alors elle est déjà passée, trop tard ils se retournent pour ne plus voir d'elle que le dos et sa tête pelée, son crâne sans un poil à quoi se cramponner pour l'empoigner, et la retenir, et aussi trop tard nous lisons les livres, ou trop vite pour entendre les oracles qu'ils contiennent, pour comprendre ce qu'ils dispensent d'avertissements occultes, dans l'ordre des fictions comme de la science, dont nos vies dépendent.

Enzo me prit à l'hôtel de très bonne heure, puisque nous devions rentrer le soir même. En hiver, la route de Bologne à Arezzo dépayse toutes les images convenues de Toscane, car bientôt nous quittâmes les hauteurs enneigées de l'Apennin pour longer en la remontant la vallée de l'Arno, traversant des campagnes âpres, bosselées par les gros labours couverts de givre, des champs d'oliviers gris sous le ciel blanc. Comme nous roulions, il m'apprit ses origines paysannes, comment son père, épris d'une fille de riches tisserands d'Anghiari, l'avait si bien séduite et compromise que la famille avait dû se résoudre à la mésalliance, puis comment l'industrieux paysan avait réussi sa conversion à l'artisanat en restaurant les techniques et les motifs ancestraux des toiles de lin et des métis, juste avant que le goût n'en devînt à la mode, si bien que, anticipant le marché, il avait été des premiers à relancer ce commerce languissant, et aujourd'hui l'entreprise était assez prospère pour que lui et ses sœurs jouissent de revenus confortables, ce qui lui permettait de s'adonner à sa lubie dispendieuse d'imprimer des livres d'art, sans souci de rentabilité, en perdant son argent, ce qui est une manière excellente d'en jouir. Pour la première fois, il abordait ses origines et sa vie privée, mais avec la distance d'un humour plein de tact, ramenant le roman familial à une chronique concise, dénuée d'émotion, dans cet épanchement discret qui ne cherche ni l'adhésion ni la confidence en retour. J'ai de ce voyage impromptu un souvenir d'abandon comme on en connaît par parenthèses dans les convalescences, quand se volatilise la douleur pour laisser place à une sensation de faiblesse et de bien-être, d'autant plus merveilleuse qu'elle est encore menacée. Je ne me souciais ni de l'itinéraire, ni du niveau d'essence, ni de l'horaire du voyage, dans un état d'irresponsabilité euphorique, laissant Enzo me payer sans le savoir de ma bévue et de ma détresse par la grâce de son invitation, et je fus accueillie successivement par ses sœurs d'Anghiari, puis par le cousin d'Arezzo, au titre de son amie, et pour ce seul motif traitée avec des égards et des délicatesses qui ne m'avaient pas été prodigués de longtemps, il me semblait depuis mon enfance, quand notre tante Zabel nous hébergeait l'été dans sa maison de Nemours et nous gâtait excessivement, ses neveux et sa nièce, déployant à profusion envers nous prévenances et tendresses, à proportion de son manque d'enfant, et particulièrement pour moi, qui n'avais pas de mère. Si je fus élevée avec rigueur et bon sens en compagnie de mes cousins par mon autre tante, sa sœur, celle-ci avait trop d'occupations au quotidien et le souci d'une maison pour m'accorder le cadeau que me fit Zabel, elle qui m'appelait sa petite reine et m'a donné d'avoir régné sur un cœur, le temps de quelques brefs étés, avant qu'elle mourût.

Quelques kilomètres après avoir quitté le domaine où vivaient ses sœurs, près du col de la Ronda, comme nous descendions vers la route par le sentier de terre serpentant dans les bois de chênes-lièges, Battistini s'arrêta un instant dans un virage, juste à un endroit que l'échancrure de la végétation ouvrait sur les lointains, un étagement de collines surmontées au nord d'un étrange mamelon rocheux, les pans de la montagne s'atténuant dans les basses régions en ombres violettes que rehaussait le vif turquoise du ciel hivernal. Ce point de vue, m'apprit-il, avait été durant toute son enfance le but d'une promenade que les menait souvent faire leur mère, le soir. Pour tromper leur ennui ou leur fatigue, elle ménageait des haltes, pendant lesquelles elle leur lisait des contes effrayants, des passages de l'Ancien Testament, ou des mythes antiques, des légendes locales, puis plus tard, parce qu'ils grandissaient, des romans comme ceux de l'Arioste ou de Cervantès, qu'elle emportait sous sa robe et leur cachait jusqu'à ce qu'ils soient installés sur l'herbe, alors elle lisait. Ma mère était une femme heureuse, elle avait la bonté que donne le bonheur, disait Battistini. Ses récits fabuleux avaient coloré pour toujours cet itinéraire de forêt, puisque, le refaisant parfois, à chaque détour du sentier il se remémorait les loups féroces, les monstres et les gnomes, les rois dévoreurs d'enfants et les héros mirifiques qui se dissimulaient dans les buissons ou à la fourche des arbres, où le doigt maternel les montrait tout en lisant, mais elle contait ces horreurs, ces aventures insensées, avec tant de gaieté et de bienveillance, que les béances d'ombre qu'elles ouvraient se tenaient à distance, avec leurs fantasmagoriques habitants. Sur ce chemin, il avait appris le pacte secret que fait le lecteur avec la fiction, l'artisanat qu'est toute lecture et son lien à l'ennui, à cette béance du temps qu'aujourd'hui on veut toujours combler pour les enfants, et comment ces premiers liens langagiers de la petite enfance fondent la croyance en une présence invisible du monde que seul le sommeil des livres libère. En lisant, poursuivait-il, notre mère fermait les yeux, une fois ses paupières baissées sur la page, pour nous, elle dormait, et la voix qui sortait d'elle n'était pas la sienne mais celle du livre parlant par sa bouche, même lorsque sa main désignait le buisson, c'était une main somnambule, c'est pourquoi ne nous effrayait pas ce qu'elle y logeait, comme si nous connaissions cette chose dont nous avions toujours ignoré la présence et dont la silhouette fantomatique était quelqu'un de vrai, un souvenir oublié soudain libéré, une présence qui n'existe pas dans la vie, et cependant y apparaît. Les personnages de fiction ne nous éclairent pas, ils réfléchissent sur nous, ils nous réfléchissent, voilà qu'ils nous regardent. Ils nous engagent et nous baptisent dans la langue, apparitions. Parce que les mots sont plus forts que le monde, ils sont dangereux, ils nous obligent. A ce prix, l'art est l'exacte vérité du monde, l'impudeur extrême des constructions de notre imaginaire, qui est la forme sous laquelle nous instruisons la réalité, aussi pouvons-nous dormir les yeux grands ouverts, le roman est une représentation vraie et nous y courons des périls extrêmes, parce que nous y sommes d'intelligence avec nous-mêmes. Tout en parlant, il me montrait le paysage d'un lent mouvement de sa main et, me disait-il alors, il ne s'était pas étonné de reconnaître, bien plus tard, que là où leur mère les conduisait le soir, ce point de vue qui achevait leur marche, était le paysage exact que peignit Piero della Francesca dans la fresque de la *Résurrection*, celui qui sert de décor au grand Christ debout sortant du tombeau, tandis qu'à ses pieds les soldats dorment du lourd sommeil de l'humanité.

Sans doute Battistini repensa-t-il le soir même à cette halte au coin du bois, où s'était représentée à lui sa jeune mère, car lorsque nous quittâmes Arezzo en fin d'après-midi, et comme nous approchions de l'autoroute qui nous ramènerait plus vite à Bologne, il jugea, qu'à défaut de nous rendre jusqu'à Sansepolcro, sa ville natale et où sont parmi les plus grandes œuvres de Piero, nous avions le temps d'un petit détour de quelques kilomètres pour visiter, disait-il, la *Madone pathétique* au village de Monterchi. Je n'opposai pas à sa brusque décision la brièveté du jour et la longue route qui nous restait à faire, ayant depuis le matin le sentiment que, sans l'avoir prémédité, il s'aventurait sur un chemin personnel que seul l'alibi de ma compagnie l'autorisait à emprunter et que, pour cette raison, je devais l'y suivre. Cette fresque maintenant célèbre, m'expliqua-t-il, avait été sauvée *in extremis* de la perte irrémédiable à laquelle la condamnait son emplacement dans un petit sanctuaire désaffecté du cimetière, que minaient les eaux de ruissellement et la moisissure, puis longuement restaurée, avant d'être installée dans l'ancienne école, un bâtiment à la sortie du village, que rien ne signalait comme un musée abritant l'un des chefs-d'œuvre de la peinture occidentale. A cette heure du jour finissant, le hall qui traverse le petit édifice était encore ouvert, à l'arrière, d'une porte vitrée par laquelle on voyait un jardin et un pré incliné vers des collines au sommet desquelles, à l'instant où nous arrivâmes, quelques cyprès et pins parasols dessinaient à contre-jour, sur le ciel d'un intense bleu lapis-lazuli, leur frise à la mine de plomb, celle que les primitifs toscans portèrent à l'horizon du paysage pictural, et dont Vinci a stylisé le sublime ciselage végétal comme une écriture mystique. Nous étions les seuls visiteurs à cette heure tardive et on nous signala que l'heure de la fermeture approchait, si bien que nous avons ignoré l'exposition scientifique qui retrace la restauration pour entrer sans attendre dans la petite pièce où est installée désormais la *Madonna del parto*. Je ne connaissais cette œuvre que par les reproductions des livres d'art qui, outre qu'elles sont impuissantes, quel que soit leur soin, à restituer les couleurs originales et en falsifient toujours le rapport chromatique, ne laissent pas imaginer le format réel des œuvres même quand elles en font mention, si bien que, sitôt entrée dans la pénombre de la petite pièce, sans doute en raison du peu de recul qu'elle offre au spectateur et de l'éclairage de veilleuse qui contribue, autant qu'il en épargne les pigments, à entourer la fresque d'un nimbe magique, je fus saisie, quasiment envoûtée, par la taille géante de la Vierge bleue encadrée des petits anges jumeaux qui soulèvent les pans de son dais d'or, par sa pose majestueuse, son expression de dédain et son aura souveraines, et, quoique luttant contre cette vision violente, je restai incapable d'en détacher mes yeux, de chercher autour une fuite ou un secours pour rétablir mes sens, jusqu'à ce que les gardiens viennent nous signifier que nous devions maintenant partir. Alors seulement je réalisai que Battistini et moi étions restés totalement immobiles, dans la posture que nous avions adoptée en entrant et sans avoir échangé un seul mot, comme si nous avions été, dans cet espace et ce temps incertains, séparés, des inconnus dans l'oubli complet l'un de l'autre. La *Madonna del parto*, disait Enzo, tandis que nous roulions à grande vitesse sur l'autoroute nocturne, n'est certes pas la seule, mais une des rares qui présente ainsi la grossesse de la Vierge, encore tire-t-elle, dans les autres modèles, son manteau virginal sur son ventre ou y noue pudiquement la ceinture mariale, alors qu'ici elle l'expose avec orgueil au regard, mais assurément elle est la seule d'un format de fresque aussi monumental, d'une posture altière et mystérieuse telle qu'elle n'a pas manqué de saisir l'ingénieur venu d'Arezzo, à la fin du XIXe siècle, inspecter un vieux puits du village et qui, en cette occasion, la redécouvrit par hasard, négligée puis oubliée qu'elle était dans son sanctuaire, presque aussitôt que peinte par Piero, en dépit de sa grande réputation, cependant elle y demeura, à travers les vicissitudes du temps, épargnée par une destruction de l'édifice qui concerna la nef et non, providentiellement, le chœur où elle était peinte. On ne peut que s'étonner de la pérennité miraculeuse de cette œuvre à la gloire de la maternité divine, même si l'on sait que les femmes venaient dès le haut Moyen Age en pèlerinage à cet endroit pour avoir un enfant, soit que de très ancienne date un ruisseau proche, nommé Momentana, ait suscité la croyance profane en la fécondité instantanée de ses eaux de source, soit qu'une statue votive en bois de la chapelle ait relayé cette dévotion locale, et la mère de Piero était elle-même originaire de ce village, mais on ne sait si celle-ci inspira le peintre ou bien la longue tradition du lieu, ainsi les hommes perdant les raisons qu'ils ont de croire reportent-ils de manière immémoriale la ferveur de leur espérance sur des objets qu'obscurément ils savent dignes d'elle. Quelles que soient les fictions, les légendes ou les rêveries qu'ils engendrent, que ce soit le ruisseau, la Vierge de bois ou la mère de Piero, la maternelle puissance d'une prière est constante en ce lieu depuis des siècles. Surtout, disait-il encore, elle a ce geste sans pareil, qui a tant fait couler d'encre, par lequel elle désigne ostensiblement la place de sa maternité, les doigts de sa main droite bizarrement disposés, en une prise paradoxale, qui à la fois écarte et referme, désigne et confisque la fente que son ventre gros d'enfant ouvre sur un jupon blanc, devant lequel nous sommes comme les petits enfants posant, dans leur besoin acharné de connaissance, avec ingénuité, avidité et constance, sans toujours la formuler, la plus vieille question de notre humanité : d'où viennent les enfants, de même que sous des formes de pensée dissidentes nous spéculons et bâtissons des équations apparemment lointaines qui reviennent pourtant à la même interrogation vitale, à laquelle nous avons trouvé toutes les réponses de la raison sans en réduire l'énigme, et s'il y a toujours une mère pour désigner son ventre, la paternité reste sans solution, insolubles la conception et ses voies spirituelles. C'est le génie de Piero que d'avoir résumé dans cette œuvre ce que toute une vie s'épuise à formuler, en une image d'art qui comme toute image d'art n'est que la place où s'absente le monde pour se représenter. Mais plus encore que la main de la Madone c'est son regard *pathétique* qui donne la direction, disait Battistini, ce regard oblique et baissé qu'on connaît aux Vierges de la Renaissance, Piero en a trouvé ici l'expression sublime, car ce qui bombe sa paupière, alourdit son arche sur le globe oculaire, le savent les neurologues, c'est l'action des nerfs appelés proprement "pathétiques", l'unique paire des nerfs crâniens, parmi les douze qui commandent les muscles de l'œil, les seuls à avoir pour fonction de contrôler cette position du regard oblique, intense, porté vers le bas et sans objet que de désigner, dans le même axe chez les Vierges de Memling comme de Lorenzetti, cette place ineffable de soi, qui est le secret de la gestation, le secret de l'incarnation, vers lequel il plonge comme dans l'insondable de l'âme, regard d'absence au monde et si pénétrant qu'à éviter le nôtre il nous invite plus instamment à y méditer, à entrer dans le tragique imaginaire maternel. D'intuition les peintres, bien avant les anatomistes, ont compris que ce regard pathétique absorbe le cercle optique de l'horizon terrestre et le focalise en un seul point, d'attente et de remémoration, disait la voix de Battistini, assourdie par le ronronnement du moteur et le chuintement d'un coulis d'air dans un interstice de vitre baissée qui colmatait mes oreilles et appesantissait mes paupières, comme dans les instants qui précèdent l'endormissement, et je me suis demandé plus tard s'il m'avait vraiment raconté tout cela, ou si ma pensée, vagabondant tandis qu'il parlait, accompagnait son discours d'un songe éveillé, où me devenaient intelligibles les sensations confuses et violentes du bref instant passé devant la *Madonna del parto*, et sur la petite route du domaine devant le paysage de la *Résurrection* qui, rassemblant ce que j'ignorais savoir de moi-même ce soir-là, et comme le disait Laura devant le monument aux morts du village désert, m'avait fait *sauter le pas*, et commencer à vouloir me souvenir. Ainsi, disait peut-être encore la voix sourde de Battistini, les hommes savent-ils que toute création exige un lieu retiré de songerie sauvage où ne s'opposent plus, mais s'échangent et se marient, la raison logique et l'intuition, se fabriquent les opérations imaginaires par lesquelles ils consolent, à défaut de guérir, la désespérante condition humaine, aussi le regard oblique et bas de la *Madonna del parto* donne-t-il à qui entre là, si ignorant ou savant soit-il, dans ce sentiment mêlé d'angoisse et de paix, la conviction qu'elle parle sa langue intime à tout un. J'ai dit, bien des années après, à Enzo Battistini combien ce voyage improvisé à Arezzo, et notre détour du soir d'hiver dans la petite école de Monterchi, avait bouleversé ma vie et m'avait entraînée sur des voies imprévisibles, mais s'il se souvenait de mes larmes soudaines à l'atelier, et du vin que nous avions ramené de chez son cousin, aussi de notre escapade crépusculaire, il ne comprit pas, je crois, ce dont je parlais, ou bien l'âge qu'il avait alors et l'hébétude douloureuse dans laquelle l'avait laissé la fermeture si souvent annoncée de son atelier d'imprimerie le rendaient sourd à l'aveu que je lui faisais, et j'ai su alors comment nous remplissons parfois pour les êtres que nous aimons le mieux, et pour ce que nous redoutons, et même pour des inconnus, cet office fatal du messager ignare, du passeur obtus, qui ouvre sans le savoir des brèches dans leur existence, et d'un mot que nous croyons sans conséquence, d'un geste ou d'un acte apparemment anodin, nous en changeons magiquement la direction.

Quelque temps après mon voyage à Bologne, je trouvai sur mon répondeur, parmi divers messages, celui d'un inconnu qui me demandait de le joindre, au sujet d'une expertise qu'on lui avait confiée et pour laquelle il avait besoin d'un complément d'information. Ce genre de sollicitation se présente de loin en loin et, pour peu que j'aie un peu de temps, j'y réponds volontiers, mais je rentrais avec plusieurs projets qui me mobilisèrent par les difficultés qu'ils présentaient, et comme sur la route d'Arezzo j'avais retrouvé un regain d'énergie j'avais décidé de prendre à bras-le-corps le chantier de mon appartement et de régler la question au plus vite. J'y consacrai tout mon temps libre, j'oubliai de donner suite à cette demande. Si bien que plusieurs semaines s'écoulèrent avant qu'un deuxième message me rappelle ma négligence. Il s'agissait d'un historien consulté par les services de conservation du patrimoine, et qui m'exposa rapidement sa requête, au sujet d'un fonds photographique qui lui avait été transmis, et pour lequel j'avais accompli l'an passé la première expertise sommaire, raison pour laquelle on lui avait donné mes coordonnées, je devais être susceptible de l'éclairer à ce sujet. Le souvenir de mon voyage dans le Sud-Ouest se représenta aussitôt, mais il semblait appartenir à un temps reculé dont les circonstances s'étaient effacées pendant cet hiver empli de tourments. Cependant quand je comptai que plus de neuf mois avaient passé, je m'étonnai une fois de plus de la lenteur avec laquelle on procédait, les délais d'expertise soumis aux rigueurs administratives étant souvent longs, encore plus ceux des comptes rendus méticuleux qui sont souvent de conséquence, mais cette fois ils excédaient les limites. Nous étions déjà au début du mois de mai lorsque j'allai au rendez-vous que nous avions fixé à la terrasse du café de la Mairie, place Saint-Sulpice, étant convenus d'un signe de reconnaissance. Je fus surprise de trouver, au lieu du personnage que j'avais imaginé par sa voix caverneuse et pleine de componction, un long jeune homme élégant en costume de velours bleu marine, à qui les taches de son qui constellaient sa peau de roux flamboyant et son regard myope, derrière les lunettes cerclées, donnaient un air de touriste nordique dandy égaré sous nos latitudes. Il se présenta comme Bruckner le fils, m'apprenant du coup qu'il avait un père Bruckner, lui-même historien à Bonn, mais précisa-t-il, comme s'il devançait des questions inopportunes, sans aucun lien familial avec le musicien célèbre ni avec le géographe allemands du siècle dernier, ni avec l'homme du théâtre expressionniste autrichien du même nom, et ayant établi fermement sa filiation il me tendit une main vigoureuse. Il m'expliqua aussitôt que, après avoir obtenu à Francfort son doctorat sur un point d'histoire de la photographie documentaire, il s'était établi en France pour poursuivre ses recherches sur les archives de la dernière guerre, particulièrement celles de la bataille de Normandie, et que sa fréquentation du musée d'Histoire contemporaine lui avait donné l'occasion d'intervenir dans ce genre de cas sensible ou litigieux, quand il pouvait apporter ses lumières, me dit-il, étendant ses longues jambes entre les tables.

Il faisait un temps délicieux, sous les platanes de la place les passants de l'après-midi passaient, la veste jetée sur l'épaule, en troupe, en couple ou solitaires, à des vitesses variables, pour certains confinant au sur-place de l'attente, ou de l'hésitation printanière, les bus de ville s'arrêtaient à la station et repartaient, les camions de livraison et les voitures particulières de toutes couleurs allaient leur train suivant le flux des feux alternatifs ou, selon le caprice de leur conducteur, stationnaient en infraction, l'agent de ville posté au bord du trottoir regardant ailleurs, deux petites filles échangeaient des cartes de Pokémon et un garçon en rollers fila sous notre nez à toute vitesse, un spectacle dont Georges Perec a signalé l'inépuisable et fascinant renouvellement dans l'inanité itérative, ce que je fis aimablement observer à mon interlocuteur interloqué, car il n'avait nullement l'intention de s'entretenir avec moi de littérature expérimentale, mais de se débarrasser au plus vite d'une question épineuse. Il m'apprit donc, venant au vif du sujet, et pour ne pas abuser de mon temps, qu'il avait eu à examiner en décembre le contenu de caisses cirées, un fonds dont l'inventeur restait obscur, peut-être un propriétaire de province sur lequel nous reviendrions, et qu'à explorer les clichés il n'avait trouvé qu'une production artisanale d'amateur éclairé, symptomatique de cette époque de démocratisation relative de la photographie, celui-ci se fournissant par voie postale auprès des usines des frères Lumière de Lyon pour les plaques, dont les boîtes bien conservées avec leur étiquette et leur numéro de série permettaient de dater l'exercice entre 1890 et 1910, et pour l'équipement auprès d'un fournisseur parisien, opticien du boulevard Saint-Marcel, au moins en une occasion, comme le prouvait une facture pliée qui servait à bloquer une boîte incomplète, l'ensemble étant constitué d'une série de vues, dont un tiers stéréoscopiques classiques, qui avaient pour sujet divers voyages étalés sur la période, au Pays basque et sur la Côte d'Azur, dans les Alpes suisses et sur les grands lacs italiens, et quelques-unes qui concernaient l'Afrique du Nord, toutes des paysages de grand ensemble, pittoresques et convenus, sans valeur géographique, historique, ni artistique. Ce genre de vues, disait-il, pour lesquelles l'opérateur s'applique à cadrer exactement ce que ses contemporains cadrent comme lui, accumulant ses clichés sans qu'un seul prenne valeur de véritable document, et dans ce fonds on ne trouvait même pas d'images familiales, de scènes de la vie privée, qui dans leur répétition monotone et en dépit de leur convention formelle offrent pourtant parfois d'exquises surprises, des enseignements remarquables, dans cette collection rarement on pouvait voir des gens, encore faisaient-ils partie du paysage au même titre que les vaches ou les moutons, paysans d'Europe ou Arabes des villes et des champs, mais sans curiosité ethnographique qui les distinguât de l'immense production de cette époque, relativement immense, corrigea Bruckner de sa voix de basse, mais enfin tout de même considérable, ce fonds anonyme ne présentait qu'un médiocre intérêt, à tout point de vue. A l'exception, concédait-il comme à regret, d'une dizaine d'autochromes, mais même ceux-là valaient davantage comme échantillons d'une technique expérimentale qui, pour être le résultat d'une invention de génie, n'avait pas connu de postérité, et même dans les autochromes on retrouvait le manque de discernement, de goût artistique et de finesse photographique, de curiosité visuelle que dans le reste de la collection, ce qui, d'une certaine manière, confirmait leur attribution au même auteur, qui avait visiblement abandonné assez vite ce procédé coûteux et contraignant.

Bruckner s'excusait, il ne se serait pas permis de m'importuner pour me faire cet inventaire banal, qui lui avait pris plus de temps à en rédiger les conclusions qu'à examiner les photos, s'il n'avait découvert deux rouleaux de pellicule Kodak calés au fond d'une des boîtes, précisément celle des Alpes suisses, et il ne savait si la précision était pertinente, mais il préférait la faire, par scrupule. Ces rouleaux n'avaient jamais été développés, ils étaient parfaitement scellés et enveloppés chacun dans une feuille de papier de soie qui les avait préservés tout le temps qu'ils avaient passé en compagnie des plaques, et avaient bénéficié de leur séjour dans un endroit sec à température constante, puisque apparemment la gélatine n'avait subi ni rétractions ni moisissures. Il les avait trouvés dès le début, assez étonné que des boîtes aussi soigneusement rangées et classées, tout à fait homogènes, contiennent ces négatifs beaucoup plus tardifs, et il avait demandé qu'on soumette la question au propriétaire du fonds pour pouvoir les développer. Entre-temps, il était parti aux Etats-Unis pour un cycle de conférences dans des universités, dont il me cita les noms prestigieux sans que je bronche, car ce sévère et présomptueux jeune historien commençait à m'irriter. Ses longues jambes entravaient les miennes à tout moment, et son jugement péremptoire, sans doute très bien étayé, excitait mon envie d'aller y voir moi-même, d'examiner ces vues et paysages pittoresques sans valeur à ses yeux myopes de saurien insensible, j'ai un penchant sentimental qui me pousse vers les rebuts et les ratages. Mais, m'apprit-il, à son retour, aucune réponse n'était fournie, à vrai dire personne ne savait très bien à qui s'adresser au-delà d'un prétendu propriétaire toujours injoignable et qui semblait peu soucieux de ce qu'il advenait de ses caisses de photos, aussi avait-il pris sur lui d'envoyer les négatifs à développer au laboratoire du musée. Peut-être un peu légèrement, car assurément le droit aurait eu à redire, mais d'une part ladite propriété semblait assez mal établie pour qu'il prenne impunément quelque liberté, d'autre part il était assez curieux de ces rouleaux échoués là, le négatif a toujours un mystère agaçant. Et son intuition ne l'avait pas trompé puisqu'il était tombé sur une production relativement extraordinaire, disait-il, sur laquelle il voulait mon avis. Surtout, il souhaitait que je m'inquiète, puisque j'avais moi-même rencontré l'inventeur, à défaut que celui-ci identifie l'auteur de ces photos, d'établir au moins comment elles étaient en sa possession, et à son avis il fallait y mettre quelque précaution, l'affaire lui semblant délicate. Pour m'en rendre compte, il fallait évidemment que je vienne les consulter moi-même au laboratoire, et comme je lui demandais, intriguée, de préciser de quelle trouvaille il s'agissait, il m'assura qu'il valait mieux que je voie par moi-même, que de toute façon il aurait eu grand-peine à les décrire, même s'il tenait pour certain qu'elles concernaient un épisode de la dernière guerre, qu'il pensait avoir daté sinon situé, un de ces moments qui a poussé la folie humaine à ses limites, dit-il sobrement, pour conclure. Je m'étonnai qu'il m'ait donné ce rendez-vous dans un café plutôt qu'au laboratoire, nous aurions gagné relativement du temps, insistai-je, reprenant sa formule favorite, dans une affaire qui traînait beaucoup en longueur, à quoi il opposa d'un air sentencieux qu'il avait voulu d'abord s'assurer de ma personne, voir à quoi je ressemblais, à vrai dire si j'étais quelqu'un qui *tenait le coup*. Non d'un point de vue scientifique, rattrapa-t-il aussitôt, mais d'un point de vue mental. Je ne lui demandai pas en quoi il avait jugé, finalement, que j'étais une personne qui tenait le coup, je me fiai à son infaillible intuition. Mon mental avait affronté beaucoup d'images, beaucoup de visages et beaucoup de gens du genre de ce jeune historien roux, certes sans toujours démêler dans l'immédiat ce que je pouvais en faire, et sans toujours être prévenue contre leur effet dévastateur, mais en ce mois de mai j'avais retrouvé mon assise quelque peu ébranlée pendant l'hiver, le temps était ravissant et mon appartement rangé, je pouvais aller au laboratoire affronter les images relativement extraordinaires de M. Bruckner.

Je le retrouvai quelques jours plus tard, au dernier étage d'une aile du musée, dans une petite pièce de consultation que seuls deux ou trois chercheurs occupaient, profondément plongés dans l'examen de leurs documents. Le classeur où étaient rangées les photos m'attendait sur une table écartée où il m'installa, puis il disparut subitement, au prétexte embarrassé d'une affaire urgente, qui me fit sourire. Mon travail m'a donné l'occasion de voir beaucoup de photos de guerre, à une époque où, débutante, je m'efforçais d'acquérir les techniques de l'archivage et du classement documentaire, précisément celles du fonds photographique de la guerre de 14-18 de ce musée des Armées, et sans doute commençai-je par les regarder, à ce moment-là, comme les images d'un monde ancien, qui me semblait à des années-lumière du mien, tant la jeunesse a du mal à considérer la brièveté du temps historique. En découvrant leur terrifiante puissance de feu, je m'efforçais à la rigueur technique, à dresser entre elles et moi l'écran de l'objectivité scientifique, derrière lequel on se met à l'abri pour résister à leur fascination délétère, pourtant mon stage avec Margotte m'avait appris à ne pas évacuer l'émotion, non par une religion sentimentale, mais parce que la connaissance emprunte en grande part ces voies subjectives, disait-elle, et que regarder une image pour sa seule valeur documentaire en ampute la charge obscure d'humanité, en quoi elle m'enseigna qu'une information n'est jamais assimilée comme telle si elle ne constitue pas proprement, à titre privé, une *expérience*. A chacun d'inventer les compromis subtils par lesquels il fait la part entre intelligence et sensibilité pour accéder tant soit peu à ce dont témoigne l'image. Mais je me souviens avoir observé ensuite, quelle que soit l'époque qu'elle concerne, combien la monstrueuse photogénie de la guerre défie ce principe et le met à mal, combien sa séduction de témoin visuel excède l'image, incline à la scrutation effarée d'un invisible qui méduse la vue. J'ai regardé beaucoup d'images de cette guerre, des milliers de clichés d'opérateurs militaires patentés, souvent conventionnelles ou censurées, et celles de soldats défiant l'interdiction en gardant leur appareil pour montrer le hérissement du froid, la tranchée sinistre et la ruine, et certains moururent d'avoir déclenché dans les fumigènes juste à l'instant que l'obus voulait, la même prémonition mortelle présidant aux caviardages laborieux, aux retouches qui corrigent pieusement pour la famille l'image défectueuse du soldat au repos, parce que le temps de pose insuffisant, la noirceur sous la pluie, la suie du grain épais menacent la définition de son visage condamné, la colline ravagée et les gueules cassées m'ont parfois donné l'occasion de cette *expérience* par où passe la connaissance, dont parlait Margotte. Depuis cette époque de mon stage, je n'avais plus guère eu l'occasion de fréquenter ce genre d'images, je les avais évitées si je les rencontrais, soit qu'elles me rappelaient trop instamment ce temps où j'exerçais si mal mon discernement envers la vieille archiviste, soit qu'elles avaient constitué pour moi une sorte d'initiation visuelle fondatrice et que j'aie ramené ensuite, avec le même malaise, la même angoisse sourde, toute représentation de guerre à celles-ci, jusqu'aux images qu'aujourd'hui on trouve dans la presse ou au journal télévisé, qui n'informent de rien sinon de la prédilection suicidaire des hommes pour la géhenne, la ruine et le massacre.

C'est pourquoi j'ouvris avec prudence le classeur de carton vert, qui contenait les bandes de négatifs développés rangés dans leurs glissières de papier translucide, deux feuilles au format A4 de planches-contacts des vingt-quatre photos, et une enveloppe de kraft. Un examen rapide des contacts me permit de comprendre ce que Bruckner appelait des images relativement extraordinaires. Elles l'étaient relativement, en effet, à la menuiserie soignée des caisses où elles avaient été rangées, sinon cachées, aux paysages touristiques inoffensifs en compagnie desquels elles avaient dormi de leur sommeil négatif, et, mais j'étais seule à le savoir, au grenier d'un château du Médoc où elles avaient été trouvées par un vieil homme, comptable méticuleux d'un autre temps, qui avait dû ignorer leur existence, ou, s'il avait remarqué la présence insolite de ces rouleaux parmi les boîtes de plaques de verre, n'avait eu aucune raison d'en soupçonner le contenu. Les vingt-quatre photos avaient été réalisées dans un temps très court et un même lieu, de manière rapide, voire expéditive, par un opérateur amateur, à en juger par la médiocre qualité de cadre, de mise au point et d'exposition, ou bien par quelqu'un qui, en cet instant, avait oublié tout savoir-faire, toute maîtrise technique et tout souci esthétique, dans la hâte compulsive dont témoignait la série. La chronologie entre les deux séquences de douze prises s'enchaînait sans discontinuité, malgré l'interruption entre elles, le temps de vider le premier négatif du boîtier et d'enrouler le deuxième sur les griffes, une minute ou deux avaient pu séparer les deux séries qui se raccordaient sans rendre visible la rupture de cette ellipse temporelle du chargement. Dans un décor étrange de palais, ou de grand hôtel de station thermale, dont les stucs des plafonds et les colonnes richement ornementées paraissaient dans plusieurs photos en contre-plongée, la série enregistrait une scène de violence où de jeunes soldats, la photo où ils étaient le plus nombreux en montrait cinq, mais il aurait fallu examiner si d'autres paraissaient et disparaissaient dans la série, traînaient plus qu'ils ne portaient une femme entièrement nue, dont le corps disloqué ne laissait pas voir une seule fois la tête renversée, et tout au long de leur déplacement, dans ce hall de gare ou d'hôpital, où ils se relayaient pour la tirer par les bras, la posture déjetée de ses jambes, la torsion du bassin effondré, comme celui d'un mannequin de son, faisaient penser qu'elle était ou bien inconsciente, ou bien morte, en tout cas qu'elle pesait de tout son poids de viande pour ses tourmenteurs, car nul doute que ces jeunes hommes riants, tournés vers l'objectif, vers l'opérateur, et le prenant à témoin, manifestaient que leur charge ne faisait pas partie au même titre qu'eux de l'engeance humaine. Ils l'avaient tourmentée, à en juger par les traces sombres, ecchymoses ou plaies visibles incrustées dans sa chair blême, les deux dernières photos ne laissaient pas de doute sur ce qui avait précédé ce trajet, et à quoi il aboutissait : la femme y était hissée, puis jetée sur une table, d'elle on ne voyait que ses cuisses écartées au point de rupture des articulations par deux soldats qui tiraient chacun de leur côté en tenant ses jambes aux genoux, encadrant le point de vue le plus terrifiant qu'on puisse concevoir d'un sexe féminin, excédant par sa défiguration la visée pornographique qui cultive le désir jusque dans l'obscénité visuelle, c'était une excavation bestiale aux lèvres déchirées en maints endroits, que la posture écartelée ouvrait en énorme étoile noire et gluante, de l'anus au milieu du ventre, sur le dôme duquel appuyait un des soldats, des deux mains ouvertes comme pour en faire saillir davantage la béance immonde, de celui-là on ne voyait que ses bras et les mains, la tête coupée par le cadre, de même qu'un autre plus au fond debout, qui avait voulu poser aussi pour la dernière photo, et celui de droite, moitié couché sur la table soulevait du poing le pubis comme on présente un gibier au retour de chasse, dans cette image d'attentat ils étaient trois qui riaient d'un rire franc, faces largement offertes au photographe, celles d'une partie joyeuse entre camarades, que la légère ébriété illumine, et à tout prendre au moins l'un d'eux avait pu avoir ce rire niais et bon enfant sur une photo de classe ou de communion solennelle, son front aux sourcils soulevés froncé de gaieté, sa bouche fendue dans les joues enfantines, et c'étaient des hommes. Je crois que j'ai vu plus tard ce détail, qu'elle avait encore les pieds chaussés, des souliers d'été à talons et lanières, qui la rendaient à son identité de personne, quand rien dans cette image ne pouvait être restauré de sa nudité suppliciée. A vrai dire, si cette série attestait, comme le disait sobrement Bruckner, jusqu'où la folie humaine pousse ses limites, elle était assez extraordinaire dans sa banalité barbare.

Je restai un long moment debout, près de la fenêtre qui plongeait sur une des cours intérieures des Invalides ensoleillés, que longeaient en flânant des groupes de touristes miniatures, dépossédée de toute pensée générale et de tout affect, non que l'horreur de cette exaction ne m'apparaissait pas, mais elle était comme stylisée par sa monstration clinique et par son efficace découpage de séquence. Mon esprit alerté se concentrait au contraire de manière très technique, et je pensais au photographe, à son travail paradoxal de documentariste, à la manière dont il avait suivi, et jamais anticipé, la marche des autres, dans une danse bizarre qui devait lui faire ployer parfois le genou pour saisir, à deux ou trois reprises, la scène en contre-plongée, cherchant à ne pas perdre le cadre, mais se tenant à une distance telle que toujours il pouvait prendre trois ou quatre de ces hommes à la fois, toujours avec la femme, et une fois cinq, ce qui supposait un écart de plusieurs mètres entre eux et lui. En raison de la focale, il restait éloigné de leur action, dans un écart qui l'en séparait tout en l'organisant, en en déterminant la mise en scène, et jusqu'à ce temps nécessaire au rechargement pendant lequel il ne perdait pas le contact, il avait dû les rattraper plus loin, ou plutôt ceux-ci l'avaient attendu, interrompant d'évidence leur progression, laissant peut-être tomber le fardeau de la femme par terre tandis qu'il s'affairait avec son appareil, la resoulevant quand le photographe, de nouveau prêt, pouvait déclencher. Entre eux, il y avait une connivence de tous les instants, ils collaboraient au même travail d'enregistrement selon un rituel tacite ou concerté, et même ils se pliaient aux contraintes de la prise, se tournant et se contorsionnant pour paraître de face au déclenchement, dans une frontalité que leur labeur ne leur permettait pas naturellement, et d'ailleurs le maniement manuel du Rollei, qui suppose à chaque prise de réarmer, même pour un photographe entraîné comme l'étaient les reporters d'actualité, suppose un léger temps retard, qui laissait aux soldats chaque fois le délai pour reprendre la pose, et plus je réfléchissais à cette scène, plus elle se reconstituait dans mon imagination, plus il m'apparaissait que l'ordonnateur, le scénographe et le dramaturge inspiré de cette boucherie était le photographe lui-même, le grand absent de toutes ces photos, dont nulle ombre portée, nulle trace de lui n'apparaissait, mais vers qui convergeaient les regards, pour qui posaient avec docilité, servilité, les acteurs sous contrôle. Puis je corrigeai encore, non l'opérateur ne fléchissait pas le genou, il n'adoptait pas cette posture de génuflexion qui me semblait d'une étrange grâce chorégraphique ou liturgique, son appareil était sans nul doute un boîtier de Rollei, un des rares appareils de cette époque à admettre le format 6 x 6 et dont la visée reflex permet de cadrer sans le porter au visage pour ajuster l'œil au viseur, un appareil qui photographie à hauteur de ventre ou tenu à l'envers à bout de bras, et je vis plus exactement la silhouette, presque le corps physique du photographe, sa stature et sa gestuelle, tenant devant lui le boîtier comme une prothèse, l'abaissant, le relevant, inclinant son axe, sans se départir de sa prestance droite, flexible sans contorsion, maîtrisant plus qu'il n'y paraissait à première vue sa technique, seulement pressé, fiévreux, seulement dans un état compulsif qui donnait cet aspect approximatif au cadrage, mais armé du meilleur outil pour en être sans s'y salir les mains, lui le voyeur instrumental qui jouissait du meilleur point de vue et guidait de son œil de verre la marche funèbre au billot où, une fois la viande déposée, l'orifice sexuel s'offrait à sa pénétration focale. Ainsi m'apparaissait que le seul à avoir joui de bout en bout du spectacle était celui-là qui photographiait, que les autres, bêtes exécutants, avaient joué leur rôle pour lui jusqu'à cette photo finale où, répartis théâtralement autour du corps, ils le disposaient pour l'objectif et renonçaient à en avoir le point de vue que lui seul possédait, assignés qu'ils étaient à demeurer dans son camp à elle, simples figurants dans cette Cène abjecte qu'en démiurge il commandait, instruments de son plaisir et réduits avec elle à la bestialité, son regard les citait à comparaître ensemble, non parce qu'il les jugeait, mais parce qu'il s'était réservé, avec l'arrogante intelligence du tyran, la place du pouvoir totalitaire. Le dégoût m'avait envahie alors, une nausée suave pour toucher où la photographie atteint sa limite, où le regard s'absente pour engouffrer l'existence et la valeur en un lieu de mort qui abolit culture, raison et humanité de l'espèce. Je crois que la splendeur du jour de mai aidait à mon travail méthodique de reconstitution, que sa lumière zénithale dispensée en pluie blonde, excluant les ombres et ciselant avec une ineffable cruauté la matière du monde, me mettait dans cet état dépassé de grand calme, cette grande paix tragique de la lucidité qui parfois nous fait porter, pour la conjurer, nos mains à nos yeux terrifiés. Je ne sais combien de temps je restai là, le cœur vide et le regard perdu, tandis que j'entendais le petit tapotement d'un clavier, le ronronnement d'un ordinateur dans la pièce confinée où les studieux chercheurs cherchaient, chacun enfermé dans la besogne obscure qui fait à tout petits pas progresser la science, peu à peu gagnée par un sentiment d'inanité, de tristesse et de lassitude, ce petit dossier administratif pouvait bien être enfoui dans un classement savant, ou jeté à l'incinérateur, ce qu'il contenait n'ajoutait pas un grain de sable au désert, un atome à l'univers.

Quand Bruckner reparut, nous regardâmes un instant en silence les tirages du laboratoire qu'il sortit de l'enveloppe de kraft et, sans attendre de moi un commentaire, il me fit part de ses conclusions, m'expliqua ce que je savais déjà au sujet de l'appareillage probable qui avait produit ces photos, mais dont il tirait seulement qu'il correspondait à un usage répandu dans les années 1940, époque que corroborait son étude de l'uniforme des soldats, leurs bérets et leurs insignes, ainsi m'apprit-il qu'il s'agissait de militaires espagnols des phalanges franquistes, entre 1942 et 1944, date après laquelle un certain nombre de modifications étaient intervenues dans le vêtement militaire, et comme nous nous penchions sur l'une des épreuves étalées sur la table où il m'indiquait de l'ongle un détail "pertinent", disait-il, en une sorte d'éclair, de flash sidérant, sans doute parce que les petits carrés de la planche-contact ne m'avaient pas permis de les distinguer et que je m'étais attachée exclusivement à comprendre la scène, je reconnus ce vaste hall, ces stucs et ces colonnes et, plus loin dans la séquence, l'enfilade monumentale des arches qu'on voyait en profondeur, les boiseries sculptées et les guichets, le sol dallé, toute l'architecture grandiloquente et luxueuse d'un bâtiment où je m'étais trouvée autrefois, dont les circonstances me revinrent en mémoire, intactes et surgies de l'obscurité du passé, comme protégées du même papier de soie qui avait enveloppé les rouleaux de négatifs, les avait préservés de la détérioration et de la perte pendant tant d'années. Par une sorte de réserve instinctive, je me gardai de partager avec le grand jeune homme sentencieux ce que m'apprenaient ces photos, sans conséquence sinon pour moi, prévenue que leur destin serait à présent de rejoindre le stock innombrable des archives anonymes. Quant aux circonstances, aux acteurs et au sens de cette séquence barbare, ils n'intéressaient, à titre privé, qu'une seule personne au monde, si elle en était encore. Si bien que je tombai d'accord avec Bruckner qu'il fallait s'en remettre pour leur classement à la voie ordinaire, mais peut-être, suggérait-il, et c'était la raison pour laquelle il avait tenu à me consulter, aurait-il été intéressant d'en connaître mieux la provenance, encore qu'il convînt que documenter un tel dossier présentait un coût et des difficultés tels que le jeu n'en valait sans doute pas la chandelle, disait-il, sans avoir l'air de mesurer l'incongruité de sa formule, sans compter qu'à interroger d'éventuels informateurs, ou témoins, on s'engageait dans une affaire délicate, il fallait y mettre quelque précaution étant donné le sujet, c'est la raison pour laquelle, au cas où j'envisagerais de donner une suite dont il me laissait juge de l'opportunité, il avait eu la satisfaction de s'assurer que je tiendrais le coup. Il hochait la tête d'un air si convaincu que je le remerciai pour ses bonnes paroles, cherchant en vain à voir chez lui l'ombre d'une intention humoristique, mais le jeune universitaire semblait dénué de malice, et même d'arrière-pensées misogynes, il était seulement soulagé de s'être acquitté de cette affaire épineuse et de reprendre ses chères études.

Et, disais-je à Laura, c'était seulement en marchant au soleil, sur l'esplanade des Invalides en plein midi, que m'avait submergée, comme une vague assourdissante d'océan déferlant de loin, le souvenir de ma visite dans le Médoc, de l'avertissement occulte du petit tableau suspendu dans le bureau du comptable entre ses classeurs à tiroir, où l'on voyait les jeunes dames flâner, insouciantes du danger, sous la lame soulevée qui se dressait au-dessus de leurs charmantes têtes, tandis que les deux petits enfants en péril penchaient au-dessus de la mare noire, et que je retrouvai l'oppression de ce jour d'automne passé dans le grenier déserté du château à sonder au hasard les échantillons de ces caisses, dans la poussière et les ombres pleines de fantômes qu'agitait ma présence, pressentant, sans en connaître la raison, que je touchais à un funèbre secret, comme de toucher au linceul donne le frisson du cadavre, sans doute la proximité invisible des négatifs, et ce qu'ils enfermaient, avait pu contaminer la lumière filtrée des combles et l'air que j'y respirais. L'esprit rationaliste de Bruckner s'irritait de ce qu'il avait appelé le "mystère des négatifs", mais je crois que, à sa manière elliptique et simple, il exprimait un sentiment plus profond, la réminiscence en chacun de nous que la photographie est un pacte avec le diable, que toute photo résulte d'un alliage alchimique et mortifère de matière organique et minérale, du vivant et du mort, comme l'évoque la première matière qui supporta une image et garda sa lumière en mémoire, principe et prototype de toutes les autres, le bitume de Judée, dont se servit Niepce, et qui s'appelle exactement *stercus diaboli*, excrément du diable, étymologie que celui-ci n'a pas manqué de remarquer, désignant le résidu plus infernal que le diable lui-même, puisque de ses fèces, qui condense dans son cloaque la propriété magique de capter la face du monde. Je crois que nous le savons, par ces voies imaginaires qu'emprunte la connaissance, qui sous leurs formes de fable ou de fiction enseignent autant à l'homme que les spéculations de l'algèbre et de la logique, nous savons aussi que le sommeil des images endormies, en attente de développement, a la même patience infernale que nos rêves et nos cauchemars pour nous révéler, longtemps après que nous les avons conçues, leurs figures immémoriales, de même le visage des morts que nous aimions comme celui de nos démons, et le nôtre dont la ressemblance nous tourmente.

Quand, bien plus tard, je racontai à Laura comment le jeune historien avait fait irruption dans ma vie et disparu aussitôt, et le voyage qu'à cause de lui je refis dans le Sud-Ouest sans l'en informer, ni quiconque d'autre, pour tenter de retrouver qui m'apprendrait l'histoire de ces photos, je repensai à ces deux rendez-vous avec Bruckner le fils, en ces jours lumineux de mai, où m'étaient parues si transparentes sa jeunesse infatuée et sa personne ennuyeuse. Mais, aveuglée par sa crinière rousse, peut-être n'avais-je pas su, comme à mon habitude, voir de lui l'humeur inquiète ou quelque irrégularité secrète qui crevait les yeux. Parce que la question qui nous faisait rencontrer nous avait rendus circonspects et susceptibles, soucieux de ne pas troubler un rapport dont nous voulions l'un et l'autre, pour des raisons différentes, préserver la neutralité et qu'il restât sans suite, quoi qu'il en soit, parce qu'ils étaient, ces rendez-vous, un prolongement indirect de mon séjour dans le Sud-Ouest et touchaient aux circonstances de ma rencontre avec Laura, ils me semblaient s'opposer en tout point à la manière dont, elle et moi, dans l'obscurité et la solitude de la nuit, nous nous étions trouvées ensemble sans crainte, dans un assentiment silencieux, marchant soudain côte à côte sans nous voir, et où j'avais eu la certitude immédiate qu'elle était contre mon flanc comme mon ombre perdue, un spectre de mon enfance en la compagnie de qui je marchais depuis longtemps, son apparition ressemblait à celle des photos dans le bain de révélation, qui d'abord grisaille en masses indistinctes puis subitement atteint sa définition visible, déploie son image latente en figure matérielle venue des eaux dormantes où elle était en gestation, l'expose à nos yeux éblouis, puis elle était tombée dans mes bras.

A la suite de cette séance dans la petite pièce du musée des Armées, m'étaient revenus de plus en plus fréquemment des souvenirs anciens, et d'autres plus récents, qui se mélangeaient inextricablement, ainsi dans les zones du demi-sommeil se configurent en désordre brèves sensations et pensées du jour sans hiérarchie ni chronologie, sitôt dissoutes qu'apparues, à la manière dont se dépose un précipité chimique, mais je ne dormais pas, c'était en plein jour, au milieu de mon travail, que surgissaient à la vitesse de l'éclair des fragments discontinus et d'une aveuglante netteté, qui concernaient à la fois la série des photos espagnoles, le bâtiment de la gare des Pyrénées où elles avaient été prises et les épisodes de la marche en montagne qui nous y avait conduits autrefois, les combles poussiéreux du château, ou l'image du comptable s'éloignant dans mon rétroviseur à la lumière du soir, mais aussi d'autres plus confuses qui concernaient ma petite enfance avec mes cousins dans la maison de banlieue parisienne où j'avais grandi, les étés chez Zabel, dont le visage effacé se confondait avec celui d'une Vierge aux paupières lourdes, et d'autres encore que je n'identifiais pas pour des souvenirs, d'étranges déchirures optiques qui n'atteignaient pas la forme d'une image, mais par interstices jetaient leur lumière oblique sur celles qui leur succédaient, et c'est dans cette humeur d'intranquillité sourde, qui pourtant me procurait l'étrange bonheur de me sentir remuée dans des replis intimes où s'éveillait une vie profonde, inconnue de moi, comme si un corps étranger s'y était greffé et cherchait sa place, que je décidai d'employer mon congé d'été à faire ce voyage, à retourner sur les lieux que j'avais visités si vite, pour une mission que je croyais de routine et sans conséquence. J'aurais eu rapidement, en consultant Bruckner, les indications nécessaires quant au propriétaire du fonds photographique, son adresse et son téléphone, mais il me semblait que, hors toute obligation professionnelle, j'allais chercher une réponse qui ne concernait que moi, dont je n'avais de compte à rendre à personne. Aussi préférai-je faire seule les démarches afin de retrouver, pour commencer, l'ex-propriétaire du château qui me semblait la personne la plus à même de me renseigner, ce qui me contraignit, parce que je me souvenais qu'il vivait à présent en ville, à nombre d'appels à tous les Benedict de l'annuaire urbain, dont aucun ne s'avéra avoir été propriétaire d'une exploitation viticole, puis à la chambre de commerce qui me mit sur la piste, car ce Benedict, plusieurs fois nommé par son comptable, était un prénom et non un nom, j'appris ainsi que la seule personne à le porter et à être inscrit aux registres, était un Benedict Van Lewen. Si bien qu'après plusieurs appels infructueux, à des heures variées, au moment où je commençais à désespérer, je finis par tomber sur une secrétaire, qui me confirma que c'était bien le domicile de M. Van Lewen, où elle assurait une permanence rare, étant donné que celui-ci, n'habitant plus que de manière épisodique dans la région où il avait longtemps vécu et n'y revenant que pour ses affaires, vivait maintenant de manière habituelle aux Pays-Bas, à Amsterdam, où était sa famille. Elle me communiqua assez complaisamment ses coordonnées, et m'informa même que c'était une personne affable, quoique fantaisiste, ajouta-t-elle avec un petit rire de gorge. La difficulté m'apparut aussitôt que je ne pouvais me satisfaire d'un seul échange téléphonique, auquel risquait de se limiter ma requête, et j'hésitai un certain temps à l'appeler, car je voulais m'assurer de voir, et non d'entendre seulement, mon unique informateur, persuadée que je n'obtiendrais ce que j'espérais de lui, sur un sujet aussi personnel, que d'une conversation en sa présence, et je ne savais quel argument le convaincrait d'accepter un rendez-vous avec quelqu'un dont il n'avait jamais entendu parler, sans lui en exposer les motifs d'avance. Aussi décidai-je de partir sans avoir résolu la question, me fiant à l'improvisation une fois sur place, me consolant d'un voyage peut-être inutile par l'occasion qu'il me donnait de revoir une ville où je n'étais pas retournée depuis longtemps. C'est ainsi qu'en juin, au lieu de me diriger vers le sud-ouest de la France, comme je l'avais d'abord projeté, je pris un billet de train et partis à Amsterdam.

L'année suivante, comme j'aime à le faire, j'étais restée tout l'été travailler à Paris, pour préparer une mission de plusieurs semaines qui devait me conduire, à la fin du mois d'août, dans plusieurs villes d'Amérique du Nord, au Canada et sur la côte ouest des Etats-Unis. La plupart des gens étant partis en vacances, je jouissais de ma relative solitude, libre de mon temps et sans obligations, avec le sentiment euphorique d'être une touriste dans ma propre ville, et c'était la veille de mon départ, mes valises bouclées, ayant pris prétexte de la chaleur pour passer mes dernières heures de loisir sous les arbres du jardin du Luxembourg, alors qu'installée à l'ombre sur un banc je suivais vaguement au loin les jeux de petits enfants presque nus penchés sur l'étendue d'eau, que j'avais retrouvé Laura, ou plutôt qu'elle avait surgi soudain et s'était assise à côté de moi, sans d'abord rien dire, puis, constatant combien j'étais perdue dans mes pensées et inattentive à cette présence étrangère, elle m'avait adressé la parole, elle m'avait demandé, de sa voix basse et voilée entre toutes, si *nous nous connaissions déjà*, elle souriait. Je me rappelle qu'encore éblouie par le miroitement du bassin, au lieu d'être abasourdie par cette apparition, par le concours de circonstances proprement inouï qui avait pu, dans une ville aussi vaste, si longtemps après notre rencontre, nous faire trouver au même moment dans cette partie précise du jardin et croiser nos chemins, et même qu'elle ait pu, passant par là, m'apercevoir, alors que je n'étais pas pour elle, et non plus elle à moi, une silhouette familière que l'on reconnaît même dans des postures inhabituelles, au lieu d'être surprise j'accueillis sa présence comme une chose naturelle, comme si nous nous étions quittées de la veille ou que ce rendez-vous fût convenu de longue date, d'ailleurs s'il était possible que nous nous croisions ainsi, l'était aussi que cela soit arrivé d'autres fois pendant ces deux années, dans le métro ou dans la rue, ou bien dans d'autres lieux, en tout cas il me semblait évident que nous avions vécu tout ce temps dans les parages l'une de l'autre, mais, m'apprit-elle aussitôt, elle ne vivait plus à Paris, ou du moins n'y venait plus que rarement, depuis qu'elle avait décidé, un jour d'automne de cette année-là, de s'enfuir avec moi d'un hôtel perdu en pleine forêt, et de rester dans une région où elle n'aurait jamais dû se rendre. Au moins, ajoutait-elle, comme si elle poursuivait notre conversation là où nous l'avions laissée, si pendant tout ce temps ma sœur a téléphoné, je ne l'ai pas su, elle n'avait pas cette fois le moyen de me retrouver comme elle y parvenait chaque fois qu'elle en avait l'idée.

Je ne me lassais pas de regarder le visage de Laura tout proche du mien, son teint clair et sa peau transparente qui avait si violemment rougi, et je m'attachais follement à observer ses traits pour en pénétrer ma mémoire, car bien qu'elle fût présente à mes côtés, tangible, charnelle et rayonnante, il me semblait qu'à tout instant elle pouvait disparaître à nouveau, se volatiliser en plein jour par un charme, de la même manière qu'elle était apparue, et comme on photographie toujours l'instant au futur antérieur je la regardais pour plus tard, quand elle ne serait plus là, avec une vaine passion je buvais son visage bien réel pour me souvenir d'elle et que son fantôme ne me quitte pas. Mais en vain mes yeux parcouraient son visage sans saisir son ensemble, je n'y trouvais qu'accident ténu et dérisoires informations, ainsi je remarquai qu'elle avait bruni, qu'un hâle dorait uniment sa peau jusqu'au creux du coude et de l'aisselle, qu'elle avait nus, dans ces plis qui souvent échappent au soleil et gardent une teinte nacrée, que ses lèvres étaient un peu gercées, et que ses sourcils avaient blondi, mais cela ne me donnait pas une image pour plus tard, seulement des émotions locales et fugaces, de petits frissons de joie courant sur mes joues et mes épaules, tandis que je l'écoutais m'expliquer une fois encore comment, vers la fin de cet été-là, sa sœur l'avait appelée. Car en dépit de l'ignorance réciproque où elles se tenaient et des années passées sans s'être jamais rencontrées, lorsqu'il arrivait à celle-ci de traverser l'Atlantique pour son entreprise, ce qui s'était produit environ trois ou quatre fois, malgré ses déménagements celle-ci se donnait le mal, avec quelle obstination, de trouver son numéro pour l'appeler. *Toujours* restait une hypothèse, peut-être venait-elle plus souvent qu'elle ne téléphonait. Chaque fois, d'un hôtel ou d'un bureau d'altitude, précisait-elle, elle s'acquittait subitement, entre deux rendez-vous, de son message rapide, selon lequel son existence survoltée et ses obligations la mettaient dans l'impossibilité absolue de se dégager jusqu'à l'heure fatale de son avion, mais elle demandait toujours des nouvelles de leur père, à quoi Laura répondait invariablement qu'il allait bien, elle aussi, et l'échange finissait là. Ainsi jusque-là, disait Laura, j'avais quand même des signes manifestes de son existence, sinon de sa présence, au moins sa voix nasale, celle de quelqu'un qui fume ou souffre de sinusite chronique, et son français gravement entaché d'accent américain. Une fois de plus sa sœur l'avait donc appelée pour l'informer qu'elle était à Paris avec, une fois de plus, un emploi du temps terrible, *amazing*, disait-elle mais par accident elle avait ajouté qu'elle irait passer quelques jours sur la côte atlantique, brève parenthèse qu'elle s'octroyait au milieu de son séjour professionnel. Par accident, parce que, ensuite, elle s'était crue obligée de rattraper ce qui semblait être un aveu à l'étourdie, elle ne donnait pas d'ordinaire autant de détails, en précisant avec embarras que, bien évidemment, si la plage présentait un attrait non négligeable, elle ne se résignait à une expédition de six cents kilomètres que dans l'espoir d'y rencontrer, à un moment ou un autre, un important directeur financier de son groupe, qui s'y trouverait aussi, avant de repartir de son côté, incessamment au Japon, croyait se souvenir Laura, autant de précisions dont elle n'avait que faire. Sa sœur ne lui en avait jamais tant dit à la fois, son appel avait exceptionnellement duré, et, preuve supplémentaire de son embarras, ou de son trouble, elle lui avait laissé, pour la première fois, un numéro de téléphone mobile, une manière, avait pensé Laura, perplexe, de la gratifier de sa bonne volonté, ou de s'amender de sa manière cavalière de se signaler sans paraître, ou de se pardonner à elle-même son excursion balnéaire, qui sait. Les rares fois où cette voix étrangère surgissait ainsi, la première surprise exclamative passée, Laura s'en tenait à une réserve prudente, écoutant se répéter son histoire, irrésolue et passablement contrariée de ces contacts fugitifs et stériles auxquels sa sœur s'obligeait sans désemparer, mais cependant jamais assez vite contrariée pour signifier à celle-ci, une fois pour toutes, qu'elle se fichait de son *timing*, de son existence, et même de son arthrose cervicale, une femme que je n'ai jamais vue de ma vie, disait Laura repoussant du pied la poussière et plongeant vers ses genoux comme pour reprendre son souffle. Mais chaque fois elle raccrochait trop vite, trop pressée de mettre fin à cet échange, maudissant ensuite son esprit de l'escalier, sa contrariété augmentant à retardement, au moins pendant la minute qui suivait, puis elle oubliait, elle oubliait qu'elle avait une sœur, jusqu'à la fois suivante, et comment se souvenir des gens qu'on ne connaît pas.

Mais à la fin de cet été-là, elle ne savait comment, sans doute parce qu'elle avait machinalement noté le numéro de téléphone, s'était formée dans son esprit l'idée piquante de se trouver là où sa sœur était. Par un concours de circonstances involontaire le colloque où elle était conviée lui offrait l'occasion d'être, non seulement dans la même région, mais à quelques kilomètres d'elle, le hasard donnant une actualité pressante à l'invitation qu'elle avait négligée, à laquelle elle n'avait aucune intention de se rendre, étant donné son intérêt modéré pour l'iconographie médiévale en ligne, elle aimait la vue et le contact des originaux, et, pour la convergence des troupeaux, elle aimait choisir sa compagnie. Cependant la tentation brûlante, et même mauvaise, lui était venue d'utiliser ce numéro, non, disait Laura, pour obtenir par la coïncidence fortuite de leur proximité une occasion de faire sa connaissance, ce qu'elle n'avait pas souhaité à Paris, ni ailleurs, ni jamais, et de toute façon, en l'état de leurs relations, elles auraient été bien en peine de s'identifier, à moins de recourir à ce genre de signe puéril dont conviennent les gens qui se donnent rendez-vous pour la première fois, un journal plié, un foulard, et une fois ensemble, se seraient livrées à de navrantes contorsions pour donner à ces retrouvailles un semblant de naturel.

Pourtant, disait Laura, malgré ces bonnes et mauvaises objections, elle avait de plus en plus envie de se déplacer vers cette région en même temps qu'elle pour prendre sa revanche sur ses appels épisodiques, frénétiques et inopinés, pour la mettre à l'épreuve par son insistance à être là, en travers de son chemin, elle qui se mettait sur le sien sans vergogne, en somme d'aggraver l'embarras où sa sœur semblait être cette fois, même si la troublait désagréablement de concevoir du plaisir à mettre une personne pareille dans un supposé embarras, alors même qu'elle tenait pour fort peu probable qu'elle en eût là-bas, quand elle en avait si peu manifesté à son égard, ici, à Paris. Et provoquer la circonstance uniquement pour vérifier combien elles étaient l'une à l'autre des étrangères, et même des *inconnues*, d'en avoir soudain le si pressant besoin, lui avait semblé déplacé, ironique et humiliant du point de vue de la raison logique, mais sentimentalement nécessaire et moralement salubre, se disait-elle dans le train, si ma sœur m'appelle encore à chaque séjour, elle a bien un motif à sa feinte fidélité, à son acharnement pénible à réitérer ce geste unilatéral, que quiconque jugerait vain, et même indécent, de relancer sans suite des gens qu'on n'a jamais vus, qu'on s'arrange pour ne jamais voir, tout en leur signifiant avec constance, avec scrupule, à quel point on tient à les éviter. Vivre où elle veut est son choix, son imprescriptible liberté, mais alors qu'elle nous foute la paix (moi, mon père et mon oncle), qu'elle me foute la paix personnellement, elle et ses scrupules, ou ses lubies, ou ses névroses. Mais la raison ironique, humiliante, revendique, elle veut expliquer, et les explications ne manquent pas, disait Laura. Dès qu'on s'y met elles s'amoncellent et se concurrencent, se compromettent les unes les autres en allant chercher, loin dans le temps, leurs racines enchevêtrées et plus on tire sur celles qu'on croit le mieux connaître, le mieux pouvoir apprivoiser, plus il en vient d'anciennes, défigurées, de monstrueuses pour la raison, et personne n'est là pour vous aider à faire le tri et le classement de ces archives pourries, on est seul à en extraire ce qui nous répugne de plus en plus, qui infeste et corrompt l'esprit, les souvenirs, qui ont accompli en souterrain leur travail sournois de bêtes malfaisantes, qui est de ronger la raison, de l'émietter, et de la réduire à cet état de décomposition, de putréfaction, autant les passer sous silence et laisser tomber le couvercle sur cette bouillie infecte. Laisse tomber cette chimère, ces vieilles lunes, se disait-elle dans le train, alors qu'il était trop tard. A deux jours de la date, toujours indécise, elle avait quand même tenté un appel, escomptant que son projet rencontrerait l'obstacle de son inscription trop tardive au colloque, et résoudrait la question. Mais les organisateurs diligents avaient eu la complaisance extrême de lui faxer dans l'heure les horaires de train, et de lui retenir *in extremis* une chambre à l'hôtel, précisément à quelques kilomètres de la résidence balnéaire de sa sœur.

Laura était arrivée à la gare un soir de fin septembre, en sandales et robe d'été pimpante, encore hâlée de son été dans le Sud, davantage dans la disposition d'esprit d'une candidate aux colonies de vacances que d'une vaillante congressiste, prévoyant de ne participer que faiblement aux séances et communications du programme, juste pour honorer décemment ses hôtes, et d'employer son temps libre, imaginait-elle, confortablement installée au soleil, sur le balcon de sa chambre, ou même sous un parasol à l'écart, à lire les livres qu'elle avait emportés, à se prélasser lâchement à l'ombre de la pinède. Ses livres, son ordinateur portable étaient l'essentiel de son bagage, un peu lourd. Le départ du minibus, qui faisait la navette avec l'hôtel de ce colloque, perdu dans la forêt des landes, lui laissait deux heures d'attente. Elle avait déposé son sac dans une consigne automatique et s'était éloignée de la gare pour marcher au hasard dans la ville qu'elle connaissait peu, le nez en avant, comme elle aimait à le faire.

C'était une de ces soirées d'arrière-saison qui enfièvre les terrasses des cafés et électrise les rues où se réverbère la chaleur des villes. Le séjour provisoire donne plus d'acuité au charme provincial, aux aspects de l'architecture ou aux attitudes, aux accents, et donne une aisance, une insouciance artificielles, puisque dans cette ville on ne doit rien à personne, personne ne vous attend ni ne compte sur vous, rien de ce qui s'y passe ne vous concerne, alors les pensées voyageuses, on peut dire dilettantes, et même frivoles, colorent de qualités pittoresques le moindre coin de rue ingrat, le bossage capricieux d'un trottoir, tout en inspirant la satisfaction secrète de ne pas être de cet endroit, de ces gens, de leurs familles et relations, et comment peut-on vivre là, s'était-elle demandé soudain, dans cette pesanteur, au troisième étage de cet immeuble rébarbatif, était-ce imaginable, ou dans cette maison basse dont une fenêtre entrouverte laissait échapper des voix de radio, des bruits de cuisine comme n'importe où ailleurs, habiter cette rue aux façades sévères qui se présentait maintenant, filant, étroite et grise dans l'air orange, vers un lointain irrésolu, il lui semblait la connaître un hiver, une nuit sous la pluie elle avait vu les flaques luisantes et métalliques de ses ruelles entre les immeubles, effrayants, et soudain il y avait eu un motif mineur, non pas une pensée formée, mais une sorte de signal d'alarme à peine perceptible, à peine lancinant, comme commencent les rages de dents, elle avait fait une erreur, elle était entrée par effraction, elle ne savait par quelle brèche, dans un territoire archaïque, dans l'agonie douceâtre d'un soir de vieil été, sur une scène non plus insolite mais au contraire profondément, dangereusement familière, et pour ainsi dire intime, qui avait à voir avec son moi le plus secret, le plus enfoui, le plus informe et cependant distinct de sa vie, prêt à bondir de sa coulisse noire sur le devant de la scène, une sorte de cadavre intact et vivace, un spectre, et voilà, pensait-elle ce qu'il advient de feindre de s'en remettre au hasard, de se bercer de l'illusion qu'on choisit d'errer, car quand on dit : je vais là où me mènent mes pas, au lieu de nous égarer, ils vont précisément là où on s'est tendu à soi-même le piège, et ce n'est pas une maladresse, une faute d'inattention, cela n'a rien d'un faux pas, au contraire, une détermination implacable, un sens acéré de l'endroit où l'indicible douleur nous attend, teigneuse, rapace, et tant pis pour soi, de connaître l'avertissement ne rend pas plus rusé, et elle s'était obéie, malade, elle n'avait pas fait autre chose que s'obéir, elle s'était laissée tomber assise, malade, sur une marche de seuil, contre une porte dont le bois rêche et minable lui écorchait la peau du dos nu, avec sa robe d'été minable, et ses pieds nus dans ses sandales minables, elle n'avait aucune raison d'être là et elle y était, parce que toute raison logique a sa contre-raison comme un antidote à sa toute-puissance usurpée, et au lieu d'y voir clair, d'agir, de crier ou de fuir, elle était restée pantelante couchée par terre, au bord d'un sommeil rapide, elle rêvait de réalité, ou c'était en réalité un rêve éveillé qu'elle inventait, mais il n'y avait pas de différence, elle était entrée dans ce quartier de sa mémoire qu'elle habitait toujours, où elle avait fomenté de manière expérimentée, délibérée, et pour ainsi dire préméditée, vraisemblablement une action méchante, malfaisante, dont la douleur était aussi aiguë, suave, et désespérante, que celle du crime. Des gens approchaient, un couple et un petit enfant marchant à peine, ils s'étaient arrêtés au bord du trottoir et ils avaient dit, de loin : ça va ? Elle s'était redressée aussitôt, remise debout, d'un ressort intense, elle avait épousseté sa robe et juste dit : il fait si chaud. Ils étaient passés devant elle, en tirant à eux l'enfant ahuri qui se retournait, curieux du spectacle, ils étaient passés en se tenant à distance de la femme saoule, ou droguée, qui déraillait, de la loque qui traînait dans les villes, le soir, et tombait assise par terre, sans respect de soi.

Dans le minibus, elle avait dormi, très fatiguée par ce long voyage. Quand elle se réveillait, par intermittence, elle voyait sous la vitre se précipiter chaque fois vers elle le même paysage de forêt, une image identique de pinède aux fûts innombrables traversés de rayons d'or obliques arrachés en arrière, il lui semblait être immobile dans le cocon ronronnant d'un habitacle, dans le chuintement du climatiseur, et que c'était dehors que filaient à toute vitesse le temps et l'espace féeriques, puis ils étaient arrivés sur le parking de l'hôtel, elle et ses compagnons de voyage, une dizaine de personnes d'âges et de sexes divers, harnachés de valises et de cartables, qui semblaient déjà se connaître ou avoir sympathisé pendant le transfert et que l'excitation juvénile, enthousiaste, du séjour et de leurs travaux, rendait diserts, et même facétieux. A l'accueil les attendaient des demoiselles accortes, avec pour chacun son dossier scientifique, les tickets de restaurant et les clefs de sa chambre, des prospectus touristiques, un badge personnalisé et des bons pour les boissons, la nuit tombait. La première chose qu'elle avait faite en arrivant dans sa chambre, c'était de déchirer en petits morceaux le bout de papier où elle avait noté le numéro de mobile et de le brûler dans un cendrier, une double immolation qui lui avait fait du bien symboliquement, et sentimentalement, c'était une manière de punition que de se confisquer la mauvaise raison qu'elle avait eue de venir là. Avant même d'arriver au bout du voyage, elle savait qu'elle n'appellerait pas.

Si Laura me confiait toutes ces choses, disait-elle, c'était que nous étions seules, elle et moi, et que *nous nous connaissions déjà*, si bien qu'elle pouvait me raconter sans peine comment, croyant courir après le fantôme d'une sœur, elle courait après elle-même et se réveillait, malade, dans une rue inconnue de son enfance, et bien que ce fait parût invraisemblable elle ne craignait pas de me le dire, ni de rencontrer mon incrédulité, et aussi parce qu'en dépit du grand soleil d'août que réverbérait l'eau du bassin, tel un gigantesque réflecteur dont les éclats illuminaient toutes choses, nous savions elle et moi nous déplacer dans une obscurité intérieure, nous y habitions, et nous étions l'une à l'autre des ombres familières qui pouvaient s'*entendre* marcher ou parler sans peur. Vous me croyez, n'est-ce pas, demandait-elle en enfermant mon poignet de sa main brûlante, et sans attendre de réponse à cette question, par une de ces brusques inspirations qui lui semblaient coutumières, elle se mit à me raconter comment, le soir même de son arrivée à l'hôtel, elle s'était trouvée pour dîner à la table d'un professeur de Genève, talentueux orateur entouré de jolies femmes, qui avait entrepris de raconter une hitoire, tellement invraisemblable et romanesque que son récit avait occupé presque tout le repas. En venant à Paris, quelques années auparavant, il était arrivé à celui-ci d'oublier dans le TGV le dossier d'un travail de plusieurs années dont il n'avait aucun double, perte dont il ne s'était avisé qu'une fois dans son taxi, aussi, dans le plus grand désarroi, était-il retourné par la même course à la gare, où on lui avait laissé entendre qu'il avait peu de chances de récupérer son dossier si celui-ci n'était pas rapporté dans l'heure, beaucoup de voyageurs pressés répugnant à se retarder par des démarches contraignantes. S'ils peuvent s'en servir, lui avait-on expliqué, ils gardent leur trouvaille, tels les parapluies, les stylos, les gants ou les écharpes, sinon ils s'en défont n'importe où, d'une manière négligente et incivile, alors on a peut-être quelque chance de les récupérer, plusieurs semaines après, au service des objets perdus du 15e arrondissement. Le professeur avait vainement attendu sur place plus d'une heure, dans l'effroi grandissant, et cette perte l'avait plongé dans un tel état qu'il avait passé une horrible nuit blanche entre larmes de colère et délires de désespoir, à quoi compatissaient ses voisins qui avaient, ou une mésaventure semblable à rapporter, ou de bons conseils à donner pour se consoler dans ces cas-là, et comme quelqu'un s'étonnait qu'il n'eût vraiment aucun double de son travail, à une époque où l'ordinateur et les photocopies mettent à l'abri de ces pertes irréparables, il objecta que cela se passait pour lui avant qu'il n'y vînt, ce qui entraîna quelques digressions sur les malheurs des pannes inopinées qui font s'évaporer les fichiers et mettent dans le même état d'exaspération et de peine. Ces considérations entravaient le professeur dans la poursuite de son récit cependant, malgré ces empêchements, il patientait, avec le masque fanfaron de celui qui réserve son dénouement fameux, mais quand se furent épuisées les remarques et qu'il dut reprendre, il se mit à jouer faussement le modeste, celui qui a du mal à croire à sa propre histoire tellement elle est invraisemblable, tournant en dérision ce qui pouvait passer pour un mensonge et rencontrer l'incrédulité de son auditoire, comme soudain honteux d'endosser le rôle du héros dans une affaire où le hasard s'était moqué de lui. Ainsi, racontait-il, dès le lendemain, accablé par cette perte sans espoir, il renonçait à ce qui l'avait amené à Paris, annulait ses rendez-vous et reprenait le premier train pour rentrer chez lui, malade d'angoisse, avec une fièvre de cheval probablement provoquée par le deuil qu'il avait commencé de faire, et au moment où il allait embarquer, une jeune fille qui attendait en haut du quai, près de la locomotive, s'était alors présentée à lui, comme ayant fait le voyage d'aller dans son compartiment et trouvé son dossier après son départ précipité, n'ayant pu le rejoindre sur le quai et l'ayant perdu dans la foule, mais présumant qu'une telle perte le ramènerait chez lui, elle était revenue et se disposait à attendre au moins les départs des premiers trains du matin pour Genève, avant de déposer l'objet perdu au service de la gare. Et tandis que, à la fois éperdu de gratitude et confondu par ce dénouement inouï, il s'étonnait qu'elle ait fait cet incroyable pari de son retour immédiat, elle répondit que c'était ce qu'elle avait fait elle-même, en une pareille circonstance. Il n'avait pas eu le temps de la remercier davantage qu'elle était déjà partie, sans qu'il ait pu éclaircir qui elle était, ni comment elle avait su qu'il faisait la veille un aller, et non un retour, comment elle était à ce point physionomiste que, sans hésiter, elle l'avait reconnu et arrêté à son passage, ni quel objet elle avait pu bien perdre elle-même pour imaginer ce qu'il venait de vivre, et un tel dénouement suscitant quelques plaisanteries sur cette bonne fortune qu'il n'aurait pas dû laisser filer, il opposa que, bien qu'il fût agnostique, il avait été foudroyé par l'évidence du miracle, il croyait que cette créature ineffable surgie sur son chemin était un ange des gares, hypothèse que sa grande fièvre lui faisait voir dans un éblouissement de cathédrale, et peut-être avait-elle des moignons d'ailes sous son imperméable.

Mais sa jactance avantageuse recouvrait à présent un malaise sensible, car cette happy end semblait décevoir son auditoire, les gens aiment mieux les histoires qui finissent mal, dans lesquelles le héros inspire terreur et pitié, mais surtout il avait comme le regret de s'être risqué à un tel aveu en suivant la pente d'une tentation maligne. Car si le destin vous choisit et vous touche du doigt il fait plus souvent de vous un objet comique que tragique, et à présent la goguenarde incrédulité de son auditoire rendait risible un épisode dont il mesurait, peut-être seulement à l'instant où il le racontait, qu'il avait eu un écho intime et durable, qu'il avait bouleversé sa vie plus qu'il ne le pensait et qu'il venait, en l'étalant au plein jour et en riant avec les autres pour ne pas paraître ridicule, de le défigurer et de le leur sacrifier. Ce qui, disait Laura, arrive parfois, quand on se laisse aller au plaisir brillant des mots, ce pouvoir charmeur et empoisonné du délivrement des fables qui réduit l'auditoire à sa magie, alors, inspirés par l'ivresse de dire, nous oublions la prudence et nous découvrons à ceux qui nous écoutent des vérités que nous ignorions, ce sont eux qui nous induisent, vils suborneurs, à l'aveu de ces choses secrètes que le récit défigure, c'est pourquoi l'auditoire nombreux et commun est si redoutable, il multiplie la tentation et aggrave le risque de livrer en pure perte ce qu'on ne s'est pas encore raconté à soi-même, dont la version qui monte à nos lèvres nous révèle trop tard qu'il fallait la taire. Le professeur avait sûrement dit une histoire vraie et non une fiction, mais il avait mal choisi son soir et son public pour être entendu, car l'impudeur extrême du récit nous met en si grand danger qu'il vaut mieux ne pas savoir d'avance ce que nous engageons, sinon jamais nous ne raconterions. A moins, ajoutait Laura, que ne soit dépassé le seuil du danger et que nous n'ayons plus rien à perdre, ou que celui à qui nous faisons le don, ou le sacrifice, soit dans une obscurité à l'image de la nôtre, en cela semblable au lecteur qui, par l'expérience intime de la lecture invente au livre le sens illisible qu'il ne peut avoir que pour lui seul, le libère de l'infinité de ses autres lectures, du classement des bibliothèques comme des prescriptions ou des jugements, et reconnaît sa propre langue, sa voix dans celle de l'écrivain, ainsi écoutons-nous vraiment les invraisemblables histoires comme étant les nôtres, comme si quelqu'un marchait sur notre tombe. Tandis que j'écoutais Laura, me revenait le journal intime publié après sa mort, dans lequel un grand cinéaste russe faisait le récit d'une histoire semblable. Celui-ci avait égaré le scénario de son prochain film, dont il n'avait aucun double, dans un taxi de Moscou, à l'angle de la rue Gorki en face du cinéma National et, le taxi parti, épouvanté, il était allé se saouler, puis s'était quand même rendu, ivre, à son rendez-vous que sa perte rendait inutile, et comme il redescendait la rue, deux heures plus tard, exactement au même endroit, là où il avait quitté la voiture, un taxi avait ralenti à sa hauteur, en pleine infraction au code de la route, le chauffeur lui avait tendu son manuscrit par la fenêtre, et avait disparu. S'il n'avait pas retrouvé miraculeusement son scénario, harassé qu'il était par les persécutions de la censure et de ne travailler que dans les plus grandes difficultés, peut-être aurait-il renoncé à réaliser ce film sur un grand peintre d'icônes, qui est le plus haut manifeste de son art, et le cours de son œuvre en eût été assurément changé ou même définitivement interrompu, comme il l'envisageait parfois dans ses moments de désespoir, mais le destin avait décidé qu'il voulait pour lui une autre fin et lui rendit ce qu'il n'espérait plus, et cela s'était passé le 6 avril 1973. Cette date d'avril, au moment où je lisais son journal, avait déchiré ma mémoire parce qu'elle coïncidait avec la réalisation inespérée d'un vœu si fervent qu'il avait brûlé ma petite enfance. Un 6 avril mémorable entre tous, ma mère s'était annoncée, elle qui m'avait mise au monde et laissée sans retour aux soins de ses sœurs pour aller vivre loin en Afrique noire où elle tenait un hôtel, elle dont le ventre avait porté sans le vouloir un enfant de hasard et l'avait expulsé d'elle sans que son regard oblique, son regard pathétique, se portât sur lui pour accomplir l'adoption par laquelle la jeune humanité est baptisée au monde des vivants, me condamnant à l'attente sans objet qui consume une vie, et elle revenait comme ces fantômes qu'on voit en rêve, qu'on redoute et qu'on appelle du même mouvement, voici qu'elle se présentait, qu'à son attente succédait l'annonce de sa venue dans la maison de Zabel, où Pâques nous avait réunis, elle avançait et j'aurais voulu être encore dans mon rêve, pouvoir conjurer par le réveil sa rencontre. Mais je n'avais pas le choix, dans la réalité d'un 6 avril elle avançait vers moi avec son visage inconnu encore enrobé de limbes blêmes d'où sa présence matérielle allait percer et s'incarner à mes yeux, aussi dès que j'entendis la voiture passer la grille je m'enfuis et me cachai, on m'appela et me chercha tout le jour, et longtemps après alors qu'elle était repartie. Je crois que tout ce temps je dormis, assommée d'un sommeil d'hibernation, abêtie par une mortelle fatigue qui me stupéfiait, m'engourdissait et me faisait rétrécir, recroqueviller dans la chaleur d'étuve du réduit où j'avais trouvé refuge, un étui sombre entre le plafond lambrissé et les chevrons de la charpente que frappait le jeune soleil, une cachette providentielle dont je connaissais l'existence sans m'être jamais risquée à m'y glisser, tant son obscurité hostile, son odeur de moisissures, de fientes d'oiseaux ou de souris, la rendaient rebutante, pourtant le seul lieu où je pouvais me soustraire à sa vue et conjurer sa présence, et lorsque je réapparus, couverte de toiles d'araignées et de morve, aux cris de toute la famille Zabel opposa son silence, l'étreinte miséricordieuse de ses bras et me coucha dans son lit. C'est pourquoi, disais-je à Laura, le destin ne prend pas toujours l'air aimable d'un ange des gares avec des moignons d'ailes dans le dos, ni l'apparence débonnaire d'un chauffeur de taxi, tantôt il sauve ou précipite celui qu'il touche du doigt, un même jour d'avril, à des années et des milliers de kilomètres du grenier où je me cache, qu'importe, il réalise mon vœu le plus abhorré et sauve l'artiste dont les œuvres d'art qu'il a pu faire ensuite me parlent sa langue, sa voix la plus intime comme si elles étaient les miennes, ses films que j'ai vus bien plus tard comme les chiffres enchantés qui orientent un peu le désordre du monde, et si lisant son journal je me souviens de moi-même c'est que nous raccordons ensemble les fragments et les signes épars pour ne pas sombrer, nous racontons d'invraisemblables histoires, qui sont la vérité. Peut-être, disait Laura, inventons-nous ces rencontres au moment qu'il faut pour nous réveiller à nous-mêmes, et n'avait-elle surpris le récit du professeur genevois, de manière incidente et sans prendre part à la conversation, que parce qu'elle avait besoin de l'entendre ce soir-là, il avait augmenté son trouble plus qu'elle ne le croyait car, ajoutés au fait qu'elle venait de brûler le petit papier, perdant volontairement le dernier lien qui l'attachait à sa sœur inconnue, ou bien à l'orage qui avait éclaté en pleine nuit et déferlé en tempête sur l'hôtel, jetant des paquets d'eau contre ses fenêtres, ces événements firent qu'elle passa une nuit blanche, blanche, à se demander en vain quel dessein elle poursuivait en revenant précisément dans cet endroit que sa sœur lui indiquait de son étrange manière, cette ville et cette région qu'elle avait dû habiter comme elle dans sa toute petite enfance, puisque ses parents en étaient originaires et y avaient vécu au moins les premières années de leur bref mariage, avant de le quitter, de s'exiler dans une ville du Nord où son père avait obtenu un poste, mais elle était trop jeune pour se rappeler les circonstances ni comment ils s'étaient séparés, apparemment sans grandiloquence ni drame, mais farouchement résolus à ne plus se voir jamais, gardant chacun un enfant selon une disposition de justice que son père avait dû arranger, puisqu'il était juge lui-même et instruit de ses droits, et il s'était remarié assez vite, dans une ville frontalière où ils avaient vécu de nombreuses années, où elle avait grandi. Seules les rares allusions que son père avait pu faire à cette première épouse et les quelques occasions où elle avait pu avoir accès, pour un passeport ou un formulaire administratif, aux archives familiales avaient confirmé ces faits, et comme elle me l'avait dit la première fois, il n'y avait ni album ni photo de famille chez son père pour se souvenir à sa place. Du temps qui précédait sa naissance, de sa sœur ni de sa mère volatilisées, elle n'avait ni trace ni souvenir, elles ne lui avaient pas plus manqué que des gens qu'on n'a jamais vus, d'autant moins que la deuxième femme de son père, le temps qu'elle avait vécu, avait été pour elle une mère convenable, sans doute pas plus insupportable ni moins aimante qu'une mère naturelle, et, aucun grief durable n'étant venu nourrir la nostalgie d'un âge d'or où aurait pu régner la bonne mère, elle s'était contentée très bien de celle-là qui compensait de son mieux la froideur d'un père taciturne et introverti, leur attachement avait été une sorte de compagnonnage assez tendre qui s'était interrompu à l'âge où l'on commence justement à s'en inventer d'autres, d'élection, qui relèguent celui des parents, en somme elle avait été une enfant plutôt heureuse. Si bien que les premiers signes que sa sœur avait donnés, à une époque tardive où elle ignorait tout de son existence, lui étaient parus d'une étrangeté exotique, d'une inspiration excentrique, aussi bien à son père qui, en une ou deux occasions où elle lui avait posé la question de ces correspondances, avait concédé avec un ennui contrarié qu'il recevait aussi ses courriers ronéotypés, mais ajoutait qu'à titre personnel il ne voyait pas la nécessité d'y donner suite, et quant à elle, elle en faisait ce qu'elle voulait. Ensuite, son père étant mort, au printemps dernier, et d'une certaine manière par sa faute, disait-elle, il était trop tard pour lui poser les questions qu'elle n'avait pas posées. Ainsi Laura m'apprit-elle que, la nuit où nous nous étions rencontrées dans la forêt, elle était dans la plus grande confusion, envahie par l'affreuse prémonition qu'elle se trouvait à un de ces carrefours dont on sait qu'ils décident pour vous quel chemin, et si tout le jour qui précédait, à la grande lumière, elle avait pu ajuster ses pensées tels des volumes géométriques dressés devant elle dans l'espace, des cadres théoriques de cristal transparents propres à admettre dans leurs cases rationnelles n'importe quelle hypothèse douteuse, le soir venant ils s'étaient distordus affreusement et réduits en de grimaçantes machines de guerre qui l'empêchaient de plus rien voir, de prendre la seule décision raisonnable, qui était de quitter au plus vite cet endroit où elle n'aurait jamais dû venir, et qui lui signifiait si violemment quel corps étranger elle lui était. Alors elle était partie marcher dans l'obscurité de la forêt et nous nous étions rejointes sur le chemin sans nous voir par une sorte de grâce, elle ne pouvait me dire combien ce retour de la promenade avait été lumineux et apaisant dans les ténèbres où elle se trouvait, puisqu'elle me connaissait déjà et n'avait plus peur de parler à quelqu'un qui était comme elle une ombre, dont la voix répondait à la sienne par son timbre et sa fréquence basse et, selon elle, j'avais dit la première *nous nous connaissons déjà.* Notre conversation lui avait rendu ce courage qu'elle avait perdu, par lequel, le lendemain matin, elle avait été capable de saisir sans hésiter l'occasion qui se présentait, ayant lu le journal qui traînait, ce *Petit Canard de la côte* où, selon son annonce saugrenue et périmée, une Mme Dhal cherchait une personne de confiance pour mettre de l'ordre dans ses archives. A elle s'étaient présentées, tel un geste de l'ange, la cause et la raison de son voyage absurde, mais c'était seulement lorsque nous avions attendu près du monument aux morts qu'elle avait dû *franchir le pas,* loin au fond d'elle-même, dans ces confins dangereux où l'instinct dicte notre survie, elle avait commencé à vouloir se souvenir. Pour autant la vie n'exauce pas toujours nos décrets dans l'instant, et il avait fallu près d'une année passée là-bas pour qu'elle comprenne cette chose simple et nécessaire, et pendant tout ce temps, bien qu'ignorant tout de moi et m'ayant perdue, elle pensait à moi et savait que nous nous reverrions.

Depuis un moment, nous avions quitté le banc qu'avait gagné le soleil déclinant et nous nous étions éloignées sous les arbres, remontant jusqu'au jardin de l'Observatoire dont la perspective majestueuse des grands marronniers ouvrait entre ses hauts branchages ombreux une trouée lumineuse d'azur ciselée par les motifs du feuillage, en un contraste saisissant de clair-obscur. Il est rare qu'à Paris l'atmosphère soit délivrée des brumes de la pollution, et à vivre dans les villes on ne lève plus guère les yeux vers le ciel pour l'interroger, mais le charme de ce soir-là s'accordait à notre rencontre et il semblait que les rues proches, l'architecture urbaine qui fermaient l'horizon de tous côtés et le bruit de la circulation avaient reculé, qu'en expansion l'espace du jardin offrait à notre marche lente le décor fantastique des peintures primitives, où chaque brin de l'herbe, chaque échantillon floral rehausse, dans un écrin précieux, sa singularité végétale. Comme si l'instant lui paraissait comme à moi d'une incroyable irréalité, Laura revint encore sur l'histoire du professeur genevois. Non pour ce que son anecdote enseignait des tours du hasard, il n'y a pas de hasard, disait-elle, seulement le concours logique de circonstances dont les causes cachées logent dans notre lointain ou proche passé, et les catastrophes du sens dont parle le poète tiennent au besoin d'émerveillement ou d'effroi où nous tient la tragique condition de mortel, et parfois la vérité prend les formes les plus extravagantes, mais parce que, reprenait-elle comme une obsession intime, ce qui rendait le professeur malheureux était de n'avoir pas obtenu ce qu'il cherchait en commençant son récit, la stupéfaction admirative de son auditoire, en se réduisant au héros piteux dont s'était joué l'aventure il l'avait amusé à ses frais, au lieu de lui transmettre le frisson de la fable véridique. Son désir était qu'il vienne à lui dans l'émerveillement, ou l'effroi de son invraisemblable et véritable histoire, mais il avait échoué, il l'avait déçu en se décevant lui-même, parce qu'il ne croyait plus en son histoire, de même remarquait Laura, si on considérait sous l'angle de la raison ce qui lui était arrivé ces dernières années, on n'y trouvait qu'invraisemblance et mirage, chimères, et cela avait pourtant abouti au voyage qu'elle n'aurait pas dû faire et qui avait bouleversé sa vie car en détruisant doublement le petit papier elle accomplissait plus qu'un acte de dépit, ou de renoncement personnel, en déchirant et réduisant en cendres le numéro de téléphone elle désorientait sa trajectoire vers une autre issue, à commencer par cette annonce qu'elle n'aurait pas lue autrement, et si invraisemblable soit son histoire elle savait que je la croyais aussi.

Au premier café qu'elle avait rencontré, on lui avait indiqué la demeure de cette Mme Dhal, bien connue pour avoir été toute sa vie l'institutrice du village. Celle-ci continuait d'ailleurs de vivre dans l'école, aujourd'hui désaffectée, où elle avait exercé pendant de longues années, où elle était née, ses propres parents ayant avant elle enseigné là. Le bâtiment se trouvait à la sortie de ce village où elle était arrivée pensant ne s'y rendre que pour une excursion de la journée, et où elle avait passé l'année, plutôt un bourg balnéaire construit à l'abri des dunes qui avait connu, au début du XXe siècle, fortune et réputation par les établissements de santé qui s'y étaient implantés, au moment où l'on découvrait les bienfaits des bains de soleil et de mer. Nombre de fondations, des maisons de cure équipées d'aériums et de préventoriums, y accueillaient pour de longs séjours les petits enfants des villes frappés d'anémie, de rachitisme ou de tuberculose, et plus tard les blessés des deux guerres pour leur convalescence, ce qui avait encouragé le peuplement et donné leur essor aux commerces du village, multiplié pensions de famille, cafés et guinguettes, fêtes locales avec courses cyclistes et corsos fleuris dont se souvenait Mme Dhal. Mais aujourd'hui la bourgade éloignée des grandes voies de circulation était tombée dans l'oubli, elle ne renaissait d'une vie factice que l'été, alors quelques commerces saisonniers s'installaient, d'articles de plage ou de restauration, pour les vacanciers qui envahissaient les campings de la côte ou louaient les villas, désertes le reste de l'année, et c'était dans cet état de sommeil et d'abandon que l'avait trouvée Laura à la descente de l'autobus, sans imaginer que dans ce lieu reculé elle rencontrerait quelqu'un comme Mme Dhal. Celle-ci n'avait pas obtenu de réponse à son annonce, personne ne s'étant présenté, elle avait renoncé à la renouveler d'une autre manière aussi, quand Laura avait surgi chez elle, avait-elle cru que cette visiteuse tombait de la lune, elle l'avait prise pour la providence, en moins d'une heure elles étaient tombées d'accord sur un arrangement. Comme Laura lui faisait observer qu'à faire passer son message dans un tel journal elle avait bien peu de chance de trouver la *personne de confiance* qu'elle cherchait, elle apprit que la vieille dame avait suivi le conseil de ses voisins, un vieux couple plein de sollicitude mais aussi mal informé, dont Laura fit ensuite la connaissance, et qui la laissèrent confondue par leur totale ignorance des usages et des réalités. Ils ne rêvaient que de prendre pension dans une institution installée depuis peu à quelques kilomètres, où ils seraient assistés, soignés et cajolés, selon un prospectus qu'ils s'étaient procuré, ce qu'ils firent dans l'hiver qui suivit, laissant sans état d'âme Mme Dhal à sa solitude, car suffisaient à leur société les personnages de leur télévision allumée toute la journée, peuplant leur vie d'avertissements funestes ou magiques et de créatures fantasmagoriques, parmi lesquelles ils avaient leurs héros d'élection et dont ils parlaient comme d'amis chers. Ce voisinage était le seul que fréquentât Mme Dhal, à qui par bien des aspects elle s'apparentait, quoique ses personnages à elle n'avaient pas la télévision pour origine, mais une foule innombrable de fantômes du passé avec qui elle vivait en compagnie familière. C'était pour avoir compris dès la première heure que la vieille dame avait un *motif sérieux*, sans deviner d'abord ce dont il s'agissait, qu'elle était finalement restée, sans se douter du temps que durerait son séjour.

Il s'en était pourtant fallu de peu, d'un seul rayon de soleil, pour qu'elle ne tourne les talons, car une fois l'autobus disparu au bout de la rue elle l'avait entendu corner une dernière fois, puis le silence était retombé et, seule voyageuse à descendre là, avec son sac à l'épaule, elle avait eu ce sentiment d'éloignement qui fait de n'importe quelle région une terre étrangère pour peu qu'on s'y déplace sans guide ni carte. Devant elle s'ouvraient plusieurs voies, une courte allée qui menait à une petite gare, dont elle sut ensuite qu'elle était désaffectée et servait d'entrepôt à une usine de traitement de la cellulose du pin, l'autre sous la pinède était une piste de sable longeant des baraques basses, les locaux fermés d'une colonie de vacances, et se perdait dans la forêt proche, et celle qu'avait empruntée l'autobus, nommée avenue de la Plage, que bordaient des villas aux volets clos et dont la légère déclinaison semblait mener vers un centre. Elle était restée plusieurs minutes sans se décider, dans cette clarté zénithale qui épuisait les ombres et absorbait les couleurs, ce décor sans profondeur lui faisait l'effet de tromper sa vue tant les modestes villas aux auvents étroits, leurs palissades vermoulues que débordaient les jardinets en rameaux anémiques de lauriers, de roses trémières et de géraniums, à travers la dense, lumineuse buée qui baignait tout cela, amollissant les lignes et les angles vifs, semblaient un monde miniature en voie d'effacement. Le temps que dura cette première impression, elle pensa s'être égarée dans un endroit inhospitalier et hostile, elle eut envie de fuir, d'attendre sur place le passage du prochain autobus et de repartir. Mais soudain le soleil perçant la brume, un clair rayon avait réveillé les couleurs endormies du paysage, en avait dilaté les proportions et restauré magiquement l'échelle comme à travers une loupe, si bien qu'à ses yeux se déploya une vision nouvelle emplie d'une telle douceur qu'elle résolut d'aller plus avant et s'engagea vers le centre. Tout en lisant au passage leur nom au fronton des maisons, elle voyait avec humour s'y dessiner des promesses, *Mon rêve, Mon nid, Caresse du vent* et *Lolita des îles* clignotaient au passage comme des adresses de bon accueil, jusqu'au nom du premier café ouvert qu'elle rencontra, *Au bel ami*, entre l'hôtel des postes et une supérette aux rideaux tirés, où on lui indiqua la maison de Mme Dhal.

L'école se trouvait sur la route de la plage, à la sortie du village. C'était une bâtisse scolaire comme tant d'autres, en pierres grises et à hautes fenêtres, dans l'enceinte d'une cour plantée de tilleuls, avec l'alignement des cabinets au fond du préau, sous lequel on avait entreposé un rebut de vieux bureaux, et dont des pots innombrables de plantes grimpantes interdisaient l'accès. La grille dévorée de rouille étant entrouverte, et la cloche ayant perdu son battant, Laura s'était avancée dans l'école déserte et silencieuse, doutant d'y trouver âme qui vive, et elle était restée un long moment immobile, surprise de sa promptitude à retrouver les sensations de sa petite enfance scolaire, et ces réminiscences rapides concouraient à son impression, d'abord confuse puis de plus en plus évidente, que cet endroit plus que centenaire était hanté par une foule d'êtres invisibles et très proches, aux corps immatériels dont les contours vibraient dans l'air et dont le marmonnement emplissait son oreille d'une rumeur continue, comme une litanie languissante et funèbre mêlée au bruissement inquiet des feuilles du tilleul, dont elle avait compris ensuite qu'il était en fait le grondement lointain de la mer venu pardessus les dunes et modulé par la forêt de pins, qu'à certains moments l'orientation des vents portait jusqu'au village, mais même lorsqu'elle le sut elle ne laissait pas d'entendre à travers celui-ci l'autre, qu'elle avait entendu le premier jour. Bien qu'elle ne fît aucun bruit, Mme Dhal avait paru soudain sur le seuil de l'école, et elle n'avait pu s'empêcher de penser à la manière dont surgissent les araignées que leur toile informe des moindres vibrations lointaines. En effet cette Mme Dhal, toute vêtue de noir, ressemblait à une petite araignée grêle, à la tête ronde et aux yeux vifs, aux doigts sans cesse agités d'impatience, qu'elle frottait fébrilement, et d'un pas assuré, malgré son grand âge, elle était venue tout droit vers l'intruse lui demander ce qu'elle voulait. L'instant de la surprise passée, avec la rapidité qu'elle mettait à ses décisions les plus saugrenues, dans une sorte d'engouement irréfléchi qui confinait à l'inconscience, elle avait exposé à Laura le *motif sérieux* pour lequel elle cherchait quelqu'un, sachant qu'il lui restait peu de temps, c'était une question *de vie ou de mort.* Pas tellement des siennes, disait-elle, pour lesquelles elle ne se faisait pas de souci, mais celles de son âme. Aussi, désespérant du succès de son annonce, s'était-elle résolue à ce travail qui lui prenait tout son temps, et, sans s'assurer davantage de quelle compétence sa visiteuse pouvait se prévaloir, elle l'avait entraînée dans l'école abandonnée pour lui montrer ce qu'elle appelait son chantier.

Dès son entrée, Laura avait été frappée par l'atmosphère mélancolique qui régnait dans la bâtisse, dont le couloir carrelé portait encore les patères vides, où les deux classes, dont seuls les bureaux avaient été enlevés, avaient encore leur estrade et leur tableau noir, de même que, suspendues au clou, les cartes de géographie anciennes, épinglées aux murs les images édifiantes des leçons de choses, foies alcooliques et poumons tuberculeux, les modèles d'écriture calligraphiés et les quatre saisons illustrées en tableautins naïfs, le parquet balayé avec soin laissant de vastes espaces nus que la lumière violente de midi traversait en y projetant le quadrillage géométrique des hautes croisées, et pour avoir ensuite passé de longues journées dans ces salles de classes, Laura y avait toujours trouvé, quel que soit l'éclairage, les sombres jours de pluie, quand le crachin de l'océan brouillait l'air, ou dans les journées limpides d'hiver, une impression de tristesse infinie comme si, telles les chapelles dont le culte a été abandonné et qui gardent encore les fétiches d'une dévotion ancienne, s'y exprimait une âme en souffrance. Ainsi la bibliothèque scolaire, aux portes vitrées, laissait voir la tranche des livres couverts de papier bleu fané, aux étiquettes manuscrites, dont elle emprunta tout l'hiver les volumes, pour relire *Romain Kalbris* et *Sans famille, Pêcheur d'Islande, La Petite Fadette, François le Champi, La Roche aux mouettes, Marie-Claire* et *Le Grand Meaulnes*, les contes de Perrault et d'Andersen, qui portaient encore, collées sur la dernière page, les fiches avec la date du prêt, et le nom des enfants. Mme Dhal occupait l'appartement de fonction, deux pièces à l'étage dont elle montait sans peine l'escalier abrupt, qui contenaient l'ameublement d'une vie solitaire et fruste, une cuisine dénuée de confort où elle se faisait livrer sa bouteille de Butagaz et ses provisions par l'épicier du village, et une chambre étroite dont le lit couvert d'une courtepointe en satin rouge était le seul luxe car, expliqua-t-elle à Laura, à la mort de son mari, quarante ans plus tôt, elle avait quitté sa maison du bord de mer, n'y retournant que durant les vacances scolaires, puis n'y revenant plus du tout, sans regret parce qu'elle préférait vivre dans ce relatif inconfort pour être plus près de sa classe et des petits enfants. Cependant, dès ses dernières années d'activité, l'école n'avait été maintenue que par protection, les effectifs devenant rares puisque les familles s'installaient maintenant dans les zones mieux desservies du bassin ou de la côte, sa fermeture avait coïncidé avec sa retraite mais la commune avait toléré qu'elle y restât gracieusement, n'ayant aucun projet de récupération pour ces locaux incommodes.

C'est dans son ancienne maison sur la dune, éloignée de deux kilomètres, qu'elle avait logé Laura le temps de son séjour, en complément d'une rémunération tout à fait dérisoire mais, disait-elle, hormis que Mme Dhal avait visiblement peu de revenus et aucune idée des conventions salariales, elle s'était contentée de cette somme modique parce que quand elle voulait de l'argent elle n'était pas en peine d'en gagner à sa manière, et que le travail pour lequel Mme Dhal l'avait recrutée dépassait en étrangeté tout ce qu'elle aurait pu imaginer. Dès ce premier jour, celle-ci l'avait conduite dans la soupente attenante à son appartement, de l'autre côté du palier, où étaient entreposées les archives de l'école, près d'un siècle de cahiers et de registres scolaires conservés à même le plancher, chaque année de dossiers cartonnés proprement ficelée et posée sur l'autre, leurs colonnes, étayées les unes par les autres en équilibre instable, s'élevant jusqu'à mi-mur, plusieurs mètres cubes de vieux papiers dont aucun brocanteur n'aurait voulu. L'ancienne institutrice en avait entrepris le dépouillement pour, prétendait-elle, cataloguer le passé, tenir le livre de raison de tous les élèves de cette école, dont elle était dépositaire de la mémoire et sa dernière gardienne. Elle redoutait qu'à tout moment n'intervînt en haut lieu la décision de lui confisquer le bâtiment pour d'autres fonctions, et il n'y avait à ses yeux de plus haut lieu que l'Inspection académique, qu'elle citait avec crainte comme une tutelle ombrageuse et maléfique, alors les archives, oubliées de tous, finiraient à la décharge ou dans un incinérateur, et elle dans l'une de ces maisons de retraite que convoitaient ses voisins. Sans doute, en en illustrant l'éventualité, leur départ imminent avait-il éveillé chez elle cette idée extravagante, que seul un cerveau naïf et quelque peu dérangé par la grande vieillesse pouvait concevoir, pensa d'abord Laura, car la vieille dame, de toute évidence, ne mesurait pas l'inanité d'un tel recensement. Elle ne jugea pas bon de lui représenter qu'il existait d'autres moyens plus rationnels et scientifiques de mener l'inventaire d'une population locale, car lui parut aussitôt qu'importait moins le résultat d'une telle enquête que la raison pour laquelle elle s'y attelait, de même que, toute proportion gardée, président aux recherches les plus savantes des motifs secrets sans lesquels elles n'auraient jamais lieu, qui en font, en dépit des apparences, une question de vie ou de mort, et si inadaptés ou incongrus soient la démarche et l'objet, les conclusions illuminent parfois les plus sceptiques, ainsi avait-on pris pour fou Aby Warburg pour concevoir dès son enfance une bibliothèque insensée, selon des catégories et une méthode défiant toutes les règles établies, déplaçant de proche en proche le sens des œuvres d'art et menant, tel un labyrinthe, aux arcanes de l'homme et de son histoire, et pour prouver sa guérison proposa-t-il de tenir, devant les malades internés avec lui, une conférence insolite sur un rituel des Indiens d'Amérique du Nord, dans laquelle il exposait le principe de cette science sans nom, qu'il voulait fonder. Sans lui prêter un tel génie visionnaire, Laura se souvenait avoir eu l'intuition que, par son classement des archives, la vieille dame s'était mise en quête de quelque chose de cette sorte, qu'elle ignorait peut-être, ou qui la dépassait, dont la nécessité et l'urgence n'intéressaient qu'elle au monde mais dont le principe s'appliquait à toute vie, et qu'à ce titre elle pouvait appeler *motif sérieux* ce qui l'inspirait.

Lorsqu'elle avait su, plus tard, la véritable raison de cet inventaire, Laura avait repensé à ce premier jour de son arrivée, à ce sentiment indéfinissable qui l'avait saisie dès sa descente de l'autobus et accompagnée jusqu'à l'école, l'impression de traverser un décor désolé dont l'apparence pouvait se métamorphoser à tout moment, sous l'effet d'un rayon de soleil, ou d'une orientation visuelle imprévue, de se déplacer à travers un panaché subtil de réalités invisibles dont le moindre changement de degré révélait les aspects virtuels, Mme Dhal elle-même, qui lui était apparue d'abord comme une aimable araignée proprette, délicate et menue, méticuleuse et même maniaque dans ses gestes et ses paroles, appliquant aux circonstances, aux choses domestiques et aux gens, des raisonnements inoffensifs, déconcertants de simplicité, s'était avérée une personne pour qui réalité et imaginaire s'échangeaient redoutablement, qui pouvait contaminer l'actuel du passé, et du mort le vivant, au point qu'en sa compagnie parfois Laura avait pu ne plus savoir qui d'elle ou de Mme Dhal avait raison de croire que rien n'était passé, que le temps n'était pas un défilement de chronologie linéaire dont chaque épisode succède au précédent, mais un feuilleté de laps cumulés sans ordre, à travers lesquels la vie donne l'illusion du passage alors qu'il retient chacun de nous tout entier dans son inertie, et qu'il ait cessé d'être ne suffit pas à abolir son présent définitif, tout continue à passer et demeure, se présente encore. Ainsi avait-elle appris de Mme Dhal, dont le corps frêle tout vêtu de noir dégageait une pénétrante odeur de poudre amère comme en libèrent les moisissures de fruits, et dont fourmillaient les doigts menus en incessant crissement de sable, à se laisser gagner par le voile nocturne dont celle-ci embrumait les pensées, par sa voix rauque et basse, chantonnante, parfois inaudible, qui défaisait les liens de la tyrannique réalité et l'entraînait dans son histoire ressassée, qu'elle ne racontait jamais deux fois de la même façon, et seuls les enfants veulent qu'on raconte toujours la même histoire, avec les mêmes mots, nous voulons toujours que le passé recommence et continue de recommencer.

Laura s'était installée dans la villa de la plage, après quelques aménagements qui la rendaient habitable, elle avait loué un vélo, à un tarif bien plus modique que ceux qu'annonçait le *Petit Canard de la côte*, avec lequel elle parcourait les deux kilomètres pour se rendre à l'école pendant quelques heures, cinq jours par semaine, et faire ses courses à l'unique supérette du village, la seule occasion d'avoir quelque contact humain. Mais pour les contacts, elle avait son ordinateur portable et son courrier électronique, un moyen de communication sélectif et pratique, disait-elle, pour maintenir à distance respectueuse ceux dont elle ne voulait pas entendre parler, l'Internet lui servant à volonté pour ses besoins, et à personne elle n'avait donné le numéro de téléphone de la villa, sauf à son père. Quant à son courrier, elle l'avait fait suivre en poste restante et le relevait à la boîte, le numéro 13, il lui avait plu d'ignorer qui étaient les douze autres apôtres, qui devaient relever le leur à des fréquences différentes de la sienne car elle n'en avait croisé aucun dans ce petit bureau postal, dont l'unique levée était à quinze heures, et la postière une femme rousse, assise si bas derrière le grillage qu'on ne voyait d'elle que la permanente, et son nom d'Alice épinglé au col de sa veste réglementaire. On se demandait d'où celle-ci tenait sa coiffure impeccable car il n'y avait pas de coiffeuse dans cette petite station balnéaire sans pêcheurs ni crevettes, c'est pourquoi Laura avait laissé pousser ses cheveux, seule preuve que le temps passait, mais comme elle ne regardait plus le calendrier des postes les nuits succédaient aux jours sans accroc ni somnifères, il n'y avait pas de pharmacie non plus.

La maison de Mme Dhal était parmi les plus vieilles de la station, isolée vers le sommet de la dune, où la route virait brusquement et quittait le front de mer pour redescendre dans les lotissements de vacances, vides toute l'année, et filer dans l'arrière-pays vague, plein de forêts et de brumes, une villa d'autrefois trop grande pour une, et même pour deux personnes, dont la façade ressemblait à un cottage anglais, avec véranda vitrée et fenêtres à guillotine à l'étage, atteinte par la décrépitude et rongée par le sel, avec des lézardes aux murs et de la rouille aux serrures, aux planchers de guingois, aux cheminées mal ramonées, encombrée d'un incroyable bric-à-brac de meubles vermoulus, parmi lesquels elle avait récupéré les plus utilisables pour s'installer une chambre de fortune à l'étage, au moins celle-ci avait-elle l'avantage de donner sur l'océan, et un coin à peu près confortable au rez-de-chaussée, près de la grande cuisine pleine de vieux ustensiles culinaires dont elle ne s'était guère servie. L'arrière de la maison comprenait un hangar à bateau à demi effondré dont les planches pourrissaient dans les buissons de ronces et de buis anémiés, des bancs de jardin en ruine, et un palmier fossilisé, planté dans le sable tel un totem colonial, au milieu d'un jardin envahi de lauriers et de chênes-lièges ensauvagés, auquel Mme Dhal tenait beaucoup, sans l'avoir vu depuis des années.

Personne n'aurait accepté de vivre dans ces conditions, sauf quelqu'un comme elle, disait Laura, dans cette solitude et cette improvisation qu'elle avait choisies, pour un temps dont elle disposait, libre qu'elle était de le quitter quand bon lui semblait, et tout le temps qu'elle avait passé là lui semblait à présent la seule chose à laquelle elle aspirait, dans l'état de confusion et de peur où elle vivait alors. Dans cette maison, son sommeil allait contre la vitesse du monde dont la rotation emportait les grands filaments bleu céleste, toute la nuit elle dormait sans rêver, elle oubliait qu'à flux tendu des nuages de haute altitude enrobaient la terre nocturne immensément sphérique, tachée de masses électriques urbaines, de glaciers en cristal quaternaire et de deltas marbrés amazoniens, de guerres saintes désertiques et de maladies, de trafics et d'îles endémiques et de conflits d'intérêt, de crimes bancaires, d'inondations, d'accouchements et d'imprécations de toutes sortes, pendant qu'elle dormait dans le grondement continu de l'océan, la terre tournait sur elle-même dans son grand drapé atmosphérique artiste, mais quoique extrêmement vaste elle était limitée à sa vitesse de gravitation et à la radio du matin Laura se dépêchait de rattraper le temps universel, elle avait les nouvelles tristes en continu de ce qu'elle avait raté en dormant, elle l'allumait sitôt réveillée et écoutait les nouvelles du monde comme une fiction lointaine, plus tard elle mettait ses lentilles qui rectifiaient son point de vue sur l'actualité de sa vie. Entre-temps du temps avait passé, elle avait déjeuné, le car scolaire était passé, elle éteignait la radio et le monde redescendait brusquement sur terre, précisément sur ce coin perdu de côte atlantique où elle vivait, où chaque matin la météo annonçait des perturbations, en effet les nuages s'amoncelaient à l'horizon, elle pouvait le vérifier. Il y en avait beaucoup le matin, accrochés bas gris de fumée, avant les nouvelles de la radio, ils étaient déjà là quand elle se réveillait dans cette maison du bord de mer qui n'avait ni volets ni rideaux aux fenêtres, si bien que le jour comme la nuit la traversaient de part en part, la lumière et les nuages, la brume, la pluie et le vent. Elle n'aurait pas cru rester si longtemps à se réveiller dans cette maison transparente, qui sentait l'aiguille de pin, la résine, le camphre et la pourriture, l'iode des algues mouillées dans la cheminée et la suie quand les vents étaient à l'ouest, l'obscurité de la nuit restait encore tapie dans les angles de sa chambre, mais la fenêtre encadrait un rectangle de clarté subtile, puissamment net et pâle, d'une beauté muette qui faisait presque mal, ou qui rendait hostile pour tant de gratuité sans contrepartie, ce flot subtil du jour, disait Laura, c'était quelque chose de parfait, mais elle attendait encore avec le flou laineux de la nuit nichée dans les coins où traînait le sommeil à vitesse lente, puis elle bâillait jusqu'à se sentir féroce et vivante. Sous la fenêtre, la route étincelait de pluie récente, des gouttes pendaient aux courbes molles des fils électriques, il y avait des flaques en plaques de Mercurochrome, en raison du soleil levant rouge coincé à l'horizon maritime, qui n'allait pas tarder à disparaître sous les nuées vu que celles-ci étaient basses et noires, plutôt bleu marine virant violet, revoilà la pluie, constatait-elle, satisfaite.

La plage était déserte, sauf que le petit vieux cassé s'occupait déjà à chercher, il avait commencé sa journée. Un vieux de cette sorte, aussi ponctuel, assidu, discret, on avait vite de la gratitude pour lui, à ne pas confondre avec la sympathie car il n'approchait pas, il était dans le paysage chaque jour que la rotation terrestre amenait et quels que soient le temps, la saison. Il était petit, presque un gnome, cheminait en tirant la jambe et son grand sac de toile par longs élans strictement parallèles aux vagues, faisant de longues stations méditatives, d'observation ou de recueillement, et des flexions subites s'il voyait quelque chose qu'il cherchait, il était cassé mais flexible, en alerte sous ses airs endormis, il était là avant le jour et jusqu'au soir il cherchait. Quelquefois il trouvait, les marées ramènent des choses bizarres. C'était la première fréquence humaine qu'elle avait repérée, dès le premier matin il était là en train d'aller et venir, d'apparaître et de disparaître car il suivait la plage sur des kilomètres sans jamais s'égarer, on le croyait évanoui mais son mouvement de balancier le ramenait, preuve qu'il n'avait pas tellement la tête fêlée par sa maladie mentale, il rentrait au village à la nuit tombée. Ce vieux cassé meublait le vide de sa vue, à toute heure du jour, si elle approchait d'une fenêtre, il était dans le paysage, tantôt une silhouette, à peine un point sur le sable au loin, tantôt nettement dessiné en ombre chinoise au bord des vagues, et même parfois franchement réaliste quand il rentrait, son sac de marchand de sable jeté sur l'épaule, il passait le long de la dune devant la maison et disparaissait vers le bourg dans le noir de la route, sa quête du Saint-Graal des mers finie pour la journée.

La deuxième fréquence qu'elle avait repérée était celle du marchand de poissons en camionnette, qui passait chaque mardi et cornait sur la route pour signaler qu'il attendrait deux minutes pas plus le client, sinon il repartait. On avait beau être en bord de mer un bourg balnéaire, la poissonnerie était un commerce rare et ambulant, le ravitaillement congelé venait des bateaux-usines de la Baltique, ou des bassins d'élevage aux hormones des fjords norvégiens, je n'ai pas échoué sur cette plage pour rien, disait-elle en voix intérieure, une voix qu'elle entraînait avec discipline à ne pas se taire. Il y avait d'autres fréquences, le passage du car scolaire, la benne à ordures intercommunale tous les deux jours, et le dimanche après-midi la sortie des petites sœurs de Cluny, par grappes papotantes elles allaient jusqu'à la dune et s'en retournaient à l'asile du village, leur parapluie sous le bras. Pour le reste, rien n'était régulier, ni le vent qui changeait souvent d'orientation, ni la lumière, ni les nuages en formation perpétuelle dans cette partie d'océan Atlantique, la terre tournait et les jours passaient, et soudain ses cheveux avaient poussé, elle était là depuis plus longtemps qu'elle ne croyait.

Le soir était venu et nous marchions encore, la marche aidait au récit de Laura que je laissais parler sans l'interrompre. Elle semblait avoir renoncé à tout autre projet, si elle en avait, sans s'inquiéter des miens, mes valises et mon départ, que j'avais oubliés. Nous avions longé vers l'est les boulevards que la circulation raréfiée d'août rendait à leurs vastes perspectives, puis traversé la Seine au pont de Tolbiac, nous remontions vers le nord sans nous consulter sur une destination, tandis que la lumière se retirait des rues assombries dont seules les plus hautes fenêtres reflétaient les rayons du soir, tandis qu'elle me racontait le motif sérieux que Mme Dhal avait fini par lui confier, parce qu'il fallait bien qu'elle accorde sa méthode à la sienne, mais surtout parce qu'elle ne pouvait longtemps tenir à l'écart les fantômes qui lui tenaient compagnie, parmi lesquels il y avait une enfant perdue dont elle cherchait la trace dans le vrac de ses archives. Si étrange que parût cette fixation, Laura ne fut pas surprise d'apprendre que le prétexte d'un recensement général couvrait un mobile plus secret, dont Mme Dhal lui fit l'aveu peu à peu, par incidentes et allusions de plus en plus fréquentes, au cours des séances où la vieille institutrice tissait, en un roman aussi fabuleux que décousu, l'histoire séculaire du village, événements et gens d'époques variées mêlés à ceux de sa vie privée, dans lequel la foule des enfants qu'elle avait connus tenait la plus grande place et dont sa mémoire prodigieuse gardait intacts les noms et les particularités, mais dont émergeait une figure constante, pathétique et mystérieuse, celle d'une petite fille disparue un soir, en rentrant de l'école. D'elle on avait seulement retrouvé un sabot dans le sable, que Mme Dhal lui montra un jour, un petit sabot usagé aux semelles cloutées, sans intérêt particulier, mais qui semblait avoir valeur de relique à ses yeux, et Laura ignorait si Mme Dhal le tenait pour pièce à conviction de la véracité de son histoire ou si, par une ruse d'invention, elle le feignait pour mieux persuader, car ce fait divers ancien manquait de date et de précision. Tantôt il semblait que les circonstances fussent celles de la dernière guerre, quand les soldats d'occupation construisaient les blockhaus du mur de l'Atlantique, alors la disparition était liée à des événements confus de la résistance locale, mal armée et peu organisée, ou attribuée à une rafle de représailles aveugle qui avait concerné la région, ou bien l'épisode se situait plus loin dans le temps, à une époque où des bruits couraient sur un résinier rendu fou par les tranchées de 14-18, retiré en sauvage dans les bois et à qui on attribuait nombre d'exactions, ou encore à des rumeurs d'enlèvements d'enfants pour peupler une île des colonies tropicales. Cependant la vieille dame n'évoquait ces éventualités que sous la forme irréelle du conte, ou de la fable qui emprunte au réel son cadre et son appareil mais s'en affranchit par les anachronismes et les distorsions fantaisistes, et ne les relatait, avec force détails, que pour mieux asseoir leur invraisemblance. Comme Laura s'étonnait un jour qu'elle négligeât le vrac nombreux des photos de classe où figuraient des générations d'enfants en sarrau, aux visages fanés, pour y trouver celui de la petite fille perdue, elle opposa sans se troubler qu'en vain on l'y aurait cherché parce que, disait-elle, des photos s'efface toujours la trace des absents. Son raisonnement, enrichi sans fin d'arguties propres à étayer sa conviction intime, et celle de Laura, visait surtout à invalider tout autre discours que le sien, dont les conclusions aboutissaient toujours a sa même idée fixe, selon laquelle l'enfant était partie de son plein gré, avait quitté foyer et village avec un dessein mystérieux dont elle pensait que la vérité se trouvait écrite dans une page perdue du grand dépotoir, dans un des cahiers de classe où elle apprendrait comment et pourquoi elle avait disparu. Là se trouvait l'indice, la preuve, qui exclurait toute autre hypothèse, et lui donnerait la paix, disait-elle. Bien évidemment, Laura n'avait cru ni cette version, ni les autres, ni même que le petit sabot de bois eût un quelconque rapport avec l'enfant, si celle-ci avait seulement existé. Nul doute que la vieille dame extravaguait, qu'elle présentait un cas inoffensif sinon bénin de délire sénile, empruntant au fonds commun des croyances populaires et aux personnages de la littérature enfantine, et justement disait Laura, ce qu'il lui était donné d'approcher, c'était comment se produit, au cœur du délire, entre monde réel et imaginaire, une vérité qui n'a pas de compte à rendre aux faits, mais à la manière dont ils sont racontés, qui est non un désordre de la pensée mais au contraire l'expression d'un ordre secret bien plus inquiétant ou émouvant, et dont l'auditeur ou le lecteur vient, dans sa solitude, achever le récit et se l'approprier comme sien, y entendre la voix énigmatique qui ne s'adresse qu'à lui, en en comblant les manques ou les inadéquations. Ainsi, selon Laura, Mme Dhal détenait-elle une vérité de son histoire, indécidable pour quiconque mais qui touchait à une réalité intime de sa vie, proprement une affaire *de vie ou de mort*, et je ne serais pas restée si longtemps en compagnie de cette très vieille femme emportée par son délire, à revenir tous les jours faire semblant de l'aider dans sa consultation opiniâtre des vieux cahiers, si celui-ci, d'une certaine manière, ne m'avait parlé de moi, disait Laura, car dans l'enchantement de cette école perdue j'ai eu le coup de foudre pour l'enfant imaginaire qu'elle cherchait, cette enfant me parlait de mon passé, elle qui ne savait rien de rien et n'était rien, dès que je pensais à elle j'étais sur une plage immense dans le brouhaha de l'océan, avec elle j'allais sans hâte et sans peur en grand danger de mort au bord des vagues furieuses, nous nous penchions sur les flaques noires pour y voir notre vrai visage, personne ne nous attendait nulle part, nous avions tout notre temps, blotties l'une contre l'autre avec amour, sachant que quelqu'un que nous avions quitté délirerait assez pour nous chercher, et nous sauver de nous-mêmes.

C'est pourquoi le paysage de plage sauvage et d'océan devant lequel Laura avait vécu tout ce temps s'accordait à son humeur, il était propice à la présence de la petite fille, dont elle n'avait jamais cru qu'elle hantait ces lieux tel un fantôme, sa formation semblant davantage tenir aux éléments célestes et liquides, à ce vaste espace maritime, aux landes solitaires peuplées de forêts et de marécages, de bosquets impénétrables de genêts et de bruyères, et au climat océanique qui renouvelait sans cesse ces nuages somptueux qu'on n'observe guère ailleurs, et jusqu'au petit homme qui cherchait sur la plage on ne savait quelle épave de la mer, quel cadeau des dieux rejeté sur le rivage qu'aucun jour ne lui apportait, mais qui revenait chaque jour dans l'espoir que celui-là comblerait son attente, il ne lui semblait être là que pour l'encourager à vouloir elle-même commencer à se souvenir, dans cet éloignement où elle s'était mise, dans la monotonie des jours sans autre occupation que dépouiller avec Mme Dhal ses piles de cahiers innombrables. Cette activité inutile et répétitive vidant sa pensée la mettait dans un état de disponibilité propre à accueillir les fictions de la vieille dame dans ses propres rêveries, ainsi avait-elle peu à peu conçu une considération, une tendresse inquiètes, qu'inspirent les enfants ou les fous, pour son obsession d'un être manquant, la très ancienne petite fille qu'elle avait pu être, demeurée intacte sous ses dehors de grande vieillarde, un enfant mort qu'elle avait eu, ou celui qu'elle n'avait pas mis au monde, ou un qui confondait tous les écoliers qu'elle avait instruits. Elle était à tu et à toi avec une créature d'outre-tombe qui lui avait échappé, avait disparu sans qu'elle ait su la retenir dans ses bras et la garder d'une étreinte, dont l'absence était sa souffrance irrémédiable, et consulter cette infinité de pages lignées d'écriture défectueuse ne servait qu'à aggraver celle-ci, à en cultiver cruellement la mémoire, au moins se sentait-elle encore vivante tant qu'elle poursuivait sa quête. Laura relisait avec elle les pages de rédactions, les préceptes d'instruction civique répétant sans fin la même leçon d'obéissance, d'ascèse morale et de respect, d'épargne et de travail laborieux, prêchant les lois laïques de fidélité, de loyauté, d'humilité, de tempérance et de patriotisme, sachant que dans cette production scolaire nulle part ne s'inscrirait jamais une pensée aventureuse, une confidence ou un aveu, et surtout ne se livreraient les desseins secrets d'un enfant. D'ailleurs Mme Dhal, encore plus qu'une page, semblait y chercher un objet, car souvent elle secouait, en ouvrant leur couverture, des cahiers dont tombaient en pluie des feuilles ou pétales de fleurs noircis gravés d'initiales, des cartes de vœux ou de communion, des buvards lignés d'encre décolorée, des signets d'herbes tressées, des bons points ou des papiers de chocolat, autant de reliques dérisoires qu'elle rangeait pieusement dans une grande boîte de fer, dont elle montra une fois à Laura ce qui en tapissait le fond, et que celle-ci prit d'abord pour un lit de petits cailloux, qui étaient des centaines de dents de lait d'un ivoire jauni, et elle ne pouvait se rappeler sans un frisson le bruit des petites dents roulant au fond de la boîte, ce que cette collection cruelle évoquait d'équivoque dévotion.

Cependant au printemps, était intervenu un événement qui avait eu de dramatiques conséquences et mis fin à cet épisode. Son père l'avait subitement appelée pour lui annoncer sa visite, une initiative absolument inattendue, étant donné que jamais il ne s'était déplacé pour la voir, où qu'elle fût, elle seule faisant de temps en temps le voyage à Mulhouse pour de brefs séjours qui les embarrassaient l'un comme l'autre, cet homme taciturne et entièrement voué à son métier n'avait pas le goût des liens familiaux, pas plus que celui des relations sociales, elle savait seulement que depuis sa retraite il fréquentait assidûment un cercle de réflexion pour lequel il écrivait des articles, et elle s'était parfois demandé à quoi il passait le reste de son temps, le long temps d'une vie de veuf encombrée par rien ni personne, enfermé dans sa bibliothèque à compulser des livres, ou bien désœuvré à en contempler les tranches, on croit toujours que les personnes silencieuses et confinées ont une vie intérieure féconde et on se demande quelles pensées pénétrantes les occupent, ou si la forteresse célibataire qu'ils sont aux autres n'en est pas devenue une pour eux, s'ils ne se sont pas relégués eux-mêmes au fond d'un cachot mental, vide et nu, une de ces cellules aux murs capitonnés pour éviter aux forcenés qui s'y jettent de s'y blesser. Cette nouvelle l'avait prise au dépourvu, mais comme il disait être seulement à quelque cent kilomètres de là, elle n'avait pas osé décliner cette offre de passer chez elle à l'improviste, elle avait pédalé à toute vitesse pour dire à Mme Dhal qu'elle attendait quelqu'un et ne resterait pas ce jour-là, et il avait débarqué en plein après-midi. Si peu de voitures passaient par là qu'elle l'avait entendu venir de loin dans les derniers virages de la forêt, passer en seconde dans la côte de la dune, il s'était garé dans le sable le long de la maison et, claquant la portière, s'était retourné vers elle. Il souriait d'un sourire blanc, derrière la vitre de la véranda elle ne l'avait pas reconnu, seulement à sa manière d'embrasser sur le front ensuite, et à son odeur corporelle qui la faisait reculer, et dans son dos elle voyait le petit vieux de la plage s'éloigner le long des vagues. C'était ainsi qu'elle l'avait accueilli et, sitôt franchi le seuil, il avait décrété qu'il passait seulement la nuit chez elle, qu'il voulait partir tôt et rouler toute la journée du lendemain jusqu'à la frontière, et même plus loin, dépasser les Pyrénées, ce pays de montagnes et de pâturages avant le soir, afin d'atteindre une ville dans la plaine, dont il lui avait dit le nom, où se tenait un symposium, il aimait ces mots-là. Il parlait vite pour la rassurer, ou se rassurer lui-même, pour qu'elle n'inspecte pas trop ses vêtements et son allure, pourtant elle avait remarqué qu'il portait un manteau de cuir et des mocassins impeccables, une chemise en laine grise de qualité, qu'il était rasé de près, mais il ne semblait pas son père, une vague connaissance perdue de vue dont les traits vous sont étrangers, elle se disait qu'il avait grandi, ou maigri, soudain il lui avait demandé, la toisant d'un air soupçonneux, si elle avait maigri ou grandi, à quoi elle répondit qu'elle laissait pousser ses cheveux, ce qui l'avait fait rire. Ensuite elle lui avait fait visiter la maison de haut en bas, sans crainte de son jugement parce qu'elle était trop contrariée et mal à l'aise de sa présence, mais ils avaient parlé des commodités, du jardin et de la mer qu'on voyait de chaque fenêtre, du climat de la côte, toi qui aimes la pluie, tu es servie, disait-il, elle ne se souvenait pas qu'elle aimait la pluie, mais c'était vrai, et elle avait été confondue qu'il le sût, il avait apporté des chocolats et une bouteille de bourbon, pour fêter sa visite. D'autorité, il était allé chercher un tire-bouchon dans le tiroir de la cuisine et deux verres dans le placard au-dessus de l'évier, elle l'entendait fouiller, remuer les objets, et il était revenu, se laissant tomber dans un fauteuil, attention, mes ressorts gémissent, avait-il plaisanté. Il lui avait offert un chocolat en observant avec cordialité les choses alentour, un peu délabrées mais pleines de charme, il avait tout trouvé magnifique, la vue sur la plage, l'endroit si calme, quoiqu'un peu isolé, mais moi qui aimais la solitude, j'étais servie, disait-il, et elle suçotait le chocolat suave en souriant, le soir allait tomber. Un rayon de soleil bas traversait la maison de part en part, la petite fille perdue sommeillait dans un coin de la maison, un moucheron zigzaguait au-dessus des chocolats, dans la chaleur de la pièce l'odeur amère de résine se répandait, follement fondue, presque liquide et blonde comme dans leurs verres, elle avait bu d'un trait.

Pendant un temps assez long, ils étaient restés silencieux, tandis que la lumière baissait encore mais, remarquait Laura, elle tentait vainement de reconstituer pour moi cette arrivée de son père. Il fallait connaître sa rigueur, sa suffisance et son absence de tact, sa raideur sinistre pour saisir l'incongruité complète de cette scène, pour imaginer quelle étrangeté c'était de le voir jouer au gentleman, au père bienveillant, lissant ses cheveux blancs aux tempes du plat de sa longue main, dissimulant son air de médecin généraliste méditatif, car il ne pouvait s'empêcher de l'ausculter du regard tout en faisant son diagnostic, sa conviction, réfléchissant à quel spécialiste il allait l'adresser, mais il prenait sur lui et jusque dans sa fausseté témoignait d'une sincérité désarmante. Pourquoi es-tu venu, avait-elle brusquement demandé, en mâchant un troisième chocolat, et cette question directe l'avait si brutalement débusqué qu'elle avait presque eu pitié de lui. De quoi manques-tu ? s'empressait-il, ce n'est pas la peine de te punir. Il me semblait que je ne manquais de rien, ici, même pas de lui, et que je ne me punissais de rien non plus, pourtant insistait-il, j'avais l'air bien ici, si je ne manquais de rien, vraiment, si j'avais assez d'argent, et quelle idée de venir t'installer là, qu'es-tu venue chercher. Soudain, le soleil avait vraiment été intense et bref, solide comme un coup de poing, et puis s'écrasant, s'épuisant dans le miroir, il vira à l'orange dans l'odeur d'océan, d'algues, dans l'alcool de mon verre, il illuminait la pièce où nous étions, le moment où la perfection vous atteint, c'est vraiment très personnel, disait Laura. Alors, dans cette pleine clarté, éblouissante, elle s'était enfin demandé pourquoi sa mère et sa sœur avaient disparu, ce qui s'était passé quand elle était une toute petite fille, ce qu'avait été la vie de ses parents avant qu'elle se souvienne, dans ce temps d'avant la naissance que personne ne raconte, sur laquelle les enfants ne savent pas poser de questions, et quand elles se présentent ils sont parents eux-mêmes ou en âge de l'être, et elle avait su que si, par extraordinaire, ce père avec qui elle avait si peu de rapports avait décidé de venir ici, s'il avait fait ce long voyage de détour par le Sud-Ouest au lieu de prendre par l'autoroute de l'Est, à supposer que son voyage eût vraiment pour destination cette ville d'Espagne, s'il ne l'avait prévenue de son passage qu'au dernier moment, quand elle ne pouvait plus se soustraire à sa visite, c'est que l'endroit qu'elle avait élu pour son séjour était la réponse. Qu'il y vînt la rejoindre, en cet état d'angoisse extrême qui défigurait son aspect, ses gestes, et jusqu'à ses paroles en ceux d'un autre, si mal désinvolte, qui le précipitait vers elle de l'autre bout de la France, cela lui désignait cette place comme la plus dangereuse pour lui, pour elle, un endroit où elle n'aurait jamais dû revenir, et je sais maintenant qu'il m'emporte, qu'il m'enlève à pas de géant. A la vitesse du vent, sur son dos il m'emporte et m'arrache d'ici, disait Laura, au nom d'un dessein, ou d'un crime que je connais, car sur une grande flaque d'eau noire les enfants se penchent pour voir leur visage, elles sont sans mère ni femme qui les garde d'elles-mêmes, celle-là insouciante marche loin d'elles sans voir ni les nuages d'orage à l'horizon ni l'immense rouleau de vague qui menace de la submerger, loin de ses yeux ses enfants plongent du regard dans le miroir d'eau trouble, elles interrogent l'oracle pour savoir qui de l'une ou de l'autre doit y disparaître, qui doit mourir d'elles deux, la clameur des vagues et du vent d'océan couvre leurs têtes petites et rabat leurs cheveux entre lesquels dardent les éclairs de leurs yeux cruels, entre elles s'accomplit quelque chose de si terrible qu'il désassemble les familles, qu'il dénoue les liens et sectionne leurs membres, quelque chose de si barbare qu'on doit en enfouir le souvenir sous des cendres, sous la terre noire et ne plus marcher jamais sur cette tombe, ne plus nommer ce qui vous rend malade au bout de la rue, au point de rester par terre sans respect de soi, un soir de vieil été.

Elle avait passé la soirée dans un état de maîtrise et de vigilance extrêmes, l'esprit aiguisé par une sorte d'instinct, toujours au bord de cette question qui pouvait le réduire ou l'épouvanter, et pour la taire lui parlant avec volubilité de Mme Dhal et de ses archives, du petit homme des sables et de la dame des postes, rien que de bénin, sans hostilité ni méchanceté, considérant avec un étonnement sans fond, en face d'elle et si proche, cet homme qu'elle ne connaissait pas, à qui la liait la filiation et l'héritage génétique mais qui n'avait rien transmis ni partagé d'autre, par sa complexion, son impuissance mentale, ou par l'éducation et la culture qu'il tenait des frères, ses parents paysans étant morts tôt, ou pour d'autres raisons plus sauvages, pour la protéger de lui ou d'autres, la sauver à sa manière. Quoi qu'il en soit, pensait-elle, ce n'est pas en quelques mots que se franchit un tel abîme, les mots sont impuissants à combler ce qui nous sépare. C'est normal pensa-t-elle toute la soirée, nous sommes des gens normalement infirmes de l'amour. Peut-être est-ce quand même de l'amour que d'avoir accouru ainsi, peut-être m'aime-t-il assez pour cette folle équipée, et moi de même pour lui épargner cette question. Ce qui était anormal, ensuite, c'était le bourdonnement, pas la fréquence basse de la mer qui emplissait ses oreilles en continu, mais une sorte de bruit parasite entêtant, la respiration d'un organisme étranger qui chuintait dans l'air confiné comme une fuite de gaz venant du rez-de-chaussée, un endroit inquisiteur et sombre, une pelote hérissée d'agitations nerveuses, qui souffle et qui pèse. Sa présence me pèse, pensait-elle en souriant, mon père fait toujours pencher le bateau de son côté, comment tout remettre d'aplomb, et elle s'était endormie comme elle avait toujours dormi là, sans rêves. Le lendemain matin, encore pleine de sommeil, elle avait senti de nouveau ces vibrations intérieures qui dénonçaient l'intrus, elle sentait son odeur humaine, sa température corporelle emplir la maison, il avait dormi dans le divan. Avant de descendre, elle avait mis ses lentilles, son jean et son pull irlandais, les peignes pour tenir ses cheveux, prête pour les combats du jour et surtout pour ne pas faiblir au dernier moment, parvenir à l'expulser de chez elle sans un mot. Mais alors il était déjà debout, dès avant le jour prêt à partir, se plaignant que la longue route ou l'air de l'océan l'avait énervé au point qu'il n'avait pas fermé l'œil. Il était d'une grande pâleur de fatigue, d'insomnie, il semblait si vulnérable, hésitant sur le seuil à la quitter, s'y résolvant cependant, et la réalité dormait devant la porte, elle attendait son heure, la voici, elle était de retour. Laura n'avait pas retenu son père, et vers midi il avait quitté la longue ligne droite et sans obstacle de la voie rapide, dans une embardée que seul expliquait le sommeil ou un malaise.

Rien ne nous condamne, disait Laura, comme nous arrivions dans une rue du nord de Paris, derrière la butte Montmartre dont les violents éclairages du monument pâlissaient le ciel nocturne, rien ne nous condamne davantage que ces lâchetés mineures par lesquelles nous faisons défaut, par lesquelles nous trahissons quand il s'agissait de trouver ou de faire ce qu'on devait, et l'on passe ensuite des nuits blanches, blanches à penser dans les ténèbres à ce qui s'est passé et n'est pas passé, qui ne passe pas mais recommence, l'indifférent hier se transforme en la veille, et le matin en juste avant, et c'était le dernier jour, la dernière fois, le dernier geste sur lesquels nous voyons le jour cru de la lucidité lever toutes les ombres, alors que nous l'avions vécue dans l'obscurité complice et trompeuse la dernière fois s'illumine de cette lumière affreuse, et nous portons d'effroi nos mains à nos yeux dans les ténèbres des nuits blanches, blanches, pour avoir triché avec le dernier moment, n'avoir pas sur le seuil tendu la main, dit le mot qu'il fallait, retenu celui qui partait fatigué d'être venu de si loin, venu de si loin dans sa vie s'inquiéter de son enfant en danger, et pourtant rien n'est plus faux, plus cruel que cette condamnation, plus factice et plus injuste, parce que la réalité est devant la porte et non dans les fictions, que nous pouvons relire sans qu'un mot en ait changé, et toujours nous pouvons en déceler les avertissements, les indices prémonitoires du dénouement que nous connaissons déjà, alors que la réalité est une affaire *de vie ou de mort.* C'est pourquoi, poursuivait Laura, je ne tiens pas de journal des événements de ma vie, même si parfois il me semble que les écrire donnerait un ordre à mes pensées et m'aiderait à en conjurer les fautes, peut-être me consolerait de la mener si mal, mais si j'ai comme beaucoup de gens commencé ce genre de journal j'y ai vite renoncé, parce qu'il jette un arrêt une fois pour toutes sur ce qui par nature ne veut pas avoir de forme stable et définitive. Le présent factuel semble simple à décrire chaque soir, on commence par noter de manière sommaire, elliptique, la date et les petits événements du jour, mais rien que leur hiérarchie, ceux qui valent ou non d'être chroniqués, présente un obstacle au devoir d'écrire, et vite le présent se complique de circonstances anciennes, s'avère d'une lourdeur effrayante, les mots soulèvent un magma monstrueux de strates de temps et d'espaces, s'enchaînant aux mots qui réveillent imaginations et chimères du passé ramené en surface, boursouflent et distordent son sens, sans prévenir jamais le présent qu'il sera une dernière fois, ils n'avertissent jamais qu'hier sera la veille, c'est une tâche infernale que d'écrire son journal. Il vaut mieux raconter, comme le faisait Mme Dhal à qui voulait l'entendre, du moins à moi, comme je le fais à vous aujourd'hui, le roman de la petite fille perdue dans les archives, parce que son invraisemblable histoire est plus vraie que la réalité, elle a la vertu d'être inachevée, elle a l'incomplétude des fictions qui sont des mondes pleins de silences et de lacunes que nous comblons à notre gré en y inventant nos propres réponses. Alors, cette fois, Laura posa sa tête sur mon épaule, en un mouvement qui était comme une caresse du front, sans peser ni rester, d'une extrême douceur et retenue. Quoiqu'il fût une invitation à l'épanchement, je m'éloignai d'elle, car ce geste farouche avait fait surgir soudain l'émotion d'une époque dont j'avais été dépossédée, dont la nostalgie me submergeait parfois, un souvenir de la tante Zabel qui, sans me prendre dans ses bras, se penchait ainsi vers moi et faisait cette ébauche de caresse, qui était de frotter un peu sa joue à la mienne, ou son front à mon front, de transmettre par le contact fugace de nos corps un peu de son odeur et de sa chaleur à ma peau, un don qui valait toutes les étreintes d'amour. Je restai un instant saisie, toute à ce chagrin d'un geste que personne depuis n'avait eu pour moi, et que Laura venait de m'accorder, aussitôt envahie d'une immense lassitude, une fatigue qui tenait autant à notre longue marche qu'à ce temps disparu soudain réanimé, aussi pour chasser cette pensée pénible et comme je la voyais consulter du regard l'enfilade vide de la rue où nous marcherions encore tout à l'heure, je lui proposai de nous asseoir à la terrasse d'un café, et de nous reposer un peu, alors me dit Laura, montons nous reposer chez moi. A ma grande surprise, elle m'indiqua que nous étions arrivées près de l'appartement où elle vivait quand elle était à Paris, où nous avaient conduites ses pas sans qu'elle m'en prévienne, quand je croyais que nous allions au hasard. Si je savais approximativement par où nous avions passé, c'était sans comprendre comment ces quartiers si familiers m'étaient parus une ville étrangère, et maintenant que j'évoque toutes ces heures de notre marche dans Paris, elle me semble revêtir un caractère fantastique tant les rues, invraisemblablement désertes, vidées de toute présence humaine, de bruit et de mouvement, s'apparentaient à une étendue urbaine imaginaire, nimbée par l'artifice d'un soleil déclinant, tel l'éclairage d'un théâtre monumental dont les découvertes donnent en trompe l'œil l'illusion de perspectives lointaines, et dont le décor resté en place longtemps après la dernière représentation n'accueille plus que des fantômes, et même après que l'invitation inattendue de Laura m'eut rendue à la réalité, ce sentiment étrange se prolongea, jusqu'au sombre escalier dont le tapis étouffait nos pas, et à l'appartement vétuste qui semblaient en être une coulisse désaffectée.

Elle avait seulement du vin à m'offrir, et un paquet de biscuits, ses seules réserves, s'excusa-t-elle, parce que, ayant pris un poste dans le Nord, près de Valenciennes, ce logement hérité de son père ne lui servait que de pied-à-terre occasionnel. Les quelques effets personnels, jetés ci ou là, offraient ce désordre des chambres d'hôtel qu'on va quitter instamment, contrastant avec l'aspect uniment terne des meubles, des rideaux empesés de poussière et des carreaux de vitre embués de grisaille manifestant l'abandon de tout entretien, état chronique de cet appartement, expliquait-elle, resté vacant depuis le temps où elle l'avait habité, étudiante à l'Ecole des chartes, car ensuite elle avait vécu à l'étranger ou en banlieue, et désormais elle était logée dans l'institution où elle travaillait. Ces dispositions qu'elle m'exposait de manière expéditive éclairaient un peu sa personne, et comme je m'étonnais que, chartiste, elle n'exerçât pas précisément ses compétences, elle prétendit qu'elle avait passé le temps où elle se conformait aux vœux de son père, pour lui *faire plaisir*, ajouta-t-elle avec un petit rire amer, savez-vous ce que cela veut dire. Je ne le savais pas, n'ayant pas eu de père à satisfaire, mais un oncle loyal et bon enfant qui endossa son rôle plutôt bien que mal, et quant à me conformer aux vœux de quiconque non plus, ayant été laissée libre de choisir ma voie, ce qui m'avait valu quelques détours et déconvenues avant de trouver ce qu'il m'intéressait de faire pour gagner ma vie, et ces parents-là, qui m'étaient échus, avaient eu l'esprit assez libéral pour admettre les échecs ou les errements, reprendre au bercail les brebis défaites jusqu'à leur prochain départ, quant à mes cousins, eux-mêmes avaient navigué d'un bord à l'autre avant de devenir qui concessionnaire à Annecy, et qui professeur d'anglais, ils semblaient l'un et l'autre s'en être tirés à leur pleine satisfaction, celle de leur femme et de leurs enfants, pour qui je ne prenais guère le temps d'être une tante Zabel avec grande maison et vacances idylliques, chaque génération n'est pas tenue de répéter la précédente, ses anomalies ou ses prouesses. Et pour ce qui est de ma mère, ajoutai-je sur ma lancée, pas plus que vous la vôtre je ne l'ai connue, et m'en suis plutôt bien portée, elle m'avait conçue par hasard, ce qui est admis aujourd'hui comme une maternité sous X, moi au moins je sais son nom et qu'elle vit encore, mais pas plus qu'enfant ne souhaite rencontrer quelqu'un que je ne connais pas et qui ne me doit rien, la vie va bien comme ça. Nul besoin, en effet, de la tenir à jour dans un cahier de raison, d'y consigner sa marche, si nous ignorons où nous allons, nous y allons quand même. Voyez comme vous m'avez conduite ici, au lieu de me perdre. Je vous suivais me fiant à l'aventure, quand vous faisiez semblant d'égarer nos pas, ils allaient précisément là où nous devions aller, sans doute me laissais-je si bien tromper parce que rien ne m'importait plus, ce soir, que de vous entendre et de me bercer de l'illusion que nous choisissions ensemble d'errer. Je ne vous ai pas trompée, dit Laura, et encore elle rougit aux larmes, comme quand je l'avais tenue dans mes bras, en dépit des apparences je n'ai pas délibéré, disait-elle, pas plus que je ne vous cherchais cet après-midi en traversant le jardin du Luxembourg, et sans doute tout en marchant savais-je où nous allions mais je n'y pensais pas, je n'ai reconnu la rue qu'au dernier moment, alors, craignant que vous ne preniez cela pour une feinte, un instant j'ai eu l'idée de n'en rien dire et de vous accompagner plus loin pour vous quitter dans un endroit anonyme, ce que j'aurais pu faire, mais c'est là que je vous trahissais, et ne pouvant vous laisser sur ce mensonge autant admettre, au risque de l'équivoque, ne vous avoir menée sans le vouloir à cette destination que pour vous montrer les lettres de ma sœur, et qu'elles ne sont pas un petit sabot de bois. Et comme s'il ne s'était agi que de cela depuis notre rencontre sur le banc du jardin et tout au long de notre périple, elle mit alors entre mes mains les feuilles ronéotypées et leurs enveloppes fanées aux timbres américains, ainsi que le dossier de la succession, car au décès de son père il avait bien fallu que le notaire identifiât les ayants droit du peu que celui-ci laissait, cet appartement étant le seul bien immobilier, aussi était-il entré en relation avec l'homme d'affaires qui s'occupait des intérêts de la seconde héritière en filiation directe, dont la réponse avait été, par l'intermédiaire de ce dernier, qu'elle refusait cet héritage et le signifiait par un renoncement écrit. Au moins maintenant je ne peux plus ignorer son nom et son adresse, disait Laura me tendant la feuille d'une main qui tremblait, et je ne sais ce qui m'a rendue le plus malheureuse, la manière dont, par ma faute, mon père a disparu, ou de voir, par ces circonstances, apparaître avec tant de réalité celle que je croyais davantage fuir que chercher en me rendant sur la côte atlantique, là où vous et moi nous nous sommes rencontrées, précisément à cet endroit où elle se trouvait depuis si longtemps dans ma mémoire, qu'elle me désignait cette année-là plus sûrement que par n'importe quel autre moyen, et où je l'ai en quelque sorte rejointe.

La nuit obscurcissait la chambre, par la fenêtre ouverte venaient des souffles suffocants, les lumières de la ville frémissant au loin dans une buée de chaleur, nos gestes en étaient ralentis et nos regards voilés et j'eus le sentiment alors que ce n'était pas tellement le passé qui revenait à nous à travers les voiles du temps, mais nous qui faisions dans l'espace les déplacements vers lui, ou plutôt, comme le disait M. Chabert, qu'en certains états de rêve éveillé il suffisait que nous rejoignions soudain une place où nous avions été, dont nous n'étions pas tout à fait partis, pour qu'à des années de distance se prolongeât l'action ou le geste ancien, resté inachevé. Peut-être passons-nous notre vie à raccorder ces fragments imaginaires d'existence, pour nous ou pour les autres, et que ce sont cet effort, cette peine ou ce désir insensés, qui en construisent le sens plus sûrement que les pensées organisées par lesquelles nous tentons d'assigner la réalité, ou bien la passons-nous à attendre quelque chose qui est déjà arrivé. Je ne me rappelle plus comment nous nous sommes séparées cette nuit-là, me reste en mémoire que nous luttons contre l'épuisement, le sommeil qui nous gagne, pourtant nous continuons à parler longtemps, avec une ferveur extrême, nos paupières alourdies et le mouvement pressé de nos lèvres donnent à nos paroles cette qualité irréelle des voix somnambules, puis je suis sur le trottoir où elle m'a accompagnée et à l'instant du départ nous nous touchons encore, en un mouvement très doux de caresse endormie, à peine nous effleurons-nous, du front ou de la joue, déjà je vois par la vitre arrière du taxi s'amenuiser sa silhouette, en m'éloignant d'elle j'ai cette pensée déchirante de la dernière fois qui, bien plus tard, alors je savais avoir revu Laura, me revenait, comme si le temps qui s'était écoulé ensuite s'était épuisé en cette seule nuit, et l'histoire alors achevée.

Quand je repense à ces dernières années, je vois combien le temps naturel se dérobe à ma conscience et se distord de manière incompréhensible, il me fait l'effet d'un espace tantôt convulsé en laps fulgurants où se précipitent semaines et mois, des pans plissés et compacts dont les fibres lumineuses, chacune hérissée, fusent en tous sens ; tantôt il décompose à vitesse lente des corps de mémoire liquide, erratique, diluée et translucide ; tantôt, comme se rabattent les vagues l'une sur l'autre, le temps a un ressac obsédant, et si j'avais alors tenu un journal, peut-être serais-je en mesure d'y trouver ordre et logique. Mais de même que Laura j'y répugnais, depuis qu'à une époque de mon adolescence j'avais commencé d'en tenir un, par cette émulation romanesque que créent les internats de filles. Il fut découvert lors d'une des fréquentes fouilles de nos chambres, et me valut une humiliante négociation avec la surveillante malfaisante et bornée qui menaçait d'informer l'administration des scènes sensuelles que j'y rapportais, tout à fait fictives et inspirées par mes expériences navrantes de l'été précédent. Que cette vilaine pionne ait lu mes désirs et mes rêves par le prisme de mes inventions était plus insupportable que si elle avait découvert de réels forfaits, et j'avais tiré de cette mésaventure mortifiante qu'aucun écrit privé n'appartient, qu'il transcrive d'authentiques ou de factices aveux il est lu à charge, et met d'autant plus cruellement à nu qu'il est imaginaire. Me borner par prudence à en tenir un plus inoffensif, à n'y noter que la date et les petits événements du jour, me parut insipide et redondant, mon agenda scolaire y suffisait. C'était pourtant grâce à l'un de ces petits carnets de bord, cette sorte de journal sommaire, elliptique, dont parlait Laura, que j'avais pu, l'année précédente, approcher celui que je m'étais mise en demeure de chercher, même si ma vaine recherche intéressait moins la science ou la raison, qu'une cause privée. Il était loin de m'apparaître alors que j'avais un *motif sérieux* d'entreprendre cette enquête, je croyais m'y risquer en dilettante, irritée de toucher une lacune de l'histoire et pour la seule curiosité de battre Bruckner sur son terrain. Car d'une part, comme son jugement à l'emporte-pièce, à la terrasse ensoleillée du café de la Mairie, m'en avait inspiré l'envie, j'étais allée examiner par moi-même la collection des photos de paysages de l'amateur incompétent, et y avais trouvé enseignement ; d'autre part son empressement à déclarer forfait, quant aux rouleaux de négatifs exhumés, me semblait d'une désinvolture rare pour un historien, et me mettait au défi d'y mettre un peu plus de conséquence que lui.

Cette rivalité toute virtuelle, dont je m'arrangeais pour justifier de rencontrer Van Lewen à Amsterdam, me passa ensuite de l'esprit, j'oubliai Bruckner dès que j'arrivai aux Pays-Bas. J'étais dans une humeur assez détendue et vacante pour profiter d'une journée de promenades improvisées dans les polders du Nord, les paysages de tourbe y donnent au passant l'impression d'être toujours couché sous son horizon et si, du petit promontoire d'un pont ou d'une digue, sa vue se hausse soudain sur l'immense étendue des vasières et des champs de bulbes quadrillée de canaux, c'est pour démesurer les ciels radieux et leurs vastes nuages maritimes, toute la journée je jouis de ce spectacle sans autre pensée que celle du tourisme et descendis, le soir venu, dans un petit hôtel de la côte où j'étais venue autrefois, et qui servait de très bonnes anguilles fumées. Le lendemain, avant de quitter la ville, j'entrai un instant au musée local, avec l'idée d'en faire le tour par dévotion à un plaisir ancien, celui des natures mortes, des paysages et des scènes intimistes où excelle l'art flamand, avec lesquels, de loin en loin, je me donne rendez-vous, mais mon esprit était déjà inquiet du projet de rentrer à Amsterdam, longeant assez vite les collections je me hâtais en pensée vers mon but de la journée et traversais d'un bon pas les salles, à cette heure encore désertes et où résonnaient trop fort mes talons, malcontente de cette visite hâtive et distraite, davantage soucieuse de la lumière claire venue du dehors que de celle de la peinture, quand, au moment où j'allais renoncer, je fus soudain retenue par un dernier tableau, le sombre portrait de vieilles femmes de charité dont la frise des têtes semble décapitée par leurs cols de dentelle, je m'approchai de leur groupe mais, au lieu de s'attarder à leurs faces ou à leurs mains ascétiques, mon regard s'abîma aussitôt dans la fascinante matière bitumeuse saturant la surface picturale, un noir intense qui s'abolissait en néant visuel et restituait pourtant volume et relief en ombres vibrantes, ce miroitement paradoxal de ténèbres se révélant comme le lieu exact du portrait, les profondeurs obscures de l'être humain et les remuements de son âme obtuse, vouée à la rigueur fanatique de la foi ou à l'effroi d'énigmes qu'elle ne résout pas. Je ne sais combien de temps je restai captive de cette vision, et plus tard, lorsque je rencontrai enfin l'homme dont les photos atteignaient des prodiges de barbarie, je pensai que ce dernier tableau ne m'avait si longtemps retenue dans le petit musée et ne m'avait laissé tout le jour l'impression effrayante d'avoir entrevu, dans cette science des noirs, les formes d'un insondable secret, que parce que, par les voies détournées de l'art, il désignait le *motif sérieux* que j'avais d'être venue à Amsterdam et d'entreprendre de le retrouver.

Sitôt en ville, j'allai à l'adresse obligeamment donnée par la secrétaire, à la limite du Joordan, dans l'ancien quartier d'ouvriers et d'artisans huguenots aujourd'hui réhabilité. Non loin d'Egelantiersgracht, je trouvai la belle demeure des Van Lewen dont la façade, à redents en briques rouges, était sommée d'un fronton cintré, orné d'ailerons aux motifs marins évoquant le métier de son ancien habitant, un marchand de poissons, comme l'indiquaient sa porte haute au palan énorme et sa pierre de façade, où s'ébattaient trois dauphins bleus. La fière allure de l'édifice, qui disait assez l'aisance des anciens propriétaires du château médocain, me fit hésiter, dans un premier temps, quant à la désinvolture de mon démarchage inopiné, mais je montai hardiment le perron à degrés droits et sonnai. A la gouvernante qui m'ouvrit, me fiant à l'autorité que donnent les titres, je me présentai comme la spécialiste à qui on avait confié l'expertise d'un fonds qui intéressait Benedict Van Lewen, prétextant que je profitais d'un voyage professionnel pour lui soumettre mes conclusions au passage, et que je serais joignable à mon hôtel pendant ces quelques jours, je laissai ma carte et m'éclipsai. C'était inespéré, mais, à peine rentrée, on me transmit un message, arrivé entretemps, qui me proposait un rendez-vous le soir même. Benedict Van Lewen, la cinquantaine, était un homme large de poitrine au ventre haut, tout en jambes et bras et grandes mains, vêtu d'une combinaison de travail en grosse toile bleue, comme en portent les ouvriers du bâtiment, sous laquelle sa chemise blanche impeccable semblait une coquetterie dominicale, et la bague féminine, délicieusement ouvragée d'ors mêlés qu'il portait à l'index gauche, n'était pas la moindre de ses excentricités, placidement affichées. J'ai d'ordinaire, face à ce genre de personnage, une réserve instinctive, un reliquat de mon éducation populaire, l'exubérance baroque m'intimide. Mais Van Lewen m'accueillit avec une franche cordialité, et une certaine élégance, comme s'il n'avait rien de plus pressé que de faire ma connaissance et de régler cette affaire lui tombant des nues. Il me reçut dans sa maison bruyante, traversée par les chiens et les enfants, dans une agitation qu'on attend peu d'une demeure du Nord, dont les peintres évoquent l'ordre et la sérénité domestiques, la songerie des cuivres et des faïences reflétés dans les miroirs comme dans l'eau des canaux, l'ombre filtrée par les carreaux et les volets. Il s'excusa de cette atmosphère un peu électrique, car on préparait l'anniversaire de sa femme et nombre de ses parents logeaient déjà chez lui depuis quelques jours, ce qui expliquait cette désorganisation festive, ce qui expliquait aussi qu'il préférât me recevoir tout de suite, les jours suivants étant fort compromis. Il me conduisit à un bureau de l'étage, d'où l'on voyait, fermé de murs en briques plates, sans doute la cour intérieure d'un ancien hospice, par-delà laquelle s'échelonnaient les toits et les beffrois frappés par le soleil du soir, un enclos spacieux planté de petits bouleaux et peupliers, qu'ornaient oriflammes, guirlandes et lanternes chinoises, et où se dressaient des tentes fleuries prêtes pour une kermesse campagnarde en pleine ville. Mais même le bureau me parut un endroit bohème, tant y traînaient de jouets et de vêtements épars, je supposai que c'était là ce que sa secrétaire appelait sa fantaisie. Enfumant de son cigare la pièce exiguë, et s'en s'excusant pourtant à plusieurs reprises, il consacra à notre entretien tout le temps et le sérieux qu'il fallut, et se mit en peine de me satisfaire du mieux qu'il pouvait. Si bien que lorsque je le quittai, la nuit tombée, déclinant son offre de rester dîner avec sa famille, comme celle de me joindre le lendemain à la grande fête anniversaire, j'étais enfiévrée et troublée par l'heure que j'avais passée avec lui, ayant hâte de me retrouver seule et de respirer l'air libre. Il ne me semble pas que notre échange ait duré davantage, pourtant en revenant lentement à l'hôtel, longeant le bord des canaux, tandis que me frôlaient les bicyclettes et leurs tintements surgis de toutes parts, j'étais épuisée, dans cet étourdissement ou cet état de légère ébriété que donne l'altitude, ébahie d'avoir obtenu si facilement un concours que depuis des semaines j'envisageais dans la crainte et les stratégies retorses, c'est une histoire très amusante, avait dit Van Lewen.

A ses yeux, étaient amusants au plus haut point les impromptus et les surprises, les décisions subites, comme celle de vendre actuellement ses parts dans l'entreprise navale qu'il avait avec ses frères, afin de compléter le financement d'un musée des Ecritures, dans un de ses entrepôts désaffectés du port, à l'est de la ville. Entendez bien, des écritures du monde, les formes et les supports innombrables de l'écrit, dans le temps et l'espace, des rouleaux de la mer Morte aux glyphes aztèques, des xylographies japonaises aux livres modernes et aux programmes informatiques, un montage colossal de subventions européennes et de l'Unesco, projet faramineux dont le comité scientifique travaillait déjà en lien avec les plus grands musées et les sommités universitaires, les architectes et les pédagogues, une affaire qu'il négociait depuis plus d'un an et sur le point d'aboutir, qu'il m'exposa dans la fumée de son cigare et que j'écoutai pour lui complaire, sans savoir s'il s'agissait du discours d'un visionnaire ou des chimères d'un enfant gâté. Ce qui était évident, reprenait-il, c'est que si son mastère de marketing de Chicago et ses stages d'œnologie en Californie et au Chili lui avaient délié l'esprit et la langue, ils ne lui avaient pas inspiré, ni à ses deux frères, la passion qu'illustraient leur père et leur grand-père, et les générations de Van Lewen installés dans le Médoc depuis le début du XIXe siècle, d'arracher à cette terre rare et à ces cépages choisis l'excellence des grands vins, d'ailleurs depuis longtemps c'étaient les chefs de culture les vrais génies. La science ou bien la sagesse était de savoir recruter, aujourd'hui dans les universités américaines ou japonaises, les spécialistes qui travaillent désormais en blouse et gants blancs dans des chais aseptisés, aux cuves d'acier inoxydable, et calculent leurs dosages sur ordinateur. C'est pourquoi, le temps de son père étant révolu, lui qui déjà déléguait la conduite de ses vignes et de ses récoltes à un ingénieur agronome plus chimiste qu'agriculteur, il avait cédé, très convenablement cédé disait-il, à un groupe d'assurances, un bien que celui-ci ferait prospérer avec autant sinon plus de discernement que lui, ou que ses frères, et puis il fallait s'amuser avant de mourir, votre histoire m'amuse. Il ne se rappelait que vaguement avoir donné son accord pour qu'un ami, conservateur d'un musée local, s'occupe de transmettre des caisses de photos abandonnées dans un grenier, avoir chargé sa secrétaire de signer des autorisations administratives, tout cela était loin, les caisses se perdaient dans les transports et dans sa mémoire, il avait eu tant d'autres choses à régler entretemps, dans ses affaires comme dans sa vie privée, puisqu'il revivait avec sa femme dont il était séparé, mais voir resurgir cette histoire de photos et ma personne passionnante lui semblait piquant, j'avais la chance de l'amuser.

Je m'y étais employée de mon mieux, avec l'adresse et l'ingéniosité qu'inspire l'urgence, tendue vers mon seul objectif, le persuader de se livrer ensuite à l'effort de mémoire que j'escomptais. Intuitivement, je passai en vitesse sur les procédés permettant de dater l'origine du fonds, qui ne concernent que les spécialistes et risquaient de l'ennuyer, et ne lui en décrivis l'ensemble que pour éveiller sa curiosité sur mon enquête. De même je passai sous silence comment j'avais compris, en revenant aux Invalides examiner les plaques photographiques, dont j'avais obtenu un tirage de travail pour mieux asseoir mon hypothèse, que Bruckner avait raison sur toute la ligne dans son sévère jugement esthétique. Il s'agissait en effet de paysages sans valeur proprement géographique ou ethnologique, ni pittoresques ni artistiques, pour la bonne raison que toutes ces photos présentaient la même particularité d'avoir été réalisées dans un but strictement technique. Quel que soit l'endroit d'Europe ou d'Afrique du Nord où elles avaient été prises, une constante m'était apparue : les vues concernaient des sites naturels propres à des travaux d'ouvrages d'art, construction de ponts, de tunnels ou de viaducs, qui permirent l'expansion industrielle et coloniale jusqu'à la guerre de 1914, et pour lesquels la photographie fut mise à contribution comme un moyen moderne de repérage. Pour avoir eu l'occasion de consulter ce type de documents dans les archives des Ponts et Chaussées ou du ministère des Travaux publics de l'époque, j'en avais reconnu la facture visuelle, et sans doute moins obnubilée que mon jeune collègue par la provenance domestique et provinciale de ces photos avais-je pu mieux faire cette hypothèse, que corroborait d'ailleurs la menuiserie soignée des caisses contenant les photos, caractéristique du mobilier dont on usait dans les administrations et les ministères. Mais sans doute n'aurais-je pas été alertée si, pendant cet examen, je n'avais eu si vivement à l'esprit la séquence des négatifs qui s'y trouvait jointe, les indices que j'y avais discernés du décor de la scène affreuse, dans lequel j'avais soudain reconnu une étrange gare des Pyrénées perdue sur un plateau de montagne où nous étions parvenus autrefois, au soir d'une journée de marche, et il ne fallait pas davantage raconter à Van Lewen ce souvenir lointain de mon adolescence, que décrire les images de la femme suppliciée, ni dire le motif réel pour lequel j'entreprenais cette recherche. Aussi me bornai-je à évoquer ces relevés topographiques qu'on prend dans les enquêtes d'intérêt public, qui me faisaient identifier, sinon l'auteur, du moins le commanditaire de ces plaques, probablement un ingénieur civil ou un fonctionnaire de l'équipement, ou un topographe de cette décennie d'entre deux siècles, qui s'était sans doute assez piqué de photographie pour s'intéresser aussi à la technique nouvelle des autochromes, vers 1907, et pour cette raison, avais-je prétendu, exagérant la valeur d'une telle collection, j'attendais de mon hôte qu'il me précisât pourquoi et en quelles circonstances ces photos institutionnelles s'étaient trouvées déposées dans le grenier d'une propriété privée du Médoc. C'était la raison de mon ambassade un peu exceptionnelle qui, si elle avait pu souffrir quelque délai, et avait attendu l'occasion d'un voyage personnel, n'en présentait pas moins, insistai-je, un véritable intérêt historique et scientifique.

Benedict Van Lewen ne chercha pas longtemps pour m'éclairer de son mieux, car mon histoire l'amusait, répétait-il avec une jubilation sincère, le menton dans la main comme les enfants à qui on pose une devinette, et combien de fois ai-je observé qu'à proposer des énigmes on s'attire plus de sympathie qu'à donner des réponses. Ainsi s'il ignorait d'où pouvaient provenir ces caisses, il se rappelait assez bien les avoir transportées lui-même et montées au grenier un jour de grande chaleur, au moment des vendanges, précisait-il, car la circonstance avait à voir avec un incident provoqué par ce déménagement. Il était encore un jeune homme, dans les années 1960, puisqu'il conduisait sa première voiture, une Cadillac offerte par son père, il soulignait ce détail car il avait une relation avec la suite, c'était alors qu'on avait modifié une partie des communs, cette section des bâtiments bas qui prolongeaient les chais et qui avaient longtemps servi de logement aux ouvriers de la vigne autrefois attachés au domaine, au moins jusqu'à la guerre, mais comme les employés embauchés à façon, souvent des étrangers, vivaient désormais dans les villages, ces logements avaient été fermés et laissés à la décrépitude, aussi son père avait-il décidé à cette occasion de les convertir en garage à voitures, qu'ils étaient encore à ce jour, comme j'avais pu le constater. En une soirée, sur l'ordre de celui-ci, à l'aide de l'équipe des vendangeurs rentrés de la vigne, lui et ses frères avaient entièrement évacué les logements, tiré dehors leurs meubles, literies moisies, vieux papiers et objets de service qui y traînaient encore pour les détruire, à l'exception de quelques articles qu'avec le régisseur les gens avaient mis de côté, parce qu'ils intéressaient l'un ou l'autre, ou que leur ancienneté présentait une quelconque valeur. Ainsi son père avait-il décidé de conserver quelques outils agraires d'autrefois, un fusil de chasse et de vieux effets militaires qui se trouvaient là, et ces caisses pour leur bonne mine vernie, sans que personne se soit avisé de les ouvrir, du moins à son souvenir, parce que l'idée subite était venue de brûler avant la nuit tout ce déballage inesthétique qui encombrait la cour. Aussi, en un seul voyage, avec ses frères, s'était-il dépêché de remiser en vitesse ces quelques reliques dans les combles pour redescendre au plus vite mettre le feu au tas de vieilles planches et de hardes, un vrai feu de joie auquel ils s'étaient amusés comme à une fête de Saint-Jean, mais le brasier avait tellement bien flambé qu'on avait dû l'éteindre au jet et aux seaux, il se rappelait qu'il avait fallu l'aide de tous, heureusement c'étaient les vendanges, pour que l'incendie ne gagne pas les chais et ne tourne à la catastrophe. Voyez, me faisait-il remarquer, comment fonctionne notre mémoire, d'un détail à un autre je revois cette voiture ridicule dont j'étais si fier et les petites amies qui j'y promenais, quand nous allions, d'une virée sur le Bassin, manger des huîtres et danser au clair de lune sur les pinasses, et pêcher la raie jusqu'au matin. Savez-vous qu'on sectionne d'un seul coup de couteau effilé leurs ailes, les seules comestibles, et qu'on rejette leur corps amputé à l'eau, où elles coulent et avant même de se noyer sont dévorées vives par les crabes et les crevettes, et ce temps me fait repenser à ma mère qui à l'aube guettait notre retour derrière les vitres de sa chambre, sans avoir pu fermer l'œil, parce qu'elle était folle d'angoisse de ce Bassin où une jeune sœur à elle s'était noyée avant la guerre, lors d'une partie au banc d'Arguin, et dont le corps avait subi le sort que je vous disais des raies, on n'avait pas su lui épargner la description de son cadavre échoué dans les vases à l'automne, quand les grandes marées d'équinoxe vident la lagune, cependant jamais elle ne nous interdit quoi que ce soit de nos folies de jeunes gens, elle avait pour nous une totale mansuétude et coupable indulgence malgré cette histoire, et je me souviens qu'enfants elle ne pouvait nous quitter sans une appréhension mortelle, qu'elle venait en robe de soirée dans notre chambre avant de sortir pour aller au Grand Théâtre ou à une réception en ville, et que sa taille géante et parfumée emplissait la chambre d'ombres et de bruissements fantastiques, mais, disait-il, vous n'êtes pas venue m'entendre parler de ma mère.

Revenant au récit de cette soirée d'incendie, il en revisitait les circonstances sans trouver d'autre information, il n'en avait sans doute tant donné que parce que sa contribution s'arrêtait là, il n'avait rien à ajouter, sinon qu'à sa connaissance aucun membre de sa famille n'avait été ingénieur des Ponts et Chaussées ou des Chemins de fer, ni intéressé de près ou de loin à des ouvrages d'art, non plus aucun amateur de photographie, si bien que ces caisses échouées au château lui paraissaient un tour de magie des plus plaisants, et à moins que quelqu'un de ses frères n'ait une idée là-dessus, ce dont il doutait, c'était un total mystère. Et il avait fallu, songeait-il, tandis que l'entreprise de restauration sabordait les lieux, que ce diable de petit comptable ait soulevé un couvercle pour qu'elles échappent une deuxième fois à la destruction, ne disparaissent comme le reste, dans une décharge, et que je n'ai pas l'heur de vous connaître, ni de me souvenir de la Cadillac. Non, poursuivait Van Lewen pour lui-même, réfléchissant à voix haute, Chabert ne doit pas en savoir davantage, il a l'âge de mon père qui n'est plus là pour témoigner de quoi que ce soit, à moins, mais la pensée m'en était déjà venue, à l'instant la même éventualité, à moins qu'il n'ait gardé assez de mémoire pour savoir encore qui, des ouvriers ayant habité ces logements, aurait pu d'une façon ou d'une autre hériter de ces caisses, mais le cas serait, sociologiquement parlant, assez invraisemblable. Avant de me raccompagner, Van Lewen m'avait encore signalé que ce M. Chabert n'avait continué d'exercer un prétendu travail de comptabilité, tout à fait inutile à la propriété, qu'en raison du respect et de l'amitié que lui portait son père, pour avoir grandi avec lui dans ces murs et partagé sa jeunesse, le propre père de celui-ci ayant été longtemps régisseur et maître des chais, celui-là savait quels tonneliers fabriquaient les meilleures barriques et adapter les travaux, les tailles et les relevages, aux dates propices selon les variations subtiles de la saison, enfumer les vignes contre le gel et traiter l'oïdium à la manière ancienne, un de ces hommes du terroir instruits des traditions ancestrales qui prévalaient alors pour le traitement du vin, un de ces derniers héritiers de l'alchimie empirique, attaché à la propriété dès avant la guerre de 14-18, on ne voit plus d'hommes pareils, les temps en sont révolus. Quant à ce Louis Chabert, il avait fallu la vente et la dispersion des biens pour qu'il se résignât à prendre enfin sa retraite et quitter les lieux, sans aucune formation spécialisée il régnait depuis des lustres sur un fatras de vieux comptes et de vieux papiers sans intérêt. Heureusement, un cabinet d'experts-comptables se chargeait depuis longtemps des affaires, et la secrétaire de la communication, à elle je devais m'adresser pour savoir où celui-ci vivait désormais. En rentrant à l'hôtel, un peu ivre de cette heure d'échange et la tête brouillée par la fumée du cigare, j'avais déjà pris la décision de revenir dans le Sud-Ouest poser à M. Chabert la question que Van Lewen avait formulée à ma place, par sympathie pour la visiteuse amusante qui dérangeait agréablement sa soirée et pris d'un engouement enfantin pour l'énigme de ces caisses de photos qui n'avaient que passé entre ses mains, un soir de vendanges, et échappé aux flammes par hasard, dont rien ne devait lui rappeler l'existence dans la sombre et compacte sédimentation de mémoire que chacun porte en lui, et dont n'émergent sa couleur et sa forme étranges, son fascinant miroitement de souvenir, qu'à la lueur d'un météorite du passé.

Je dus attendre octobre pour revenir dans le Sud-Ouest. L'automne me ramenait dans cette région où je m'étais rendue un an plus tôt, ignorant alors que Laura y était restée tout ce temps. L'aurais-je su, je n'avais aucun moyen de tenter de la joindre chez une Mme Dhal dont je n'avais jamais su les coordonnées, à vrai dire dont j'avais oublié le nom, et jusqu'à l'existence, et durant le voyage, tandis que le TGV glissait à travers le paysage monotone des campagnes du Centre de la France, ces gares de villes grises inconnues dont fuyaient les quais sous la forêt de caténaires et les vastes halls vitrés, son souvenir s'était alors présenté à moi sous la forme éprouvante d'une réminiscence, pourtant sans lien apparent avec notre courte rencontre. Depuis que nous avions quitté Paris, je ressentais le chagrin vague qui me prend souvent en voyage, ou plutôt dès qu'il s'agit de partir, je redoute le petit arrachement que constitue tout départ, il m'inspire une anxiété diffuse, même d'un endroit où je suis venue provisoirement et auquel rien ne m'attache, comme si toujours, où que je sois, quelque chose d'inachevé réclamait que je reste encore. Pendant le trajet, ce chagrin était devenu lancinant, confinant à la douleur, celle d'un objet absent, perdu par négligence ou trahison, un sentiment que je ne pouvais rapporter à Laura tant il était intense, et faible l'image que j'avais gardée d'elle. De nombreuses fois, pendant cette année, m'étaient revenues les circonstances de ma mission, l'hôtel de forêt où j'avais échoué et ces quelques heures passées ensemble, d'un soir à un matin, mais les traits de son visage autant que sa physionomie générale s'étaient estompés, d'elle à peine gardais-je en mémoire une silhouette au bord d'une route près d'un monument aux morts, il y a tant de gens que nous croisons pour un jour et perdons dans l'oubli, il est rare qu'ils laissent trace durable. Si je repensais à Laura, c'était plutôt sous la forme paradoxale d'une ombre intense sans forme ni face, d'un corps tiède et dense flottant dans l'espace, dont j'avais accueilli l'apparition comme un cadeau des ténèbres, et qui avait soudain pesé si lourd dans mes bras. J'avais l'immense nostalgie de son poids, elle tombait, je l'avais prise dans cette étreinte qui nous avait fait basculer ensemble et tournoyer un instant dans l'espace ivre, et par cette sensation bouleversante d'érotisme et de bonheur j'avais entrevu peut-être ce qu'une mère éprouve au poids sans pareil de son nouveau-né, de l'enfant si léger qu'elle tient pour la première fois contre elle, que sa lourde gestation promettait sans l'accomplir, sans l'avertir de l'accueil inouï dont ce corps inconnu délivre soudain l'illuminante réalité. Cette étreinte me donnait des nouvelles de moi d'une manière trop troublante et déconcertante, parce que tout en m'en défendant je la rapportais à quelque chose que j'ignorais et répugnais de penser. J'avais sauvagement évité cette rêverie du corps maternel vouée à une présence sans forme ni visage, ce secret des entrailles, ce tressaillement intime sans comparaison, j'avais toujours mis fin au plus vite à toute relation qui penchait vers cette éventualité, et seul M. Yoshi m'avait peut-être tentée de poursuivre, de risquer cette aventure d'un amour et d'un enfant. Sur ce sujet, j'avais pourtant épuisé, me semblait-il, mes raisonnements, selon lesquels mon expérience suffisait à savoir qu'une mère ayant fait défaut exclut l'envie de réitérer, et je savais aussi qu'aucune raison ne suffit à soumettre l'existence, qu'elle a sa contre-raison pour antidote, mais pendant ce voyage où l'angoisse du départ se transformait en panique blanche, il me semblait que l'épisode fugitif de l'an passé, la rencontre si brève avec Laura ne suffisaient pas à susciter ce chagrin immense, il avait d'autres causes plus obscures, pour lesquelles étaient inutilisables mes beaux raisonnements, et je me berçai toute la fin du voyage du souvenir de M. Yoshi, ma seule vraie histoire d'amour, comme d'une souffrance très douce que le temps apaisait, et qui avait au moins l'avantage de la réalité sur ces chimères éprouvantes.

C'est dans cette humeur que j'arrivai à la gare et pris la route des Landes, vers la petite localité où M. Chabert s'était retiré près de sa nièce. Je roulais dans la direction opposée à la région du vignoble où, l'année précédente, à la même saison, j'avais éprouvé cette emprise épuisante du passé, qui n'était peut-être pas étrangère à la manière insolite dont j'avais autrefois rencontré M. Yoshi. Comme celui-ci, chaque automne en ramenait l'anniversaire, de plus en plus pâle et lointain, peut-être une année viendrait-elle enfin l'effacer tout à fait. Il était venu changer l'installation informatique de notre laboratoire, j'avais dû lui indiquer ce que nous voulions et de toute la journée nous n'avions parlé que travail, mais le soir même j'étais tombée sous son charme. Tandis qu'il dirigeait l'équipe des informaticiens de ses consignes laconiques, sa présence ferme et tranquille m'enchantait car j'avais l'impression pénétrante de l'avoir connu autrefois, et de l'avoir oublié, j'avais la nostalgie de lui. Ce regret était bizarre car nous ne nous étions évidemment jamais rencontrés, il était né dans une grande ville du Nord du Japon et était mon aîné de dix ans. Le soir, il avait quitté notre laboratoire sans rien me dire, mais le lendemain il m'attendait sous l'Abribus, il pleuvait à verse. Je ne l'avais pas reconnu tout de suite, c'était un homme qui était déjà là, attendant l'autobus. Son regard direct, destiné avec insistance à travers les rayures de la pluie, m'avait troublée, j'avais baissé les yeux, alors je l'avais reconnu. Votre autobus va arriver, m'avait-il dit, mais peut-être pourrions-nous marcher un peu, et sans hésiter j'avais accepté de marcher avec lui, sous son parapluie, sans rien penser, sans le regarder, comme si c'était quelque chose de normal, un vieil engagement envers lui, puis l'autobus nous avait dépassés, et comme les voitures projetaient des giclées d'eau sur le trottoir nous nous étions éloignés sous les arbres de la contre-allée, parmi des passants qui ne s'occupaient pas de nous et nous avions marché sur les feuilles mortes. Cette relation soudaine ne me prenait pas au dépourvu tant il me semblait familier, sa voix feutrée était la même dont il donnait des ordres à ses techniciens, il n'était pas impatient ni anxieux, seulement très pondéré, scrupuleux, suivant son idée avec une sorte de résolution très séduisante. Je ne savais où nous allions ainsi, mais sa conviction naturelle me gagnait tandis que nous marchions du même pas somnambule et sa voix de grande personne qui parle à un enfant semblait venir de très loin, répéter une ancienne histoire de lui seul connue. Je me trouvais soudain en plein milieu de cette histoire, sans savoir le début ni la fin, la boue faisait des auréoles jaunes dans les flaques, l'air était humide et mortuaire, il sentait le végétal fané qui se décompose sur les tombes, mais à son côté l'idée de la mort n'était pas pénible. Il m'avait tout de suite dit que son exil provisoire en Europe avait pour cause sa femme dont il était séparé et qu'il avait un enfant de six ans. Notre voyage sentimental sous la pluie me plaisait, mon travail ne m'apportait pas encore de gratification personnelle, l'enthousiasme et la ferveur pour mes études s'étaient émoussés, sans m'en apercevoir je m'ennuyais des ressources humaines qui sont toujours les mêmes, je me limitais aux contacts utilitaires, auxquels je croyais trouver mon compte. Avec lui je n'avais plus rien trouvé à compter de mon temps, de son emploi, ni de son utilité, j'avais besoin d'une histoire. Si c'en était une, elle commençait sans que j'en sois prévenue, quelqu'un était déjà amoureux de moi, il m'attendait à l'arrêt du bus, avant moi il était déjà là, quel enchantement, j'arrivais après lui et je basculais dans son histoire, il m'y entraînait par son poids amoureux très lourd, et toute une année nous nous étions aimés. Seuls les enfants tombent dans ces pièges amoureux parce qu'ils arrivent toujours avec un temps de retard, ils aiment entendre sourdre dans la voix des grandes personnes le récit somnambule de ce qui les précède, ils se laissent ravir et griser par la sombre voix des grands corps parlants. Dans les contes aux liens nécessaires et fatals, ils voient des prédateurs ignobles et d'adorables proies, des actions nouées d'amour, de complots, de sortilèges, où l'on souffre et espère, où l'on désire et l'on a peur. Ces histoires où ils ne sont pas encore, ne seront jamais, ont leur métrage magique, un début et une fin, ce qui est une anomalie, dans la vie rien n'est jamais si bien ajusté, les personnages peuplent l'espace du présent, y racontent leur histoire et partent dire leur mot de la fin. Quelqu'un s'était mis à m'aimer, avant moi il était déjà là et peuplait l'espace où je n'étais pas encore. Je n'étais pas une enfant, ni un personnage, s'il voulait m'épouser, me disais-je, c'était pour recommencer son histoire qui avait mal tourné et lui trouver une fin meilleure, peut-être ressemblais-je à la femme qu'il avait quittée, il l'avait reconnue, une deuxième fois il choisissait cette femme, c'était troublant d'être à la place d'une autre, d'être prise pour quelqu'un, parce que mon travail laissait à désirer, ou ma vie tout entière, ce que je ne soupçonnais pas jusque-là, je n'avais pas hésité à marcher avec lui sous la pluie, et à vivre avec lui, à faire l'amour, à vouloir un enfant. Cela m'engageait sans que j'y pense ni ne le regarde vraiment, quelle inconséquence. De toutes les ressources humaines il était devenu la plus tentante, autant dire : réveillons-nous vite.

En pleine nuit, je m'étais réveillée. A cause de la chambre à laquelle je n'étais pas habituée, j'avais du mal à me situer. Comme on passe du sommeil au rêve, je me croyais dans la cabine d'un navire qui tangue et chahute, je n'identifiai pas tout de suite cette cataracte proche, dégoulinant en torrent dedans, frappant fort plafond et cloisons, mais c'était seulement une averse violente qui battait contre les vitres du petit hôtel où j'étais descendue. Les demeures nouvelles ont des bruits et des voix propres, la première fois qu'on y dort on a du mal à les comprendre et les localiser. Maintenant bien réveillée, j'écoutais tomber cette pluie imprévue, le crépuscule serein n'annonçait rien de tel. L'averse battait très fort le bastingage de tous les côtés, pourtant j'étais tranquille et je me tenais coite sous la couverture, portes et fenêtres étaient bien fermées, j'avais résolu hier soir la question des clefs, puis, tout à coup, je pensai : la trappe du toit, est-elle bien étanche ? Sans hésiter je sautai du lit, je grimpai à toute vitesse pour m'en assurer, cherchant les interrupteurs et ma route à tâtons dans la maison noire. Une fois là-haut, je ne trouvai aucune fuite, pas d'inondation dans le petit escalier en colimaçon, la tête sous la trappe, j'eus soudain la tentation de la soulever et de monter sur la rotonde, pour voir. Ce n'était pas tant la pluie qui m'en dissuadait, mais le ciel plein de ténèbres, dehors est vaste et solitaire. Je m'assis sur une marche, au sec, et pelotonnée dans l'obscurité j'attendis, je ne savais quoi, la fin de l'averse, la fin de la nuit, dans l'étroit boyau en hélice l'air était tiède et confiné, une odeur saline émanait du mur lisse comme du satin, rouge sous mes doigts, mon cœur battait lourdement, c'était très agréable et réconfortant, cet endroit était engageant, j'ai dû m'endormir en attendant, j'ai dû redescendre en dormant.

A mon réveil, le ciel était dégagé, de mon lit je le voyais, pâle et pur, derrière les vitres. Le vent avait dû sécher les traces de pluie, ou bien j'avais rêvé la pluie, comme mon expédition en haut de cette impossible maison à rotonde. Il y avait grand vent et pas de nuages, mon problème personnel était nettoyé lui aussi, net et simplifié, comme si j'y avais réfléchi de manière méthodique. Or depuis mon arrivée dans le petit hôtel de l'Entre-Deux-Mers, je n'avais pas réfléchi, seulement dîné et bu une tisane avant de dormir, et cette maison de ma nuit me revenait à présent, j'étais toute petite et tante Zabel m'aimait, elle était un grand corps parlant, de sa voix somnambule elle racontait la vie des coquillages, le soleil qui se lève et se couche, le sommeil des vagues, ce qu'il faut manger et taire ou dire, et d'autres choses nouvelles, je n'avais ni père ni mère connus, mais elle faisait monter de l'horizon des personnages, ils peuplaient l'espace où je n'étais pas encore, ils passaient et disaient leur mot de la fin, c'est pourquoi, cherchant un endroit où réfléchir, un endroit qui donne une réponse et un point de vue, j'ai parfois besoin en rêve de revenir chez elle.

J'étais informée par sa nièce que la maison où m'attendait M. Chabert était isolée du bourg, et bien qu'au téléphone elle m'en eût dicté la route, les croisements et la signalisation fantaisiste, je me perdis dans la campagne avant de reconnaître le mur d'enceinte qu'elle m'avait décrit, au fond d'un vallon qu'un ruisseau traversait de ses méandres sous une haute peupleraie, et j'aperçus bientôt l'ancienne tuilerie dont le toit et la haute cheminée en briques émergeaient contre un rideau de mûriers et de châtaigniers centenaires. Passé la poterne, on voyait le bâtiment perdu dans les ronces, entouré par les tumulus des anciens fours qu'une herbe très verte avait envahis, dont les fenêtres vermoulues aux vitres brisées, hérissées de dents de verre mordant sur le noir, le crépi salpêtré tombant en lambeaux rougeâtres, disaient assez l'abandon. Si je n'avais été prévenue, j'aurais rebroussé chemin, mais je contournai l'usine selon les indications, et fus pourtant surprise de découvrir le chalet attenant qu'elle m'avait décrit, l'ancienne loge d'un gardien ou un vieil appentis restauré, assez coquettement entretenu malgré son délabrement, surplombant le vallon d'un petit potager en terrasse, auquel on accédait par quelques marches aux pierres envahies de mousses et de fougères. L'humidité du cours d'eau et les pluies récentes gorgeaient la terre, brouillaient l'air d'une vapeur dont dégouttait le feuillage des nombreux buissons, une végétation mi-sauvage de rosiers et de sureaux, à travers lesquels parvenaient le ruissellement continu du cours d'eau et le bruissement de la peupleraie proche, si bien qu'adossée à la ruine, dans cet écrin solitaire de verdure et dans ce bercement liquide, la demeure de M. Chabert me parut telle une gravure de paysage romantique que rapportaient les voyageurs du XIXe siècle, assez conforme à l'image que j'avais eue de l'ancien comptable, un an plus tôt, mais s'il avait élu domicile dans cette annexe de l'usine abandonnée, c'était que sa pension ne suffisait pas à lui payer une retraite plus confortable, et que son neveu, conseiller communal, jouant de son influence lui avait obtenu le droit d'y résider, toujours par protection il avait été toléré ici ou là et finissait sa vie de même, l'entretien de son logement et sa subsistance assurés par cette nièce et son mari, ce qu'il m'expliqua sans gêne ni amertume, de sa voix lente et voilée, comme il m'apprit que tout ce qu'il avait si bien sauvé de la destruction, conservé et classé dans son bureau du château, avait finalement été enlevé par une benne à ordures. Je me souviens de vous, disait-il, c'était un lendemain de pluie comme aujourd'hui, vous m'aviez convaincu que ces photos ne valaient pas grand-chose et qu'une réponse ne viendrait pas de sitôt, et M. Benedict avait bien d'autres soucis en tête que de me tenir au courant.

J'avais dû me recommander de Van Lewen au téléphone pour convaincre la nièce d'informer de ma démarche son oncle, injoignable autrement que par son intermédiaire, la persuader de lui soumettre au moins ma requête de me recevoir, et franchir l'obstacle qu'elle avait d'abord opposé de son grand éloignement, de sa volonté de solitude et de sa vieillesse, elle semblait veiller avec un soin jaloux à sa tranquillité et nourrir à l'égard de ces riches Hollandais, ses anciens patrons, une franche hostilité. Mais je suis bien tranquille, m'avait expliqué M. Chabert, le potager m'occupe ainsi que mon ménage, j'ai aussi commencé de connaître les mousses et les hépatiques du vallon, en raison des fossés vous n'imaginez pas le nombre de leurs espèces, et aussi la flore du pré que j'étudie dans mon *Herbier raisonné* du Dr Dillon, il y en a de médicinales qu'on peut récolter et de mellifères car l'été est bien chaud et le pré n'ayant pas été pollué par les désherbants les abeilles pullulent, de même que les moustiques et les aoûtats, mais j'ai la peau dure, et j'ai pour bonne compagnie les chats sauvages et les oiseaux, qui se laissent apprivoiser mieux qu'on ne croit, et ma radio toute la journée, je suis tranquille, je n'ai pas de loisir ni d'ennui. Son intérieur était celui d'un homme seul, réduit à quelques meubles rustiques sans grâce, d'une austérité monacale, et à un petit poêle à bois, brûlant dès cette saison sans assainir ni réchauffer l'humidité de la pièce, toute sa personne à la posture droite et sérieuse témoignait de la même discipline sévère, de la rigueur d'une vie que sa solitude avait entraînée à d'obscurs soliloques, car à plusieurs reprises il sembla qu'il se parlait plutôt à lui qu'à moi, comme je l'avais déjà remarqué dans son bureau du château. Ce qui se confirma pendant les quelques heures que je passai avec lui dans cette cuisine, que l'ombre des arbres verdissait à travers les vitres où la pluie avait laissé des coulées obliques, puis lors de la promenade que nous fîmes, tandis que les traînées du crépuscule envahissaient le ciel au-dessus des peupliers jaunissants, où il parut m'oublier le plus souvent tandis qu'il faisait le voyage rétrospectif de sa vie, échafaudant devant moi, tel un équilibriste, les constructions instables de sa mémoire, partant d'infimes détails qu'il replaçait scrupuleusement dans des contextes de plus en plus larges, dont chaque fois il examinait la validité en la soumettant à toutes sortes d'hypothèses mentales, dont seules des bribes me parvenaient dans son marmonnement. Ce monologue que rarement une de mes questions relançait semblait se développer de manière autonome et somnambule, et non être adressé à moi ou à quiconque. Je ne sais pourquoi son récit me faisait penser au travail de l'araignée qui tisse sa toile selon des géométries énigmatiques, dont elle décide la trame élémentaire qu'ensuite il lui faut parcourir en tous sens pour la consolider, passant et repassant en des points aléatoires où ce qu'elle a laissé de sécrétions, on croit par hasard, lui assure de tirer le fil suivant, et l'on ne sait plus devant sa construction flottant sur du vide et que battent le vent ou la pluie si son dessein obéit à une figure savante ou à une improvisation, si elle règne ou si elle est serve. Comme nous rentrions lentement, sa nièce déboucha brusquement du chemin au volant d'un fourgon cabossé, et cette irruption arracha le vieil homme à son ressassement. Il pressa le pas, agité par une contrariété qu'il dissimulait à peine, tandis qu'elle nous attendait au bas de l'escalier, les bras chargés de sacs d'un supermarché et d'une boîte de gâteaux. Elle l'ouvrit sur la table de la cuisine, peuplant la petite pièce de son bavardage sonore et menaçant, et sortit une grosse pâtisserie en sucre glacé ornementée de guirlandes vertes et roses, au sommet de laquelle était piquée une figurine de fée Clochette, nous dûmes en déguster une part dans des assiettes de carton qu'elle avait apportées, ce gâteau et sa vaisselle provenant d'un mariage célébré la veille, dont elle avait assuré le service avec son mari, elle faisait profiter le papy des restes, disait-elle. Il en mangea sans bonne grâce, et je me contraignis à faire, comme lui, contre mauvaise fortune bon cœur pour conjurer l'orage, car la nièce, une femme anguleuse aux gestes brusques, avait visiblement avancé sa visite intempestive pour secourir son oncle en mettant fin à la mienne, mais dès lors M. Chabert m'en avait appris suffisamment, du moins il avait ouvert mon voyage vers le sud, et je le quittai avec une tristesse confuse, le remords d'avoir autant que sa nièce abusé de lui, de lui avoir extorqué des informations dont j'ignorais s'il mesurait la conséquence, et qu'il ne m'avait livrées que parce qu'elles lui avaient donné l'occasion de tisser dans sa mémoire cette figure étonnante de souvenirs.

A cette époque, je n'avais rien de plus pressé que de faire le déplacement, le dernier croyais-je, sur la piste des négatifs où je m'étais lancée en solitaire, avec la même obstination que je mettais à toutes choses, et dans la crainte qui me taraudait en sourdine, justement parce que j'en faisais une affaire personnelle, de tomber dans un de ces pièges que je me tendais à moi-même, qui me révélait tôt ou tard mon inclination à ne voir que ce qui me convenait, à passer à côté de ce qui me crevait les yeux, plutôt que d'accueillir le doute et l'indécision. Ainsi, l'avais-je appris de M. Yoshi, autant que de Margotte, on peut s'abîmer seul à considérer une image, ou lire un texte, sans jamais pouvoir en décider le sens, parce que dans cette indécision même réside son enseignement, qui est de nous renvoyer à notre propre vérité. Je me souvenais de la lecture à laquelle M. Yoshi m'avait initiée, de sa petite collection de peintures sur rouleau de la période Kamakura, de frottis de calligraphies de maîtres de la Chine ancienne, et en particulier d'un dessin qu'il me montra, représentant un écureuil hésitant entre deux châtaignes, l'une ouverte et l'autre fermée dans sa bogue, et l'on ne pouvait décider s'il était tenté par la chair visible de l'une ou empêché par l'avertissement des piquants de l'autre. C'était à première vue un dessin naïf, mais il retint si longtemps ma contemplation et j'y revins si souvent que M. Yoshi m'avait expliqué que là était l'art sublime du peintre, non tellement dans le choix de son motif et sa maîtrise technique, mais dans la profondeur et l'élévation spirituelle de son inspiration qui transmettait, en même temps que le ravissement de ces simples lignes d'encre tracées au roseau, un savoir limpide de l'existence qui débordait les siècles reculés où il avait été conçu et concernait tout un chacun. Les constructions que l'on bâtit seul présentent une ivresse singulière, surtout s'il s'agit de résoudre un mystère et de démêler les fils qu'il entretient avec la réalité. J'étais pourtant prévenue de ma tendance à m'accommoder de la part de déni inhérent à cette sorte d'enquête et de ma propension à élire, pour de bonnes et surtout de mauvaises raisons, les indices propres à forger ma conviction, jusque dans leur résistance trouver de quoi nourrir mon intuition, et si la preuve tangible faisait défaut à l'établir, de m'arranger d'eux seuls pour avancer quand même, c'est pourquoi je ne voulais m'en ouvrir à quiconque de peur de passer pour folle ou délirante. Je l'étais d'une certaine manière, de vouloir à toute force remonter la piste de ces photos qu'il m'avait été donné par hasard de connaître et dont l'incidence sur ma vie semblait si faible, et nous le sommes, nombreux, en certaines occasions de la vie, non quant aux objets mêmes que nous poursuivons, ils n'ont aucune peine à paraître aux yeux de quiconque qu'ils sont vains ou absurdes, mais quant à l'ignorance où nous nous obstinons du véritable motif qui nous y pousse. Je retournai à Bologne dans l'automne mais n'y rencontrai pas Enzo Battistini, parti à Alicante pour y acheter du papier. La déception que me procura son absence me pesa plus que je ne croyais. A cette époque, j'avais grand besoin de lui, de vérifier que sa compagnie m'était toujours acquise et que je pouvais compter sur lui pour donner un sens à mon agitation, non que j'eusse l'intention de lui demander conseil, pas plus qu'à personne je ne lui aurais raconté mon invraisemblable histoire et j'étais sans imaginer qu'un jour je la raconterais à Laura, mais je me souvenais de ce voyage à Arezzo en plein hiver, par la grâce duquel il m'avait guérie de mes tourments, et j'espérais contre toute raison, parce que rien ne se répète exactement des circonstances de notre vie, qu'il m'offrirait une consolation du même ordre. Maintenant je sais que cet espoir tenait surtout, sans que je fasse un instant le lien avec ce qui motivait mes recherches, à notre détour tardif par la petite école de Monterchi, quand, au moment du crépuscule, nous avions contemplé ensemble la grande Madone de Piero.

Je passai Noël chez mes cousins d'Annecy et fis quelques promenades dans la neige avec leurs enfants, de robustes adolescents qui skiaient et surfaient avec une imprudence effrayante, et que je gâtais à proportion de ma rareté dans leur vie, comme si je pouvais acheter leur attachement. Ni eux ni moi n'étions dupes de ce petit commerce, et au demeurant ils avaient une franchise de langage plutôt sympathique pour m'expliquer qu'ils bénéficiaient de ce que j'offrais, en fait, à leurs parents. En effet, c'étaient surtout mes cousins que je venais voir, une ou deux fois par an, pour entretenir le lien avec ce qui me tenait lieu de famille. A qui d'autre aurais-je consacré ce temps de Noël qui ramenait chaque année le souvenir d'une maternité absente, qu'incarnait ma mère putative, ma vieille tante, extraite pour la circonstance de sa maison de retraite, tenant le haut de la table, coquette et permanentée de frais, euphorisée par les neuroleptiques, et de qui j'avais renoncé depuis longtemps d'obtenir les circonstances précises de ma naissance, elle-même les ayant enfouies et tues dès mon adoption. Ces repas de fête un peu solennels n'étaient guère propices pour tenter un sondage sur cette histoire qui vieillissait avec nous en silence, depuis longtemps le moment avait fini de se présenter d'une intimité, que nous avions pu avoir autrefois mais dont nous avions prudemment borné le champ, et même si chaque fois que je la revoyais je pensais que c'était peut-être la dernière, c'était avec la fascination des dernières fois qui en promettent encore une autre, je laissais passer l'occasion. Pourtant je me dis aujourd'hui que si j'ai mis à ne pas l'interroger autant de constance, c'est que je savais peut-être devoir différer la question pour la poser sous d'autres formes, me donner le temps de trouver le chemin solitaire par lequel j'obtiendrais ma réponse, ou du moins j'apprendrais combien il est préférable d'accueillir le doute et l'indécision, comme l'enseignait le peintre de la période Kamakura. Pourtant, pendant ces semaines qui m'éloignaient de ma visite à M. Chabert, je m'étais de plus en plus convaincue que j'allais les lever. En éclairant ma lanterne celui-ci m'orientait vers une piste qui pour être vague semblait la bonne, mes raisonnements suffiraient pour dissiper les zones d'ombre. J'avais bien besoin de raisonner car le témoignage du vieil homme avait pris un tour si confus dans sa logique arachnéenne, qu'il me fallait lutter pour en reconstituer la cohérence, décider de probables raccords aux fragments, refaire les va-et-vient de son récit à l'incroyable désordre, et plusieurs fois me vint l'idée que je remontais une pente dangereuse, agrippée aux moindres aspérités d'un pan abrupt de montagne dont je ne pouvais embrasser l'ensemble d'un regard, attachée que j'étais à étudier le détail de la place où je m'accrochais et dont dépendait ma progression, et si un instant je levais les yeux, le perdant de vue, c'était pour apercevoir l'éboulement général d'un paysage aride de haute montagne où j'étais perdue. Si je rattachais cette sensation d'être en danger dans une altitude hostile ou prise au fil d'une toile, suspendue à la précision d'un geste ou de son échec, c'est que le long récit qu'il m'avait fait me ramenait à cette montagne des Pyrénées, précisément à la frontière entre la France et l'Espagne que nous avions atteinte un soir de randonnée, par un de ces soudains retours du passé dont M. Chabert disait qu'ils sont une façon de toucher son intérêt *au capital imaginaire du temps.*

Car tout était attaché aux petits carnets que tenait M. Chabert, semblables à celui sur lequel il avait inscrit notre premier rendez-vous et vérifié mon nom devant moi, avant de le ranger prestement dans la poche de son veston, sur lesquels il griffonnait depuis des lustres les dates et petits événements quotidiens, cette sorte de journal succinct, plus elliptique qu'un agenda, sans lequel il ne se serait jamais souvenu de ces dispositions qu'on oublie du jour au lendemain, ce qu'il appelait les petites choses pratiques immédiates, pour le reste il se fiait à sa mémoire. Sitôt que j'avais parlé du grand feu qui avait failli incendier les chais, il était tombé d'accord avec le récit de Van Lewen pour situer en cet automne de vendanges la réfection des logements ouvriers, cela datait de 1965, précisait M. Chabert, et il commentait la récolte de cette année-là, pas si fameuse, se souvenait-il, en raison des orages d'août qui avaient battu les vignes et fait couler les grappes. Je suis sûr, disait-il, de cette date, puisque M. Benedict venait d'avoir vingt ans et sa voiture, mais surtout parce que c'était cette année-là que son père, à l'entrée de l'hiver, avait eu son attaque, dont il ne s'était pas remis, dont il était mort un an plus tard, presque jour pour jour. A cette époque, le vieux régisseur et son fils continuaient d'habiter leur maison à l'entrée des vignes, réservée aux chefs de culture ou aux maîtres des chais, distincte des bâtisses plus communes, destinées aux employés, celle-là même où il était né, Louis, ainsi que sa sœur Louise, au retour de captivité de leur père, dont l'absence avait duré tout le temps de la guerre et manqué mettre fin à son mariage. D'une séparation la mère menaçait souvent, surtout quand elle était en violence avec lui et laissait aller ses griefs. Elle ne l'avait attendu que parce qu'au village plus aucun homme n'était là pour lui faire la cour et qu'on n'avait pas le cœur à marivauder quand tous les jours venaient des papiers timbrés de mort, aussi ne s'était-elle guère réjouie de son prochain retour quand avait sonné l'armistice, des nouvelles de lui elle n'en avait eu, pendant ces années, que par des cartes postales, caviardées et laconiques, comme il en vient de ceux qui sont partis pour toujours dans les pays loin. Il était revenu vivant, mais comme une personne qu'on évoque en rêve sans plus voir sa figure, dont on s'est déshabitué à force d'absence et elle avait presque eu peur de cet étranger barbu aux yeux battus, elle n'avait pas reconnu le jeune homme de vingt ans qu'elle avait épousé trois mois avant sa mobilisation. Il avait pris seulement quatre ans mais semblait un vieil homme, rude au regard fuyant, son corps aussi elle l'avait oublié, ses mains et sa bouche. Il n'était pas abîmé comme beaucoup d'autres, ni blessé ni défiguré, sa captivité ressemblait à un long voyage qu'il aurait fait tout seul, jeune marié infidèle. Elle ne l'aimait plus, si elle l'avait aimé avant. Alors on se demande ce que c'est qu'aimer quand on est une jeune fille de dix-huit ans qui s'accroche au bras d'un jeune homme le temps d'un printemps, qui roucoule et donne des baisers, qui vous empoigne un peu et fait des promesses, et que les parents vous disent d'épouser. Mais en ce temps-là on ne faisait pas de divorce, surtout avec un revenant de la guerre. Elle avait eu ses enfants tout de suite pour mettre de l'ordre dans sa vie et s'apparier à lui. Louis précédait sa sœur de quinze mois, deux grossesses coup sur coup, tout s'était arrêté là sans doute, leur intimité et leur corps à corps. Et voilà qu'elle, qu'on croyait si forte, en bonne santé, comparée à son mari fatigué de tant de misères, avait disparu tout soudain d'une maladie rapide, sans doute un cancer, mais alors on ne nommait pas bien leurs organes ni ce qui emportait les gens. Aussi s'étaient-ils élevés ensemble, lui et sa sœur orphelins, en la compagnie de M. Henri qui grandissait seul, fils unique au château et de leur âge, il venait toujours les chercher pour se désennuyer, jouer avec eux dans les granges et les chais, dans les fossés où ils lui apprenaient à pêcher l'anguille aux sarments, à chercher des vers de vase et de fumier pour les appâts, une fois tous les trois dans le purin on les avait surpris et tannés, ils jouaient librement dans les greniers et les caves, grappillaient aux cuisines où les femmes les régalaient tous trois de millas et de cruchades au saindoux. Mais pour revenir à cette époque où son père veuf les gardait, elle n'avait pas duré. Dès ses quatorze ans sa sœur avait été placée lingère au village où elle avait vite eu ses pratiques personnelles, y compris celle du château, elle était travailleuse. Même pendant la guerre, celle de 1940, elle courait les routes avec ses baquets de linge sur la brouette ou le porte-bagages, sans souci des Allemands et des mauvaises rencontres, il faut dire que dans ce coin l'Occupation n'avait pas été méchante, c'étaient de braves pères soldats qui se languissaient de leur pays, qu'on logeait ici et là, ils venaient casser la croûte aux cuisines et se gobergeaient de bon vin et de tricandilles grillées, ils avaient du tabac. Sa sœur en avait quand même bavé, toute vaillante qu'elle était, parce que avant les machines à laver on tapait au lavoir, et on rinçait au grand bassin à la force des bras, les draps mouillés pèsent lourd, puis elle avait suivi son mari, un brave garçon faible de la poitrine qui l'avait laissée veuve avec sa fille dans l'Entre-Deux-Mers, où elle s'était fixée. Avec Louise, Louis avait eu peu de contacts pendant ces années-là. Elle s'était perdue dans une région pas si lointaine, mais que l'ignorance d'écrire des lettres avec quoi raconter, et le pas de temps pour les voyages plaçaient à des milles et des milles. Seulement pour la mort de son père, elle avait fait le déplacement en autobus, avec sa petite de douze ans, elle était restée toute une semaine à loger dans leur maison de la vigne. L'enterrement passé, elle avait fait le tour du village à parler partout, à retrouver les gens et mettre à jour sa chronique perdue de ce qu'ils étaient devenus, à rattraper le retard des morts et des naissances, des nouveaux arrivés ou des événements intimes, du porte-à-porte de tous les jours et des cafés s'était emplie les oreilles et l'estomac, elle y était allée de la langue à n'en plus finir comme si sa vie en dépendait, une vraie rage de papotages et de vilaine conduite qui faisait croire que la mort du père ne lui était pas un si grand chagrin, puis elle était repartie et plus revenue.

C'était pour toutes ces raisons, qu'il m'exposait, que M. Chabert se souvenait si bien de cet automne 1965, où ils avaient vidé les logements le soir, au retour des vendangeurs, après quoi son père avait eu son attaque, mais à lui le feu du débarras ne semblait plus d'un si grand danger, sauf que ces nigauds de garçons y avaient brûlé le bas de leurs culottes, ils étaient plus entraînés au golf qu'à tenir un brasier. Ce qu'il pouvait dire précisément, c'était quels logements on avait vidés pour les transformer en garage, et quel tourment ç'avait été pour son vieux père. Car, sur ce point, M. Benedict disait juste, remarquait-il, ces appartements qui avaient autrefois servi aux ouvriers agricoles depuis longtemps déjà étaient fermés et tombaient presque en ruine, mais voilà que son père, justement parce qu'ils étaient vides, y avait eu logé quelqu'un de passage et que si ce n'était pas un mystère, c'était au vu et au su de tous, pour autant ce service lui pesait, il le laissait dans le malaise parce qu'il avait été plus forcé que rendu. Il n'aimait pas en parler comme quand on est embêté de s'être laissé entraîner, à son corps défendant ou par niaiserie, dans une mauvaise chasse ou un trafic louche, et de cet individu, depuis près de vingt ans, il était resté dans le logement des affaires personnelles en dépôt, des valises et des sacs, d'autres choses encore qu'il avait portées la deuxième fois dans une voiture, c'est qu'il avait l'air d'un monsieur, M. Chabert se souvenait très bien de la personne. Mais pour m'expliquer il fallait qu'il remonte à la guerre de 14-18 où son père avait connu en captivité un soldat comme lui, un capitaine. On fraternise dans ces endroits-là, quand on partage épreuves et misères loin des siens, encore pas avec n'importe qui, l'engeance ordinaire se transporte dans les bagages. A ce qu'il disait, il y en avait, dans son camp, qui montraient ce que dans la vie on prend pour des ingrats et dont on s'accommode au voisinage des jours ou du travail, mais qu'exaspèrent la réclusion, la pénurie et la peur, sur eux les poux et la gale sont plus méchants. C'était leur égoïsme, disait son père, ces vices imbéciles que sont l'envie ou le plaisir de nuire et même la bêtise, la bêtise plus que tout est malfaisante, mais enfin cet homme qu'il avait connu là-bas était une personne propre et brave, une belle personne, un pur, disait son père. Entre eux ils s'appelaient mon camarade, et même mon compagnon, car ils s'étaient revus plusieurs fois. Celui-là venait de son Béarn où il avait une belle maison de famille et des propriétés d'élevage, et ils se visitaient non pour faire ensemble les anciens de guerre, ressasser leurs souvenirs du stalag, ni l'un ni l'autre n'était attaché aux médailles, ni des fidèles du monument aux morts ou des cérémonies, mais pour bien se tenir compagnie, se frotter vivants l'un à l'autre au bon chaud de la vie, maintenant que c'était fini. Plusieurs fois, M. Chabert s'en souvenait, le camarade était venu passer de-ci de-là une semaine, peut-être en tout cinq ou six fois avant 1939, et une fois, une seule, son père était allé là-bas chez lui, à peine veuf, avec Louis et Louise sous le bras, au bord d'un gave qui roulait sur les gros cailloux ronds dans un bruit de torrent qui s'engoue, c'était au temps des moissons. Le village pendait à mi-montagne au-dessus d'Oloron, un endroit nommé Cazaubon, et la maison était une riche demeure avec des domestiques, son père s'était gêné du beau monde et d'être servi à table comme un patron. M. Chabert se souvenait que, enfant, il n'avait pas de ces scrupules, il avait surtout goûté de monter sur une moto et sur des balançoires, un portique de sport, il se souvenait aussi avoir observé avec un ravissement extrême, tout un après-midi seul au milieu d'un pré, le chemin des fourmis, leur entêtement à relayer, par leur minuscule besogne sous la vastitude d'un ciel indifférent, des points précis où elles bifurquaient inexplicablement, mais son père avait écourté le séjour, comme s'il était déplacé de rester davantage. Surtout, ils étaient allés à Lourdes en revenant, tous les trois chantant la procession aux flambeaux dans la nuit d'été, sa sœur s'était endormie dans l'herbe et avec son père ils avaient veillé longtemps comme s'ils attendaient quelque chose. Non que son père fût religieux et fît un vrai pèlerinage, mais peut-être exauçait-il un vœu fait dans sa guerre, dans sa tranchée ou à son camp de prisonniers, comme quoi il remercierait Marie d'en revenir vivant, et M. Chabert se souvenait aussi qu'il leur avait offert, dans une boutique pleine de bimbeloteries comme une caverne d'Ali Baba, à chacun une petite Vierge en plâtre colorié aux pieds de laquelle Bernadette était en prière, dont les deux auréoles s'étaient révélées fluorescentes dans la nuit de leur chambre d'hôtel, elles avaient soudain troué le noir comme des yeux de loup affamé, ou des yeux de revenant. Il riait encore de cette frayeur d'enfant, de leurs cris qui avaient ameuté l'étage. Quoi qu'il en soit, la déclaration de guerre, l'occupation et la ligne de démarcation avaient interrompu ces bons échanges. Les petits carnets ne servaient de rien, M. Chabert n'avait commencé de les tenir que plus tard, et il ne savait plus exactement si c'était en 1944 ou 1945 qu'avait débarqué par surprise, pour la première fois, ce grand homme maigre, long comme un jour sans pain en grand manteau de drap, avec juste une valise en cuir pour bagage, qui s'était présenté comme le fils du camarade. Peut-être le petit Louis l'avait-il déjà vu là-bas, pendant le court séjour à Cazaubon, parmi les belles personnes de cette maison, peut-être était-ce lui qui l'avait promené sur sa moto, dix ans plus tôt, jusqu'à un col d'où l'on voyait les sommets pelés d'une grande montagne. Il ne l'avait ni reconnu, ni beaucoup vu pendant ce séjour de quelques semaines, où son père l'avait logé dans un des appartements vides, il n'en sortait guère et ne demandait rien. Il me semble à présent, disait M. Chabert, que mon père prétendait qu'il se cachait, que d'être venu de cette façon sans tambour ni trompette, et annoncé par personne, n'était pas de la villégiature ordinaire. C'était une époque où on ne posait pas beaucoup de questions, pour le bien des gens comme pour sa propre tranquillité, moi-même je redoutais d'être convoqué pour le travail en Allemagne, étant d'une classe qui n'a pas été sous les drapeaux. Il ne fallait pas qu'on nous prenne à aider quelqu'un de compromettant ou qu'on nous dénonce, mais rien n'est venu, nous avons été tranquilles. En tout cas, il situait cette première visite bien avant la Libération, avant que les soldats ne partent avec leurs camions bâchés et leurs side-cars, dans la débandade soudaine que le bruit du débarquement annonçait sans qu'ils se décident à lever le camp. Ceux qui logeaient au château n'étaient pas bien curieux pour n'avoir guère inquiété le locataire qui embarrassait tant mon père, ou celui-ci l'avait assez chapitré pour qu'il se tînt tranquille, le fait est qu'il était resté à leur barbe et leur nez une première fois trois semaines, puis il était revenu une deuxième fois, mais alors c'était fini. Alors tout le monde se découvrait résistant de la dernière heure, et les langues se déliaient pour dire celui qui avait fait du marché noir et profité des rationnements pour s'en mettre plein les poches, ceux qui pouvaient se vanter de ceci ou de cela ne manquaient pas de plastronner, de revendiquer leur part à la victoire, c'est pourquoi quand celui-ci était reparu, aussi maigre et faux renard, et s'était de nouveau enfermé dans le petit appartement d'ouvrier, on avait su qu'il ne s'était pas caché pour des faits glorieux de résistance, qu'il fuyait ou se mettait à l'abri pour d'autres raisons, et cette fois-là il était venu en voiture, une vieille Renault noire avec son chargement de bagages, auquel personne n'avait prêté attention. Ainsi il paraissait que cet homme était bien le seul, si M. Benedict jurait se rappeler avoir sorti ces caisses lors du déménagement et les avoir transportées lui-même au grenier, il était le seul à avoir pu les porter là avec le reste de son bagage. Le reste, je serais en peine de dire de quoi il s'agissait, il me semble des papiers, beaucoup de papiers, des effets dans des valises, aussi bien l'uniforme militaire, mais l'arme, non. L'arme était un fusil de chasse du pays tout rouillé comme on en avait caché pendant la guerre, en infraction aux consignes de les porter à la mairie, et pas non plus la vaisselle que les gens s'étaient partagée. Mais ce qui rendait son père malheureux, disait M. Chabert, c'était de trahir un pacte, un engagement d'honneur, de laisser brûler sans rien oser dire les affaires du passant qui n'avait pas reparu, et dont il savait pourtant qu'il ne reviendrait pas, parce qu'une fois son père avant de mourir lui avait dit que si son camarade écrivait ou prenait de ses nouvelles il ne fallait pas lui parler de ce fils qui était sa honte et son chagrin, qui avait été en Espagne se sauver, et puis qu'on avait arrêté quelque part vers Biarritz, enfin que sur cette histoire il fallait se taire et l'oublier. Mais, demandait M. Chabert, à lui-même plus qu'à moi, s'il transportait des photos de paysages, ce n'était pas un bien grand bandit, on ne va pas en prison pour ça. Et encore remarquait-il, peut-être avait-il mieux valu détruire tout le reste, et surtout ces vieux papiers, sans s'enquérir de quoi il retournait, quelquefois le hasard fait bien les choses. Souventes fois dans ma vie, j'ai trouvé qu'il convenait d'ignorer ce qui vous crève la vue, à trop y voir on s'aveugle, on finit par s'y abîmer les yeux, et le cœur, sa mauvaise vue l'avait souvent gardé, de toute façon.

Tandis que me brûlait les lèvres la question, il l'anticipa, il proposa lui-même de chercher dans ses petits carnets le nom du camarade, parce que s'il se fiait à sa mémoire pour certains événements, les noms propres lui donnaient de grandes difficultés, aussi m'emmena-t-il dans son arrière-cuisine, une souillarde sans fenêtre ni puits de jour, dans laquelle se trouvait une sorte de bureau, comme la miniature de celui qu'il occupait au château, le format résiduel et mélancolique de son royaume, dans lequel il avait installé des rayonnages et une petite table qu'éclairait sa lampe à verre vert, sous laquelle il tira une grande boîte contenant, outre quelques maroquins de cuir fripé débordants de paperasses, une cinquantaine de carnets noirs ou verts tenus d'un élastique, un par année, m'expliqua-t-il, certains rongés par les souris ou la tranche des pages effilochée d'usure, la reliure fanée, décolorée par la patine des mains ou des fonds de poche où ils avaient séjourné, la somme dérisoire des dates et petits événements quotidiens, ce résumé des menues dispositions, des petites choses pratiques immédiates selon sa formule, des horaires d'autobus ou de trains, les noms de fournisseurs, de visiteurs, de quémandeurs, adresses ou coordonnées oubliés du jour au lendemain, ce fatras de signes qui constituent une existence, et il semblait n'avoir tenu à jour ce dérisoire journal intime où rien ne parlait de lui, de ses pensées et ses sentiments ou des fictions qui peuplaient ses rêves, pourtant témoin de sa vie entière sous sa forme lacunaire, que pour le consulter un jour, dans une usine abandonnée, en compagnie d'une femme inconnue venue lui demander d'y fouiller une fois encore, d'y descendre comme dans un fossé de sa mémoire. Mon cœur s'était mis à battre plus fort tandis qu'il extrayait de la boîte et consultait les quelques carnets concernant cette époque, hésitant d'une année à l'autre, tournant les feuilles de petit format qui semblaient devoir tomber en poussière entre ses doigts, en cendre fine et disparaître, mais il trouva enfin cette page où, sous la dictée de son père, il avait noté de son écriture minutieuse le nom et l'adresse du camarade, la maison de Cazaubon où il n'était allé qu'une fois dans sa vie, à laquelle il avait envoyé le faire-part de la mort de son père, sans recevoir de réponse, mais après tout, remarquait-il, celui-ci était l'ami de son père et non le sien, aussi bien il était déjà mort lui-même, cette génération de la Grande Guerre disparaît, bientôt plus un seul des témoins ne sera là pour en parler, et moi-même pour en évoquer la mémoire, alors ils disparaîtront tout à fait puisque nous ne continuons à vivre que le temps que quelqu'un se charge des ruines de notre fantôme, l'image de nos visages et l'écho de nos voix.

Au long de la promenade que nous avions faite ensuite, en suivant le ruisseau, sous les nuages effilés du crépuscule qui déchiraient le vif ciel d'automne et dans le bruissement continu de l'eau, il avait poursuivi son soliloque, de sa voix lente et brumeuse, complétant par touches la silhouette de cet homme qui avait apporté les caisses vernies et les avait oubliées, il évoquait son profil d'aigle et ses grandes mains osseuses, la tache de café qu'il portait au front, ainsi, disait-il, en une vie nous croisons bien des passants, nous le sommes nous-mêmes pour eux, ce sont des rencontres qu'on croit sans lendemain et qui, des décennies plus tard, s'avèrent des signes, on n'a pas su ou pas voulu s'arrêter à les voir, ils brûlent dans l'obscurité de leur faible lueur, il suffit parfois de souffler dessus pour qu'un incendie s'allume, et il me demanda alors, c'est la seule question qu'il me posa de toutes ces heures passées avec lui : que ferez-vous de lui si vous le retrouvez ?

Il fallait qu'il m'ait posé cette question, la seule vraiment qui importait, et qu'il m'importait de ne pas entendre, disais-je à Laura. Aussi ai-je dû lui répondre d'une manière assez évasive et conventionnelle pour éluder des explications, peut-être blessantes pour lui s'il attendait de moi une intime vérité, et seuls les morts savent si nous mentons. Mais, si j'y avais réfléchi, j'aurais été bien en peine de lui donner la vraie réponse, parce que alors il m'aurait fallu lever l'écran que je mettais au motif sérieux qui me faisait remonter, avec tant d'entêtement, le fil d'une histoire qui, d'évidence, ne concernait en rien la mienne, ni n'intéressait la recherche historique. Sa question me débusquait, elle aurait dû me troubler, me mettre en alerte par sa pertinence, mais le vieil homme l'avait posée sans insister, de sa voix égale et brumeuse, sur le même registre qu'il évoquait son passé, comme si elle n'était, dans la toile d'araignée qu'il avait tissée, qu'une de ces intersections aléatoires, résistante au vent, élastique et fragile, en effet nous étions dans le vent du soir qui brassait le feuillage autour de nous en un remuement sombre et je devais me pencher pour l'écouter, tant parfois sa parole se perdait en marmonnements. Avec quelle surdité remarquable, Laura, avec quelle inconséquence j'oubliai la question qui se reposa à moi, au moment où, au bord de la route, parvenue à la barrière de bois derrière laquelle, tout en haut du chemin enneigé, se dressait la maison de

Cazaubon, mais au moment où elle se présentait vraiment dans toute son actualité, sa lumière aveuglante, il était trop tard pour moi, elle était devenue invalide, en quelque sorte dépassée. Non seulement j'étais allée trop loin pour reculer, et en effet ce que je ferais de cet homme, si je le retrouvais, n'avait plus d'importance, il ne m'apprendrait plus rien de lui. De lui je savais déjà plus que ne m'enseignerait jamais sa vue, et c'était de moi dont il s'agissait, parce que j'étais à ce point où je n'avais plus le choix de me souvenir ou non. Car bien que l'on prétende souvent vouloir se souvenir sans y parvenir, ou si mal qu'on y renonce, comme s'il s'agissait simplement de décider ou pas de trier ce vieux désordre, de classer ce dépotoir qui encombre le grenier de l'école, seulement d'accomplir ce labeur harassant, dont la lassitude ou l'ennui nous gagne et suffit à nous décourager, prétextant notre incompétence, en réalité il n'y a aucun désordre. Au contraire un ordre absolu, une construction admirable d'intelligence et de simplicité pour laquelle la bonne volonté, ni la bonne foi, ni la technique laborieuse ne sont requises, car les yeux fermés, à tâtons, d'une main sûre et terriblement armée, nous touchons avec la sagacité implacable des voyants le parfait objet du souvenir, en sa matière chatoyante et cruelle. En réalité nous n'avons pas les moyens d'oublier, nous sommes trop faibles et trop effrayés pour vider nos pensées, pour affronter ce que serait un monde sans passé, sans appartenance, la région aride et lumineuse d'un désert qui s'offrirait à notre regard blanc et nous préférons prétendre que ce travail est exténuant plutôt que d'admettre d'être chez nous dans les ténèbres, d'y habiter d'instinct et de savoir sous notre main trouver, au moment qu'il faut, la chose exacte que nous sommes. Le passé fermente dans chaque instant de notre présent et peut-être ne passons-nous pas, en dépit du vieillissement, restons-nous dans une compression extrême du temps dont une vie ne suffit pas à inventorier la masse et la densité noires, en compagnie des morts nous vivons, ou eux vivent avec nous, nous nous étreignons en de frénétiques, d'amoureuses convulsions, aussi bien ce sont eux qui nous tendent, de la main secourable, miséricordieuse, ces objets parfaits de notre souvenir.

Je m'étais laissé le temps de remettre un peu d'ordre dans le récit de M. Chabert et d'en préciser quelques zones d'ombre, et ne me rendis dans les Pyrénées qu'au début de l'année suivante, munie des informations qu'entre-temps j'avais réunies. C'était en février, et en cette saison d'hiver il était exclu que je monte où j'étais passée autrefois, un été, mais je n'avais pas besoin de parcourir de nouveau les chemins de crête que nous avions suivis alors pour m'assurer de leur réalité. Encore aujourd'hui ils sont présents dans ma mémoire, comme d'hier je vois les passages escarpés de pitons et les plateaux herbus semés de rochers qui phosphorent au loin tels des filaments électriques, les vibrants nuages sur la chaîne des massifs, les affleurements de grès et de schistes miroitant sous le soleil, dans cette atmosphère très pure qui rapproche les lointains et précipite en un seul tous les plans, cette démesure ramenée, par illusion d'optique, à un monumental papier froissé que la main pourrait toucher. Dès le lever du jour, nous avions quitté le refuge du Club alpin, près d'un petit lac de moraines, une cabane entourée de ces antiques pins à crochets aux squelettes torturés, pour la dernière étape, la plus longue de notre périple qui devait s'achever au col du Somport. Quoique bien entraînés et équipés, nous savions devoir ne pas perdre de temps pour atteindre notre halte avant le soir, si bien que nous avions marché d'un bon pas en suivant attentivement une piste approximative, à cette époque les chemins n'étaient pas balisés comme aujourd'hui, et vers midi, étant en vue du pic d'Anayet, qui domine à plus de deux mille cinq cents mètres et sert de repère pour tout le reste du parcours qui redescend vers le col dans la forêt de hêtres, nous nous étions accordé une heure de pause, nous égaillant dans un vallon escarpé pour trouver chacun l'ombre rare d'un rhododendron ou d'un buisson de houx. Je m'étais étendue de tout mon long et restai au soleil, sur une place fleurie de gentianes et d'asphodèles, aussitôt ensommeillée par la fatigue, filtrant des cils l'éblouissante lumière des hauteurs qui pénétrait de ses flèches mon cerveau et brûlait toute pensée, mon corps fourbu fondant délicieusement dans des picotements de fournaise, et si je savais très bien qu'une telle exposition est dangereuse à cette altitude, je différais d'y mettre fin d'une minute à l'autre pour en jouir encore, et l'heure avait passé. Ces jours de marche m'avaient enivrée de moi-même, du plaisir de mes muscles obéissants, de l'allégresse de l'effort et de l'endurance, cuisses et mollets de cuir, les reins souples portant la charge du sac à dos et mon souffle lent au diapason de l'espace libre, à quoi s'ajoutait le sentiment orgueilleux de notre petite communauté d'étudiants affranchis de la ville que cette traversée au-dessus des vallées et des hommes emplissait d'une exaltation héroïque et présomptueuse, et si nous rencontrions des groupes de marcheurs comme le nôtre, nous nous saluions avec une connivence naïve de propriétaires. L'imprudence de cette heure passée à me brûler au soleil explique sans doute cette autre que je fis, sitôt amorcée la descente, contre l'avis de tous et leurs protestations, de raccourcir mon trajet en coupant par un pan d'éboulis pourtant peu amène. Je me mis au défi, tandis que mes compagnons suivaient les lacets, d'atteindre la première la piste qu'on voyait en contrebas, proche me semblait-il. Bien qu'instruite des pièges de la montagne, des erreurs d'évaluation de la distance et de ses propres forces, je ne sais quel risque je courais ainsi, s'il ne s'agissait que de me distinguer du groupe et de m'illustrer par ma gloriole, si la fièvre de mon insolation cherchait une solution violente, ou si, par une de ces séductions de la gratuité qui tentent la jeunesse, j'avais passionnément envie d'éprouver la mort. Nous étions chaussés pour la marche et non pour la varappe, très vite la pente s'avéra vertigineuse et après avoir plusieurs fois glissé à pic, sans aucune aspérité pour me retenir, les jambes et les coudes cruellement éraflés, je m'immobilisai sur une plaque de schiste à laquelle je n'adhérais que par le poids de mon sac qui me retenait en arrière, le moindre mouvement déplaçant mon centre de gravité me faisant basculer dans le vide. J'avais perdu de vue la file de mes compagnons de marche, disparus derrière le pan de montagne, et je restai ainsi dans une transe, à trembler de tout mon corps, à claquer des dents, trop atterrée pour maudire mon inconséquence, puis soudain cela cessa. Je perdis tout repère d'espace, l'immensité basculait sans que je sache son échelle et sa réalité, les parachutistes sans doute connaissent cette suffocation, avant l'ouverture des toiles, du vide et de la vitesse qui écartèlent les membres et foudroient la conscience, anesthésiée par le vertige je filais en comète lente, dans l'infinie tournoiement du monde que sa rotation emporte. Je crois que j'avais perdu aussi toute notion du temps, dans cette angoisse de mort qui est la plus primitive et la plus affreuse des expériences, c'est alors que monta en moi le mugissement, je ne sais si je criais ou si une voix intérieure poussait ce cri de maman, maman, l'innommée n'avait jamais franchi ma gorge, jamais n'avait pris forme et son d'une parole ou d'une pensée, et dans ce brame d'épouvante enfantine je savais pourtant n'appeler personne, personne.

Je m'en suis sortie, évidemment, parce que mes compagnons ont finalement reparu sur le chemin, quelque cinquante mètres plus bas, et qu'ils m'ont guidée pour atteindre, une fois délestée, après maintes contorsions, de mon sac à dos, une zone proche que je ne voyais pas de ma place, dont les reliefs offraient assez de prises pour les rejoindre sans trop de mal. Une fois la frayeur passée, ils m'épargnèrent charitablement les remontrances ou quolibets que je méritais mais, outre que je restai penaude, mortifiée de mon aventure et des blessures qui cuisaient mes genoux, je crois que je fis le reste de la descente accablée d'hébétude et de honte, pour qu'ait jailli à ma gorge ce cri qui ne m'appartenait pas, que la mort m'apprenait à puiser dans un tréfonds de moi, ce n'était pas moi, mon être, ma personne qui réclamait, quelqu'un criait pour un crime que je n'avais pas commis, dont j'étais salie, plus que souillée, défigurée. Et même si tel, auprès de qui je m'informais, m'assurait que non, je n'avais pas crié, que j'étais au contraire restée muette et dents serrées, magnifiquement concentrée sur mon acrobatique sauvetage, j'étais certaine que ce cri avait empli tout l'espace de la montagne et résonné loin de ses horizons terrestre et maritime, jusqu'à celle qu'il appelait et qui n'était personne, personne. Pourtant, disais-je à Laura, à y repenser il me semble qu'avec l'inconstance de la jeunesse j'oubliai tout de mon angoisse dès l'instant où nous débouchâmes, en suivant le torrent, au-dessus du plateau des Aranones, et que ne me sont revenus avec autant de violence cette détresse, ce sentiment d'un crime qui ne m'appartenait pas, que bien des années plus tard, lorsque je renonçai à ma grossesse, non pas à l'enfant, je ne m'étais pas laissé le temps d'en formuler la pensée ou le rêve, c'était une grossesse, et non plus un accident mais une tentation dont j'avais pris le risque insensé, comme de ce raccourci de montagne, et quand suspendue à la décision, que je finis par prendre seule, dans ce sursaut qui dicte : réveillons-nous ! m'était revenu ce cri de peur mortelle, et c'était maman, maman qui mugissait en moi de nouveau, à la clinique où je m'étais rendue sans en rien dire à M. Yoshi, dans les limbes de conscience où vous met l'anesthésie.

Ce soir-là de notre descente, nous avions beau avoir repéré notre excursion dans nos guides de montagne et anticipé chaque centimètre de carte, et su qu'au soir nous atteindrions le plateau où se trouvait indiquée une gare, le spectacle qui s'offrit à nous dépassait l'imagination. Entre deux pans de hauteurs escarpées qu'approfondissaient les ombres portées des sommets frangés d'or et de pourpre, à plus de mille mètres d'altitude, dans l'air limpide du soir, un énorme vaisseau blanc apparut, d'une majesté monumentale, invraisemblablement échoué sur toute la longueur du plateau, sa proportion accusée par l'environnement de lignes ferroviaires en vastes faisceaux, de bâtiments et d'entrepôts dont les toits d'ardoise luisaient aux derniers rayons, suggérant un hameau surréaliste posé par la main d'un génie géant au creux du massif, et n'était la beauté saisissante du paysage sylvestre et minéral, que depuis notre place nous percevions telles des fourmis, nous aurions cru avoir changé d'échelle ou de temps, qu'une fantasmagorie du cinéma ou du songe avait projeté devant nous le prodige de cette vision. Nous approchâmes de la gare de Canfranc, qui parfois échappait à notre vue, dérobée par un détour du dernier chemin, réapparaissait soudain plus proche pour être confisquée de nouveau, et sans doute ce jeu d'alternance qui en dramatisait l'approche, ajouté à l'épuisement de notre randonnée, nous rendait-il plus sensibles à cette étrange entrée en matière, l'émotion nous gagnait d'avancer dans la réalité du rêve. Le silence régnant à cette hauteur dans la solitude du soir, comme un avertissement funèbre, amplifiait l'écho de nos pas, et bientôt nous nous trouvâmes au pied de la gare fantôme, dont la longue façade blême et ses trois pavillons à dômes carrés reflétaient la clarté mourante du crépuscule. Seul un architecte illuminé avait pu concevoir, en un tel lieu, cette construction baroque que ses toits d'ardoise mansardés, avec leurs chiens-assis surplombant deux étages d'innombrables fenêtres, sa longue marquise aux poteaux de fonte, apparentaient au palais d'un archiduc fou, à un de ces palaces ou de ces casinos extravagants qu'en début du XXe siècle on bâtissait dans les stations thermales ou les villes de la Riviera pour les luxueux clients, venus de toute l'Europe prendre les eaux ou jouer à la roulette, et qu'aujourd'hui leur gloire ancienne condamne au dépérissement par le coût exorbitant de leur entretien, mais c'était une gare, et rien ne paraissait d'un quelconque trafic, récent ou ancien, comme si, chassés par un séisme ou une catastrophe mystérieuse, avaient fui tous ceux qui la peuplaient, employés, chefs de gare, techniciens et douaniers, et voyageurs, et les trains eux-mêmes disparus, les quais déserts, car malgré notre fatigue et pressés d'atteindre le prochain village pour y dormir, nous pénétrâmes avec une fièvre inquiète et en ordre dispersé, parcourant la gare abandonnée qu'aucune porte ne fermait, au contraire l'entrée monumentale ouverte à tous les vents, et nous entrâmes dans le hall grandiose, dont restaient accrochés les lampes de ferronnerie et des blasons illisibles aux murs décorés de stucs, dont les grandes verrières projetaient des blocs de lumière sur ses guichets de menuiserie délabrée, son carrelage encrassé de boue séchée et d'immondices, et ses colonnes colossales aux chapiteaux perdus dans la charpente de bois, le vaste escalier souterrain de marbre béant dans l'ombre, découvrant ensuite l'enfilade immense des quais couverts, surplombant les lignes des rails rouillés que l'herbe folle avait envahis, les carottes sauvages, les ronces et les buissons de genévrier, se perdant plus loin dans une perspective échancrée, où l'on entrevoyait, par-delà des ponts transbordeurs et des postes d'aiguillage, un dépôt à locomotives, avec son pont tournant et ses grues à eau, des tas de charbon coiffés de végétation rase dont les reflets rouges semblaient un brasier couvant. Nous nous étions perdus les uns les autres, nos sacs sur le dos parcourant en hâte le bâtiment, et nos appels dans l'ombre du soir résonnaient en échos, réverbérés par ces murs de cathédrale en ruine, dans laquelle nous ne rencontrâmes pas un être humain ni un animal, dont l'énigme nous paraissait un prodige de l'histoire, et comme nous prenions en hâte le chemin du village, distant de quelques kilomètres sur notre carte, nous nous retournions pour voir s'éloigner de nous ce monstrueux transatlantique des montagnes, pour nous assurer dans un frisson qu'il n'avait pas été un mirage du crépuscule.

J'y retournai pourtant, tôt le lendemain matin, laissant mes compagnons dormir, puisque nous étions convenus d'une journée de repos avant de descendre dans la vallée d'Aspe, avec l'idée d'y prendre quelques photos, imaginant qu'à la lumière du jour ce qui nous avait semblé si fantasmagorique se révélerait dans sa simple réalité. Mais le temps avait changé, les nuages bas avaient envahi le col et embuaient l'air d'une bruine dense, j'arrivai à proximité de la gare noyée dans le brouillard sans la voir vraiment, et mon désarroi fut grand de trouver l'endroit encore plus étrange, à travers les draperies d'eau fine qui fluctuaient sur ses murs délabrés, l'eau ruisselant des chéneaux et gouttières décrochés, le long des colonnes de fonte de la marquise d'un vert-de-gris phosphorescent, et plus encore que la veille, la gare perdue me faisait penser maintenant à un immense tombeau, à un mausolée érigé pour de funestes gloires. Je tentai quelques prises de vue, certaine d'avance que rien de bon n'en sortirait, tant la lumière était diffuse et ma pellicule prévue pour la grande luminosité d'altitude peu susceptible d'en capter les nuances. Je me décidai, avant de rebrousser chemin, à tenter de trouver une entrée pour visiter les étages de la bâtisse dont l'alignement des fenêtres excitait ma curiosité, quand parut, à près de deux cents mètres, à l'autre bout du quai, une silhouette dont je ne m'étonnai pas qu'elle surgisse du néant tellement me semblait surnaturelle cette aberration architecturale. Je la pris d'abord pour une illusion visuelle, tant la bruine voilait l'atmosphère, mais elle approchait sans se dissoudre, se dessinait de plus en plus fermement, c'était un homme, en uniforme d'employé de gare, avec casquette et poncho sur sa veste, sous son capuchon il y avait un visage. Il m'aborda franchement, s'enquérant des raisons de ma présence, et comme il avait une allure bien réelle de cinquantenaire flegmatique au regard bleu de fleur, j'engageai la conversation, lui racontant notre périple et notre arrivée la veille au soir, et les raisons pour lesquelles j'étais revenue ce matin. Il m'apprit qu'il était en effet, si surprenant que cela parût, chef de gare des Chemins de fer français affecté à la surveillance de la station, son gardien en quelque sorte, et qu'il faisait, comme chaque matin, son tour d'inspection réglementaire avant de retourner à Urdos, où il vivait. Il disposait bien, m'expliqua-t-il, d'un appartement de fonction sur place, dans l'aile la mieux conservée, mais je devais bien comprendre pourquoi il ne l'habitait pas, même si son prédécesseur y avait élu domicile en été avec sa famille, le décor avait de quoi rendre neurasthénique, ce qu'admettait sa hiérarchie en le laissant résider ailleurs. Et comme il était de bonne compagnie, pas pressé de rejoindre sa voiture qu'il laissait à l'autre bout de la gare en arrivant, je lui demandai s'il était possible de monter dans les étages, à quoi, consultant sa montre, il consentit volontiers, puisqu'au moins une fois par semaine il devait faire ce qu'il appelait le grand tour, peut-être tenté, puisque l'occasion s'en présentait, de partager pour une fois son inspection de routine.

Du tour que je fis avec mon guide, j'ai le souvenir halluciné d'enfilades de couloirs dont la perspective grise s'étirait comme dans un cauchemar, nous marchions sans bruit sur des parquets mous dont les tapis brunâtres finissaient de pourrir, livrés aux rats ou aux oiseaux de nuit, de nombreux carreaux manquant aux fenêtres dont les cadres vermoulus tenaient à peine à leur dormant, et ceux qui restaient étaient voilés de toiles d'araignées ployant sous la poudre noire d'un charbon que perlait l'eau, la pluie passant avec les courants d'air. Nous entrâmes dans de grandes chambres vides dont il poussa les portes le plus souvent arrachées de leurs gonds, aux papiers peints tombant en langues verdâtres des murs écaillés par le salpêtre, aux beaux planchers noircis et jonchés d'ordures, de gravats, de papiers moisis, dont les salles de bains avaient encore leur baignoire et leur lavabo en faïence, leur robinetterie ancienne au col de cygne, et dont pendaient en lambeaux les rideaux de velours pourris, et qu'on aurait dites encore habitées par les spectres de leurs locataires en tenue de nuit. Une particulièrement me revient, dont les planches du lambris portaient les traces de son ancien vernis, racorni et roussi, dont la dentelle de miel avait coulé, et qui découvraient, courant sous ses plinthes, la tuyauterie du chauffage en cuivre poudrée d'un vert turquoise insolite. Je ne peux dire la stupeur, l'effroi dans lequel je découvrais avec lui ces alignements de chambres mortes dont, disait-il, grand nombre n'avaient jamais servi, ce qui restait d'un grand hôtel de luxe sombrant dans le sinistre délabrement, et il me fit aussi visiter les cuisines aux hottes de cuivre noirci, dont les énormes cuisinières en fonte gisaient dans les décombres de plafonds écroulés, le restaurant au décor baroque de staff, une infirmerie où restaient des carcasses de lits, des sommiers métalliques rongés par la rouille, et finalement les bureaux, un labyrinthe de pièces encore meublées de rayonnages effondrés, de tables et de chaises cassées que leurs dossiers de cuir boursouflaient comme de vieilles poupées grotesques aux jambes squelettiques, couchées parmi des caisses administratives éventrées desquelles s'évadaient des monceaux de liasses éparpillées, des papiers souillés, délavés, dévorés par les vers et la moisissure, et pendant tout ce temps-là, comme s'il était le conservateur de ce musée en décrépitude, il me raconta l'histoire de la gare. Comment celle-ci résultait d'un projet séculaire, puisque conçu dès 1880 entre la France et l'Espagne, sans cesse différé et compromis, les Espagnols restant réticents à cette voie transpyrénéenne vers l'Aragon mais, de dossiers en commissions enterrés malgré les préparatifs des deux côtés, il avait fini par voir le jour, et les travaux avaient été confiés en France à la Compagnie du Midi pour la construction des ponts et viaducs, les innombrables ouvrages d'art que supposait une ligne montant à mille deux cents mètres d'altitude, ce chantier colossal mobilisant des milliers d'hommes, jusqu'à la prouesse du tunnel percé avec des perforatrices à air comprimé tenues à main d'homme, ils faisaient sauter le rocher à la dynamite, pendant des mois la vallée avait retenti de ces explosions quotidiennes. Mais, la guerre de 1914 ayant retardé les travaux, l'inauguration de la ligne n'avait eu lieu qu'en 1928, en grand apparat avec le président Gaston Doumergue et le roi Alphonse XIII, qui avait voulu que cette gare en territoire espagnol fût une splendeur à la gloire de son pays, sur le modèle de la gare de Prague, la plus grande d'Europe après celle de Leipzig, faisant boiser le plateau jusque-là désert d'une forêt de pins contre les avalanches et urbaniser la vallée vers Jaca, mais jamais, expliquait-il, la gare internationale n'avait vraiment atteint son rendement, le transfert des voyageurs d'un quai à l'autre posant d'infinis problèmes, en raison des écartements différents des voies, et parce que les contrôles douaniers contraignaient à des heures d'attente et d'encombrement, et la ligne était déjà en voie d'abandon en 1936, quand la guerre civile avait entraîné sa fermeture. Mon guide était trop jeune pour s'en souvenir lui-même, mais on savait dans toute la vallée quelles horreurs avait entraînées ce goulot de passage pour les républicains que traquaient les nationalistes, la ligne des combats d'Aragon remontant jusque-là, et comment les clandestins, les réfugiés passaient le col pour finir dans les camps d'Argelès ou de Gurs, mais la ligne avait encore servi aux Allemands, jusqu'en 1942 ou 1943, on voyait monter leurs trains bâchés aux gares d'Oloron, d'Accous et aux Forges d'Abel, sans connaître les raisons de leur trafic, toute une garnison s'était installée à Canfranc, de hauts dignitaires qui y avaient mené bonne vie quand les chambres et les cuisines tenaient encore debout. C'était de l'histoire ancienne, disait le gardien en roulant une cigarette dans son papier Job, il passait bien encore quelques trains de marchandise, du transit d'engrais ou de maïs, mais un de ces jours plus un ne monterait ici, ou un dévalerait la pente en roue libre. On est bien obligé de garder la gare tant qu'elle est encore debout, quoique, à une telle altitude, il ne se présente guère de vandales ou d'amateurs de robinets pour désosser ce qui reste, elle a peu de visiteurs hormis quelques braconniers, et de petits jeunes comme vous qui s'arrêtent pour y casser la croûte. Elle en a encore pour des lustres, elle a de beaux jours devant elle, toute neuve qu'elle est.

C'est pourquoi, expliquais-je à Laura, pendant cette nuit d'été où, à force d'errer, nous avions échoué chez elle, rue Caulaincourt, dans le petit appartement du juge qu'elle n'habitait pas, et tandis que les lumières de la ville surchauffée pâlissaient le ciel nocturne, et nos visages aux paupières lourdes de sommeil, où nous avions parlé jusqu'à l'aube, c'est pourquoi disais-je, en regardant les photos dont Bruckner rattachait les uniformes de soldats espagnols à cet épisode de la guerre civile, parce que lui ne pouvait y relever que ce signe à défaut d'autre information, j'ai soudain reconnu la gare invraisemblable que j'avais vue à dix-huit ans, lors de cette randonnée où j'ai failli mourir, du moins je l'ai cru, et appelé à mon secours la mère que je n'ai pas, qui n'est personne. Et de même, tandis que M. Chabert, dans sa cuisine d'ombre verte, évoquait comment Van Lewen et ses frères avaient transporté les caisses de photos au grenier et brûlé avec les ouvriers le reste du débarras, les valises et les papiers du passant, comme ses effets, dans un grand feu de Saint-Jean aux vendanges, je n'avais pu m'empêcher de rapporter la date de leur destruction à cet été de la fin des années 1960 où, par les chemins de montagne, j'arrivais à la gare, mon sac sur le dos, et découvrais sa décomposition mélancolique de ruine, l'abandon qui l'avait peu à peu réduite à son état sauvage depuis l'Occupation, laissant intact le sac ancien de ses chambres et de ses bureaux. Je songeai alors à cet étrange concours de circonstances qui voulait que je sois la seule à entrevoir le lien qui, à des années de distance, pouvait exister entre la caisse de plaques photographiques anciennes de l'ingénieur, le rouleau de négatifs et les papiers brûlés du passant qu'avait logé le père du comptable, dans une maison des vignes du Médoc, et comme le professeur de Genève qui redoutait que son auditoire ne crût pas son invraisemblable histoire, je demandai à Laura si elle me croyait, ou bien si tout cela semblait une chimère. C'est la même chose, disait Laura, les chimères ne le sont tant qu'en raison de notre frayeur à ouvrir les yeux dans l'obscurité. Comme le passant dont vous parlez, nous-mêmes laissons ici et là, partout sur nos traces, des fils perdus, de petits nœuds de toile d'araignée dont aucun archéologue ou archiviste ne viendra, s'il n'a un motif sérieux, interroger le sens ni la fonction, ni inventer l'ordre qui les comprend, nous les oublions nous-mêmes, ils sont comme des points d'intersection clignotant faiblement en réseau dans les ténèbres. Il faut la raison d'un seul, parfois, pour refaire le long chemin qui les relie, guider notre sommeil vers ces zones sombres, ces temps morts où fermente l'imagination, pour révéler à la lumière soudain leur forme invisible, là quelque chose de soi et du monde attend. Nous le savions, enfants, et les mères qui, au bord du chemin, ouvraient les livres cachés sous leur robe, comme dans cette forêt où Enzo Battistini repasse, tel un revenant, chercher sa voix somnambule de grand corps parlant, grâce à elles ensuite nous ouvrons les livres et y perdons notre temps utile, notre temps avide et vain, pour y vivre deux fois, silencieusement, pour inventer les passages qui un à un relient les fils perdus dans l'oubli de nos vies antérieures à ceux des rêves de demain.

C'est seulement en février, alors que j'étais rendue dans la vallée d'Aspe, contre la barrière de bois derrière laquelle se dressait la maison de Cazaubon perdue dans la neige, que la question de M. Chabert se reposa à moi. Mais alors celle-ci était devenue lointaine et périmée, je ne cherchais plus à savoir qui était le passant, et comment il avait laissé, dans un logement désaffecté du Médoc, ces vieilles caisses du début du siècle, et ses deux rouleaux de pellicule, qui avaient rejoint un dossier d'archives, classé par Bruckner le jeune au musée d'Histoire contemporaine de Paris. La maison qui me surplombait était une ferme béarnaise cossue comme on n'en voit plus guère à présent dans cette vallée, ni dans toute la région, envahie par les chalets basques ou suisses et les pavillons du standard industriel, elle avait sans doute été restaurée par son riche propriétaire et agrandie, au début du XXe siècle, d'une aile en même galet gris, avec un toit d'ardoises identique à celui qui coiffait le corps ancien, flanquée d'un pigeonnier et d'un escalier tournant. La couche épaisse de neige colmatait ses formes lourdes, aux fenêtres en capucin pendaient des mèches de glace qui lui donnaient un air de fête hivernale, pourtant je n'avais pas besoin de quitter le chemin pour savoir qu'elle était vide, inhabitée depuis de longues années. Au téléphone, le secrétaire de la mairie de Cazaubon s'étonnant que quelqu'un cherchât à joindre un M. Guillermet René de longtemps décédé, dont la tombe au cimetière n'était plus entretenue, sinon par le cantonnier affecté à la voirie qui, une fois l'an, nettoyait les vieilles pierres et vidait les caveaux, m'avait malgré tout affablement informée de la vente de la maison de famille et de son emplacement, peu pratique, loin de l'épicerie et de la piscine. A Oloron, la responsable de l'agence immobilière m'avait expliqué que la propriété, qui comprenait maison de maître et terres, mais celles-ci pouvaient être dissociées, était en vente en effet, sur une décision de tutelle juridique d'un conseil général, qui cherchait à réaliser le bien pour couvrir les frais d'internement de son propriétaire indigent, pris en charge par ses services sociaux, et j'avais obtenu un rendez-vous avec elle, au prétexte de me porter acquéreur d'une maison de vacances dans la région. Si elle aussi s'était étonnée de ma recherche en une saison bien peu propice aux visites et aux transactions, elle avait malgré tout accepté, s'évitant le déplacement, de me confier les clefs pour que j'évalue les travaux, disait-elle, il va de soi que ceux-ci sont pris en compte dans le prix de la vente.

En avançant dans la neige, montant vers la sombre façade, je ne pouvais retenir aucune pensée, dans un état d'absence et d'insensibilité, seulement occupée à soutenir le regard que cette maison semblait jeter vers moi de ses yeux clos, comme on aborde, incrédule, un visage qu'on a cru familier et qui persiste à rester inconnu, dont la résistance devient hostile et presque menaçante dans son impassible étrangeté. La réverbération intense de la neige dans l'air vaporeux uniment gris perle et le silence, seulement percé de temps en temps d'un cri de corneille, contribuaient sans doute à créer cette atmosphère inquiétante, mais je n'avais aucune raison de craindre ce que je trouverais, je ne cherchais rien, sinon à donner une réalité à ce que j'avais imaginé, au récit du petit Louis en vacances avec son père, un été de l'entre-deux-guerres, quand il suivait le chemin des fourmis en plein soleil et s'enivrait d'une course en moto, à voir dans quel décor avait vécu le camarade de captivité de son père, et le père de celui-ci, ingénieur civil et photographe à la fin du XIXe siècle, dont le nom était attaché aux grands travaux ferroviaires de la vallée, comme à d'autres ouvrages d'art en

Europe ou en Afrique du Nord. J'eus quelque mal à faire jouer la serrure gelée de la porte principale, et à peine entrée dans l'obscurité d'une vaste salle où seul le jour tombé de la cheminée donnait une clarté blafarde, j'eus un frisson de grand froid. Comme je m'y attendais, je ne trouvai rien dans les grandes pièces vides de cette maison dont j'ouvris quelques volets, les crémones de fer glacé grinçant et emplissant les murs d'un gémissement lugubre, et j'imaginais comment un architecte inventif aménagerait sur sa table à dessin le plan de ces espaces traditionnels en résidence moderne, surtout je pensais à ceux qui avaient pu vivre là, quand le rez-de-chaussée était consacré aux bêtes et l'étage aux hommes se chauffant à leur chaleur, consacrant le grand temps mort des travaux, l'engourdissement de l'hiver, au ressassement des histoires. A peine dans les chambres, à l'étage, repérai-je la trace plus claire qu'avaient laissée, dans le papier peint gaufré d'humidité, des tableaux ou des photographies, des meubles qui avaient séjourné là, aujourd'hui dispersés ou détruits, et je me souvenais de la manière dont, dans le grenier du château, M. Chabert s'était déplacé dans l'espace vide, évitant d'invisibles obstacles à lui seul présents, comme si les spectres des objets d'autrefois se dressaient autour de lui, mais ici je ne sentais rien de cette sorte, sinon la doucereuse tristesse de ces endroits que la vie a désertés, embaumés d'un rêve mortifère. Je fis encore le tour des cabinets de toilette, des antichambres et cagibis, m'imprégnant jusqu'à la nausée de cette solitude, et je revins dans la grande salle commune carrelée de rouge, qui avait dû autrefois résonner du bruit des chaudrons et des vaisselles, s'enfumer des cuissons du pain hebdomadaire à la grosse croûte et des graisses de viandes rôties, quand les volailles plumées au grand vent rissolaient dans la cheminée, ou en été, quand, de la porte grande ouverte, venait l'odeur du jeune foin et des bêtes assoupies, j'imaginais cette période où la maison avait été bourgeoisement aménagée par l'ingénieur, sorti des Ponts et Chaussées et qui courait le monde, où sa belle-fille, la jeune femme enceinte assise au coin de la table, avait dû attendre le retour de guerre du capitaine Guillermet René, qui lui écrivait des cartes postales laconiques et caviardées par la censure des armées. Car avant d'être fait prisonnier en 1916, celui-ci avait eu le temps de lui faire un fils, lors d'une de ces permissions qui ramenaient les hommes hagards à une vie domestique dont ils ne comprenaient pas qu'elle continuât sans eux, des hommes insomniaques aux gestes brutaux, qui repartaient sans dire mot de l'impensable horreur que leur jeunesse contemplait, les yeux pleins d'épouvante. Ainsi leur fils Fernand, prénommé comme son illustre grand-père, était-il né en l'absence de son père captif loin dans le Nord, en Westphalie, et avait-il grandi au milieu des femmes, gâté par celui dont le récit rapportant ses prouesses de constructeur fabuleux et son aura de pionnier photographe avait enchanté, ou exaspéré, son enfance, ce jeune homme faraud, infatué de lui-même, à qui rien n'était refusé, les jouets baroques ni la moto flambante, ni les voitures coûteuses, et qui soudain avait quitté les siens, son foyer comme ses amis de plaisir et de jeux, pour rejoindre, au printemps de 1937, en pleine guerre civile, les anarchistes syndicalistes qui tentaient, de l'autre côté de la montagne, dans les communes d'Aragon, l'expérience révolutionnaire du communisme agraire, rien ne pouvant davantage horrifier sa famille conservatrice et catholique. Il avait fait le passeur, parce qu'il connaissait tous les chemins du col, les forêts et les défilés impossibles, mais on ne savait ce qu'il avait passé toutes ces années de guerre, dans un sens et dans l'autre, au début de fuyards républicains en hordes hébétées pour qui il était la providence, puis de nationalistes sur leurs traces, ou ensuite de juifs traqués qui payaient pour franchir la frontière dans l'autre sens, ou de maquisards, ni ce qu'il avait trafiqué d'armes, ou d'autres choses encore, échappant par magie aux massacres comme aux rafles, non plus pour quel camp il allait et venait si librement sans remettre jamais les pieds à Cazaubon, où l'on attendait de lui des nouvelles qui ne vinrent qu'après la guerre, alors il était recherché et se cachait. J'avais reconstitué cette histoire sans peine, parce qu'il est moins difficile qu'on ne se l'imagine de consulter fonds des grandes écoles, archives locales et régionales, coupures de presse, comptes rendus d'audiences des tribunaux qui sont notre mémoire sociale, pour autant ces informations n'étaient que lignes elliptiques et discontinues que je raccordais d'intuition, celles d'une histoire de famille banale traversant le siècle et se fondant dans l'histoire collective, comme celle des innombrables anonymes qui, disait Laura, laissent pourtant toujours de leurs traces, ici et là, des fils perdus, de petits nœuds de toile d'araignée dont aucun archéologue ou archiviste ne viendra, s'il n'a un motif sérieux, considérer les minuscules points d'interrogation qu'ils forment en clignotant, et même à consulter leur album de photos ils ne font pas signe. Rien de ce qu'ils furent ne s'inscrit dans les visages avenants, les sourires convenus, l'image des enfants joueurs au fond d'un pré à qui le soleil fait froncer le nez, le couple de vieillards amènes posant devant le puits, et le cercle de famille satisfait, réuni autour d'une table dehors dont le vent soulève la nappe, toujours ils rient, ils portent un toast à la fiancée pâlotte, au soldat en permission, au jeune homme avantageux qui enfourche sa moto neuve, nulle photo ne dit le secret des convulsions, les désirs lumineux ou honteux, les haines et les révoltes sauvages, les folies de ravage qui font une histoire privée, emportent loin de chez lui, dans une aventure révolutionnaire qui le dépasse, un enfant adulé que sa liberté écœure au point de la défigurer dans l'atroce permissivité d'un temps qui, comme le disait sobrement Bruckner, a poussé la folie humaine à ses limites. En tirant la porte et en tournant la clef de la maison de Cazaubon, je n'avais rien appris de plus que ce que je savais en y venant, mais le grand frisson, qui ne m'avait pas quittée depuis que j'avais remonté son chemin, était devenu un long tremblement intérieur, comme si le gel de l'hiver avait pénétré ma chair et mes os, et tandis que je descendais en trébuchant dans la neige, que s'éloignait derrière moi la haute bâtisse noire des Guillermet dressée sur le ciel opaque de blancheur, il me semblait que j'emportais dans ma solitude ce froid du cadavre qui glace le cœur et l'âme.

Il arriva ceci d'imprévu, c'est qu'au moment où je rejoignais ma voiture garée plus bas, passait sur la route une femme d'âge chaussée de bottes fourrées et empaquetée de pèlerines portant péniblement sur son dos une lourde charge de bois, dans une de ces postures illustrant le petit conte dans lequel un pauvre bûcheron tout couvert de ramée réclamant la mort, qui vient illico à son appel, choisit de souffrir plutôt que de mourir car, selon le fabuliste, c'est la devise des hommes, et je ne sais si ma compassion alla à elle parce que je grelottais moi aussi de froid, ou si j'avais besoin, sortant de cette maison sinistre de retrouver la chaleur d'un contact humain, mais je lui proposai spontanément de la conduire là où elle allait. Elle n'allait pas bien loin, m'expliqua-t-elle, à cette maison en contrebas dont on voyait fumer la cheminée en un filet gris sur tout ce blanc, et elle accepta sans façon de mettre son bois dans mon coffre et de s'installer à côté de moi. Les quelque cinq cents mètres n'étaient pas grand-chose, mais enfin ça n'était pas de refus de se faire transporter. Comme elle me voyait transie, elle me proposa de prendre quelque chose avant de repartir, à la bonne franquette et en remerciement du service. Sans hésiter plus qu'elle ne l'avait fait sur la route j'acceptai, et je me retrouvai dans une de ces maisons modernes plantées un peu partout dans la vallée, dont la lumière électrique me fit cligner des yeux, mais dont la promesse de chaleur fit tomber mes dernières résistances. A son invitation, je pénétrai dans un grand salon salle à manger où de beaux meubles béarnais s'accumulaient à l'étroit, faisant une place royale au poste de télévision haut de gamme, branché à toutes sortes d'appareils, magnétoscope et transcodeur. La jeune femme qui nous accueillit en riant était enceinte et proche du terme, à considérer son énorme ventre ceint d'une écharpe de mohair rouge nouée sur les reins, comme s'il avait fallu pour son enfant renchérir sur le chauffage central et sur celui d'une cheminée de fausses briques où une flambée crépitait vaillamment. Tout en nous accueillant, elle m'expliqua que sa mère avait obéi à son caprice, en cette fin de journée son mari tardant à rentrer d'Oloron où il travaillait, et le tas de bois s'épuisant, celle-ci avait pris sur elle de monter jusqu'à son ancienne ferme où était leur réserve, chercher de quoi entretenir le feu jusqu'au soir pour lui donner ce plaisir. A ce sacrifice de la mère, partant à pied dans la neige pour son gros charroi de bois, comme dans les anciens temps les paysans entraînés sans gémir aux tâches pénibles, elle consentait joyeusement, défaisant avec un babil d'enfant ses couches de châles et, son gros ventre calé entre ses cuisses, à genoux à ses pieds comme une servante, elle tirait ses bottes collées de neige, lui enfilant ses feutres, puis l'entourant de ses bras et la câlinant pour la réchauffer, frottant son nez au sien, gelé, et la femme, ravie de ces étreintes, se laissait par sa fille entourer sans vergogne de ces tendres soins, fermant les yeux d'un rire intérieur qui plissait toute sa face. Après quoi, tandis que sa mère fuyait vers une cuisine, proclamant qu'elle préparait un chocolat, j'aidai la jeune femme du nom de Misou à ranger les bûches près de l'âtre, et réchauffai mes mains glacées aux flammes. Elles s'étonnèrent un peu du prétexte que je donnai de ma visite à la maison Guillermet, mais après m'avoir indiqué sans détour que cette ruine ne valait pas pipette, qu'il fallait refaire entièrement le toit et le crépi des murs et installer les commodités, que de plus la pente du terrain n'était pas favorable au creusement d'une piscine, ni même à un jardin d'agrément, elles laissèrent tomber le sujet pour revenir à celui qui les occupait, la construction d'une aile supplémentaire à leur maison, pour laquelle un architecte avait déjà tracé les plans pharaoniques, un futur logement du jeune couple, qui ne pouvait rester indéfiniment sous le toit maternel. J'écoutai avec un feint intérêt ces projets, fondant dans la chaleur, et je crois que je n'ai jamais goûté de chocolat plus savoureux, épais, crémeux et d'une si délectable robustesse de parfum, en l'évoquant il me semble que mon palais en garde encore la subtilité amoureuse.

Mais c'est quelques jours plus tard, rentrée à Paris et comme je grelottais sous ma couette, cette fois de fièvre, d'une bronchite sévère qui s'était déclarée sitôt mon retour, conséquence directe de mon expédition dans la neige et du froid de tombeau de cette maison, que me revint la scène où j'avais vu, pendant l'heure que je passai chez Misou et sa mère, le doux entretien des deux femmes installées près du feu. Le délire léger où je flottais, assommée par les opiacés, ralentissait leurs gestes et leurs paroles inaudibles, je les voyais seulement en clair-obscur, dans le contre-jour des flammes que les bûches avaient ravivées et dont la clarté rouge nimbait leurs deux silhouettes penchées, elles comme de grandes ombres fantastiques et lentes, dont ma fièvre exagérait l'échelle, se tenant les mains et échangeant entre elles ce regard mutuel qu'on voit aux tableaux de la peinture renaissante, les yeux de l'Enfant plongés dans ceux de Marie, le même qui se noue dans l'allaitement, quand ceux du nourrisson buvant son sein boivent ceux de sa nourrice et la dévorent tout entière, elle et son ravissement charnel d'être épuisée par lui, de ce même regard privatif qui prélude à tout corps à corps et enferme les amants à l'exclusion du monde, regard de grand danger qui est aussi celui du combat à mort, qu'échangent les fauves, et sans doute Œdipe avec la Sphinge, ou qu'exige Gorgone. Abîmées dans leur fascination mutuelle, elles semblaient et souffrir et jouir d'un extrême bonheur, d'une souveraine science de la clôture d'amour où elles s'enfermaient, absentes au monde avec l'insolence tranquille des initiées. Et peut-être absentes aussi à elles-mêmes, se redisant ce legs intime des femmes qui n'a pas besoin des mots pour se transmettre, ce mandat des générations enfoui au fond de leur chair, et toujours on croit qu'on invente avec l'enfant le secret d'une adoption nouvelle quand il ne fait que se dispenser hors du temps et renaît de sa très vieille jeunesse, occupant tout son temps de gestation lente, chaque fille de sa mère vieillie en apprend l'histoire, ainsi Anne accueille-t-elle Marie dans ses genoux et silencieusement la berce de son sourire de connaissance, et ce spectacle qu'il m'était donné de voir échappait à la maison neuve de Cazaubon, à sa trivialité moderne, pour s'auréoler d'une lumière exquise, celle des bûches que la mère était allée chercher dans le froid de l'hiver uniquement pour complaire à son enfant, dans la déraison de son don adorable, parce que les mères sous le fardeau ploient de bonheur, comme le disait sa nourrice à Juliette : je suis ta bête de somme et je peine pour ton plaisir, et cette souffrance que j'endure me donne des nouvelles de moi, elle m'enseigne quel corps à corps était l'enfantement de toi, ce que sera le tien maintenant que l'enfant vient, aussi ce ventre gros que Misou portait vers sa mère vieillie, en lui donnant et ses mains et ses yeux en offrande, était-il sa dette de gratitude, le cadeau d'incomparable beauté, l'océanique bercement de son amour. Pourtant, quand la fébrilité me laissait un répit, je raisonnais mon délire en rétablissant dans sa réalité commune la scène dont l'aspect ravissant et terrible ne m'avait saisie qu'en raison de l'épreuve pénible qui l'avait précédée, de la fatigue et de l'immense solitude qui m'avaient accablée sur la route, et je concevais fort bien que ces deux-là, au quotidien, n'étaient pas le couple idyllique que mon délire ressassait. Mais la scène épuisante recommençait sans fin, m'envahissant d'une détresse si grande que pelotonnée d'impuissance je gémissais, mes yeux fermentant de larmes brûlantes, dues autant à la fièvre qu'à la peur montante de cette image qui forçait d'autres rêves déferlants, alors ma mère, pour la première fois, se présentait à moi, non celle qu'en majesté montre la Madone de Monterchi, mais la femme que je ne connaissais pas, qui dans la réalité avait porté mon poids dans son ventre et l'avait poussé hors d'elle d'un ahanement de force, par cette fente qu'exaspère l'accouchement, sa vulve béante écartelée par de barbares tiraillements, et c'est de ce gouffre primitif, de cette origine du monde que s'enfante la jeune humanité, là qu'un chacun passe dans l'étranglement puissant et la première asphyxie, et c'est l'incision sublime de sa robe qu'écarte du doigt la Vierge au regard pathétique. Et je ne pouvais être ce crime qui lui était échu, qu'elle commettait en toute solitude, je ne pouvais être son crime sans entendre au fond de moi cet appel mugissant d'océan maman, maman, par lequel je devais l'absoudre de n'avoir pas donné à ma nudité de nouveau-né l'étreinte unique qui suffit à une vie, pour qu'à ce trou bestial dont nous naissons vienne la consolation d'un amour, d'une bénédiction. Pantelante d'effroi, je compris enfin le motif sérieux que j'avais de poursuivre contre toute raison cette enquête insensée, et dans les jours qui suivirent, dans cette faiblesse bienheureuse où vous met la convalescence, je repensai à ce qui depuis, plus d'un an, m'avait fait en tous sens traverser l'espace du nord au sud, tirant d'un point à l'autre les fils d'une toile d'araignée dont j'ignorais la règle et la fonction, passionnément attachée à oublier à chaque point d'intersection un peu de moi-même, sans savoir comment j'allais des robes noires des vieilles de Hollande à celle bleue de la Madone, d'un grenier du Médoc à une tuilerie abandonnée au bras d'un vieil homme, et sur les chemins d'une forêt nocturne où le vent brassait les grands pins, comme dans les rues insomniaques où une librairie m'avait arrêtée sans que je sache si elle existait, d'un monument aux morts au bord d'une route au réduit du musée, ou à la terrasse du café de la Mairie, et peut-être aussi au bureau de Margotte dont disparaissaient soudain les pots de cactus nains, comment de tous les endroits où j'étais passée et des gens que j'avais rencontrés, j'avais tissé pour moi-même la toile impondérable, fragile et instable de ma propre histoire, car rien ne tenait vraiment ensemble et pourtant ourdissait ce que je voulais, me souvenir, me souvenir, savoir un peu de quoi était fait mon tourment de vivre.

Et tout cela avait pour centre noir, comme une étoile hideuse, cette dernière photo de la séquence dont le foyer optique coïncidait si parfaitement avec la barbare mise en scène d'un sexe de femme assassinée, qu'un jeune homme fou de lui-même et des ignominies de la guerre avait posément cadré, le chorégraphe monstrueux de la danse macabre commandant aux soldats et leur dictant son tempo de l'appareil tenu à bout de bras, tel le tyran qui n'obéit qu'à lui-même et accomplit tous les crimes. Sur la scène sauvage de son rêve, les sentinelles de la raison s'étant endormies, sans la honte ni la pudeur qui régissent la loi humaine ou divine, il pouvait, avec une liberté absolue, s'adonner à sa démence. Que celle-ci ait eu pour visée ultime le supplice d'un ventre de femme ne me paraissait pas inhumain, ni impensable, ne pas le penser était abdiquer, consentir à l'épouvante. Mais comme il y a des pensées sans langage, il y a des images qui ne disent rien, elles ne parlent pas, n'enseignent pas. Le photographe n'avait jamais tiré ses photos, n'avait jamais extrait de leur nuit les images qu'il lui suffisait d'avoir prises, dont il avait, à quel moment, dans quel geste furtif ou délibéré, déposé les rouleaux dans une des caisses du chargement précieux qu'il emportait avec lui pour le cacher, dont il espérait peut-être monnayer le prix, les photos de son illustre grand-père comme ces liasses de papiers, autant de témoins ou de preuves qui pouvaient le perdre ou le sauver, et dont le feu avait détruit la trace, bien plus tard, le vent emporté leurs cendres dans les vignes. Les négatifs avaient gardé leur silence et, révélées après tant d'années, par les soins d'un jeune historien péremptoire mais à courte vue, leurs images se taisaient encore, sans rien apprendre du mal qu'elles gardaient. En quelque sorte, disais-je à Laura, ces images ne m'apprenaient rien, elles m'étaient une expérience à l'état pur. Une présence à moi-même qui ne devait rien au langage, ne passait pas par lui et ne lui revenait pas. Il ne me revenait pas de dire ce que ces photos avaient réveillé en moi, comment ce que j'y avais entrevu de moi outrepassait leur image. Je savais seulement qu'elles m'avaient mise sur une route où je tenais déjà Laura dans mes bras, où, l'étreignant, je m'étais déjà moi-même recueillie, tombant dans les ténèbres. C'est pourquoi, lorsqu'à l'occasion d'un séjour chez des amis en Provence, au printemps suivant, je fis un détour par l'hospice où finissait sa vie un Fernand Guillermet presque nonagénaire que les services sociaux avaient recueilli dans son indigence, je ne m'attendais à rien d'autre que voir, dans le jardin où fleurissaient déjà les lauriers roses et les cerisiers, ce très vieil homme décharné qu'une attelle tenait à son fauteuil d'invalide, chauffant au soleil faible sa longue carcasse cassée en compagnie d'autres grands vieillards, alignés comme lui contre le mur de façade de l'institution, où les branches encore nues du platane projetaient un réseau d'ombres torturées. Je l'ai vu, disais-je à Laura, c'est-à-dire j'ai constaté qu'un vieil homme qui portait ce nom était bien le pensionnaire assisté de l'hospice de Saint-Rémy-de-Provence, qu'il était propre et rasé du matin, qu'il portait toujours au front sa tache de café aujourd'hui noire et desquamée, mais sa face à la mâchoire décrochée par la sénilité, ses yeux larmoyants sans paupières s'apparentaient à la figure universelle du délabrement séculaire d'un corps humain, et rien ne laissait penser qu'il avait pu être un échantillon de cette humanité qui ne s'est pas rencontrée ni connue, qui est peut-être restée au cœur des ténèbres dont parle Conrad, pour qui l'histoire n'a pas commencé et qui erre en liberté dans notre imaginaire comme une bête d'épouvante, dont la dérisoire réalité ne résout rien, n'annonce rien, reste sans guérison ni rédemption, et qui pousse ce cri inarticulé, inaudible, du crime immémorial. Je me suis éloignée sans me retourner, sans un regard rétrospectif pour le mur des invalides ensoleillés, et je roulais déjà parmi les oliviers et les vignes, sous un ciel bleu de vitrail primitif, dans l'éblouissement du jour.

C'est en août de cette année-là, au matin de la longue nuit blanche passée avec Laura, que je partis en Amérique du Nord. Après plusieurs semaines de travail épuisant, je ne retournai en France qu'avec retard, ayant prolongé mon déplacement d'un séjour au Canada, où des amis québécois, inquiets de ma fatigue, m'avaient convaincue de faire avec eux un grand tour en Gaspésie au début de l'automne. C'est la plus belle saison pour visiter cette région de forêts, la plus orientale du continent, dont la côte déchiquetée n'offre de loin en loin que de petits villages de pêcheurs relégués loin des centres modernes, le pays survivant faiblement du tourisme de chasse ou de pêche, et des randonnées d'été vers ses lacs sauvages de l'intérieur. Nous avions séjourné quelques jours au bord de l'océan, dans l'ancienne résidence d'un maître morutier transformée en institut de thalassothérapie, grande demeure surplombant les toits d'une des dernières pêcheries du XVIIe siècle, un des rares vestiges que nous rencontrâmes, car l'habitat rural, laissant à la ruine les fermes et hangars d'autrefois, adopte aujourd'hui le standard américain, de même qu'à défaut des originaux le musée de Gaspé exposait les mauvais fac-similés de documents et objets illustrant la vie des pionniers, et je constatai là combien conférer à un outil agraire, une paire de bottines, à un hangar ou à des plaques photographiques, une valeur patrimoniale, leur accorder avec exigence un intérêt scientifique, peut encore sembler une vue luxueuse de l'esprit. Ainsi l'unique réserve locale d'Indiens iroquois, de la tribu des Micmacs, vendait aux touristes que nous étions des imitations en plastique des côtes taillées d'ours ou de caribou, ou de petites poupées indiennes *made in Hong Kong* et, endossant leurs habits traditionnels en peau et plumes, leurs descendants faisaient visiter un bout de forêt où était reconstituée la vie des natifs, leurs huttes en écorce de bouleaux et leurs pièges ingénieux, leurs réserves de gomme d'érable enterrées l'hiver, commentant avec un enthousiasme rousseauiste les mœurs et usages de ces intrépides chasseurs vivant en symbiose avec le milieu au gré des saisons, à qui leur animisme inspirait un respect religieux de la nature, au point, disaient-ils, qu'ils ne laissaient jamais fuir un animal blessé, le poursuivant sans fin pour lui donner la bonne mort et lui épargner les affres d'une longue agonie solitaire. J'appris à l'aéroport, attendant mon avion en lisant un ouvrage d'ethnologie trouvé à Montréal, que le raffinement de ces rudes communautés sylvestres atteignait des prodiges de cruauté, un de leurs moindres supplices consistant par exemple à livrer des mois durant leurs prisonniers au grignotage quotidien des femmes et des enfants, leur victime n'étant estimée et crainte qu'à proportion de sa résistance stoïque aux tortures car celle-ci lui garantissait de revenir ensuite, par son fantôme, tourmenter ses tourmenteurs, et si cette sauvagerie corrigeait la version quelque peu idyllique, elle me semblait surtout illustrer d'une manière relative, mais fort instructive, celle de nos sociétés policées qui en ont rentabilisé le principe et continuent d'en sophistiquer l'usage. Si je rentrai à Paris les yeux pleins de ces paysages d'océan brutal et de forêts que l'automne allumait, malgré la compagnie charmante de mes amis, je gardais de mon voyage le sentiment un peu vain du tourisme rapide, l'insatisfaction d'avoir traversé des réalités que sa brièveté ne me laissait qu'entrevoir, comme derrière la vitre de la voiture on voit du coin de l'œil défiler le film en accéléré de lieux et de places où vivent des hommes, leur histoire et leur mémoire fabuleuses. En dépit de leur intérêt marginal en regard des menées du monde, je retrouvai avec soulagement mes activités professionnelles et me replongeai dans mon travail, assidue et opiniâtre, pour lui rendre, d'un élan volontariste, toute son actualité, la quête personnelle qui m'avait occupée ces dernières années ayant aggravé sans doute le sentiment chronique de n'avoir dans la réalité qu'une place menacée, ou même à certains moments d'être une personne irréelle, détachée du temps, ou traversant sans cesse des strates de temps vertigineusement compressées par le présent permanent, comme si, les années passant, je ne vieillissais que de manière illusoire et restais prisonnière d'un réduit d'espace et de temps où se précipitait toute mon existence, et je repensais souvent aux fantômes des Indiens micmacs, à ces créatures suppliciées qui hantaient de leurs obsédants tourments les vivants, comme si leur mort ne les avait pas séparés d'eux et qu'entre ces deux mondes on pouvait passer d'un même mouvement, vivants et morts partageant la même zone atmosphérique du temps.

Cependant, parce que mon voyage avait comporté un épisode qui la concernait, dès mon retour, j'avais tenté de joindre Laura, en cherchant dans l'annuaire l'institution près de Valenciennes où elle m'avait dit qu'elle travaillait et résidait désormais. Mais la personne que j'obtins au secrétariat me signala sèchement qu'après avoir occupé ce poste durablement et donné entière satisfaction, dès septembre, elle avait brusquement démissionné, sans se justifier ni observer de préavis, et quitté la petite ville. Je repensai au triste appartement de la rue Caulaincourt où elle m'avait dit qu'elle descendait de temps en temps, mais je différai l'occasion de m'y rendre, indécise quant à mon rapport, et lorsque je m'y décidai enfin, par ce jour pluvieux de novembre qui assombrissait l'escalier vétuste, privé de sa minuterie, inquiète quoique sans grand espoir qu'une providence lui ferait m'ouvrir sa porte et m'accueillir, ayant frappé, en vain, je glissai un mot évasif lui disant ma visite. J'avais pu observer son inclination à l'intermittence d'humeur et aux départs inopinés vers des destinations imprévisibles, obéissant à son besoin d'organiser en permanence les conditions de sa fuite, je pensai qu'elle avait disparu pour un temps indéterminé et qu'à un de ses passages elle trouverait peut-être mon message, mais je doutais qu'il ait une suite, ayant le souvenir du petit matin où nous nous étions quittées sur le trottoir et, une fois dans le taxi, de ce déchirant pressentiment d'une dernière fois qui épuisait et achevait l'histoire de notre rencontre. Plusieurs mois s'écoulèrent jusqu'à ce soir de mars où, sortant d'une inauguration dont les mondanités bruyantes m'avaient donné un début de migraine, et traversant la rue en me faufilant, dans le concert de klaxons, entre les voitures qu'immobilisait un spectaculaire embarras, au moment où j'atteignais le trottoir elle parut, dans un étrange manteau de pluie dégoulinant, tête nue, du mouvement que je montais elle descendait vers moi et nous nous heurtâmes du front, dans une lente collision étoilée, dont il me semble aujourd'hui que le brouhaha urbain, le brouillage de la pluie et le désordre de la foule ne servaient qu'à nous isoler dans son accident ébloui. Elle mit son bras sous le mien et m'entraîna parmi les passants, qui n'étaient plus qu'ombres fuyantes tremblant dans les rayons de pluie et nous fîmes ainsi quelque cinq cents mètres sans parler, sans nous regarder, dans le bonheur fourmillant que nos mains jointes communiquaient, et débouchant sur la place de la Bastille, magnifiquement embouteillée tel un manège forain, étincelant des reflets sur les toits de voitures tournant autour de la colonne illuminée, nous nous réfugiâmes au Café français. Notre rencontre n'avait rien du hasard, m'expliqua-t-elle aussitôt, puisqu'elle avait guetté ma sortie de l'inauguration sous la pluie, toute l'heure que j'y étais restée, m'ayant suivie depuis que j'avais quitté les bureaux de la rue de Richelieu où elle était venue m'attendre, mais, me voyant en compagnie de personnes avec qui je partais vers où elle ne savait, elle nous avait emboîté le pas dans la rue et dans le métro, se laissant conduire jusqu'à cet endroit, dont elle espérait qu'il n'avait qu'une entrée, et que j'en ressortirais seule. Sinon, disait Laura, elle serait revenue le lendemain, et le lendemain encore, m'attendre rue de Richelieu, et comme je lui demandais pourquoi elle ne s'y était pas présentée pour m'y réclamer, ou n'était pas entrée avec moi dans l'exposition pour m'aborder, elle me rétorqua que la rue était l'endroit où nous nous étions quittées et où nous devions nous retrouver. Mais de cette filature, ajoutait-elle, je ne devais pas prendre ombrage, elle ne me suivait pas pour surprendre de moi quoi que ce soit, parce que *nous nous connaissions déjà*, suffisamment pour n'apprendre plus rien l'une de l'autre qui dérangeât nos vies, au contraire de longtemps nous étions restées ensemble si loin que nous étions, et la femme qu'elle suivait dans la rue lui était comme l'ombre d'elle-même, son double invisible issu d'une région intérieure, dont elle ne pouvait troubler la présence sans se mettre elle-même en péril. Peu après mon départ aux Etats-Unis, enchaîna-t-elle, poursuivant notre ancienne conversation rue Caulaincourt là où nous l'avions interrompue, elle avait trouvé dans la presse le compte rendu d'un fait divers dont l'actualité semblait mettre en suspension les points de fuite de mon enquête, qui intéressait ce que je lui avais raconté de la gare des Pyrénées, et du photographe dont j'avais suivi la trace. Cet article relatait que quelqu'un ayant ramassé, éparpillés sur les rails de la gare abandonnée, un certain nombre de papiers très abîmés, ceux-ci s'étaient avérés des pièces de comptabilité recensant minutieusement des convois de marchandises ayant transité par Canfranc pendant la dernière guerre. A l'examen, elles semblaient concerner, outre du vin et de la résine, un énorme trafic de lingots d'or et de montres, d'origine inconnue, acheminés de Suisse à travers la France par Bellegarde jusqu'à la frontière, et dont le transbordement avait mobilisé des gens du pays qui, sous haute garde, chargeaient des camions bâchés immatriculés à Bâle, à destination de l'Espagne et du Portugal, confirmant l'hypothèse d'une filière nazie vers l'Argentine mise en place dès avant la fin de la guerre, en 1942-1943, alors que l'armée allemande commençait à refluer du front de l'Est. Elle avait pensé, en lisant cet article, à ces liasses de papiers moisis que je lui avais dit avoir vus, à la fin des années 1960, répandus dans les chambres mortes et les bureaux dévastés de la gare, et qu'alors j'avais marché avec mon guide sur un tapis d'archives qui éclairaient peut-être aujourd'hui la nature de celles qu'avaient brûlées, un soir de vendanges, dans la cour du château du Médoc, Benedict Van Lewen et ses frères, quand ils avaient vidé le logement du grand jeune homme en fuite, celui qui avait passé dans cette gare tant de fois pendant ces années noires et où il avait fait des photos remarquables. Cet épilogue du journal, ajoutait-elle, n'était que provisoire, il mettait les points de suspension dont elle parlait, cette manière qu'a la réalité de toujours se poursuivre, seule la réalité s'entête à tenir compte du temps passé et à le dater dans ses carnets, il n'y a que les romans ou les fables qui durent et recommencent leur inlassable et perpétuel achèvement, les personnages s'avancent, ils viennent de leur horizon et montent vers nous, ils passent en nous et vont dire leur mot de la fin, fermer les guillemets et recommencent, inlassables, les grands corps parlants réveillent de leur voix somnambule le monde où ils dorment.

Dans la réalité, disait Laura, le père traverse la France et vient passer une dernière nuit blanche sur le canapé d'une maison au bord de l'océan, et, sur la route toute droite qui le mène à son symposium espagnol, il meurt. Une dernière fois il porte des chocolats, une dernière fois vous tient dans ses bras et vous sentez son odeur de père, vous le laissez passer le seuil où dort la réalité, et l'on ne peut penser à cet instant sans qu'il nous condamne. Aussi, m'avait dit Laura, quand, à son enterrement, s'était présenté à elle, parmi des gens inconnus surgis d'un peu partout, dont certains venaient de Metz et d'autres d'Allemagne ou de Belgique, parmi ceux d'une famille qu'elle n'avait jamais vue de sa vie, l'oncle dont parlait parfois son père, le seul avec qui il semblât qu'il ait entretenu une correspondance, elle s'était demandé comment il se faisait que si longtemps elle ne s'était pas avisée de la bizarrerie de vivre sans nouvelle d'une famille dont l'existence, pour être tue, n'empêchait pas qu'elle existât quelque part, pour laquelle, sans cause accidentelle connue, d'infortune ou de guerre, la dispersion semblait la règle organique, la pente fatale, cette suite d'éloignements, de disparitions constituant, par consentement tacite de ses membres à l'inéluctable dissolution de leurs liens, une anomalie extrême, peut-être chacun secrètement instruit des raisons du déficit originel qui les sépare. Elle la première, solidaire du silence de son père par un obscur acquiescement à son choix, alors qu'elle croyait, après avoir passé son enfance studieuse à lui *faire plaisir* en se conformant à ses vues, les avoir contrariées ensuite par ses incartades et son refus d'une carrière toute tracée, au fond n'avait fait qu'accomplir son vœu, du moins ce qu'elle imaginait l'être en ne posant jamais la question, la question, et s'il avait roulé d'une traite vers elle, en cet avril de l'autre année, pour la rejoindre dans cet endroit où elle vivait, c'est qu'il croyait que, à sa façon, elle lui posait enfin la question, la question qu'il attendait. Cet oncle, le frère de sa mère, l'avait accompagnée à l'église du village des Landes où était le caveau familial, où en attente d'autres dispositions son corps reposerait, et jusqu'au cimetière celui-ci s'était tenu à son côté, tandis que, désemparée au milieu de tant de visages inconnus, elle chancelait d'indécision et de détresse, incapable de s'occuper d'une quelconque manière de mener le deuil ni de prendre les décisions nécessaires, sous le soleil vibrant ils avaient suivi ensemble le corbillard motorisé qui avançait au pas, et à son bras elle avait assisté, dans une totale anesthésie, à la descente au tombeau. De tout ce temps, depuis la veille qu'elle était arrivée, il n'avait dit que des paroles utiles et brèves, respectant son choix de loger à l'hôtel plutôt que chez lui, mais au moment où se dispersait l'assistance, sans s'être concertés, ils avaient continué à marcher ensemble sur la route, s'éloignant des dernières maisons vers la forêt de pins que les buissons de genêts en fleur éclaboussaient de soufre, et maintenant qu'ils étaient seuls le poids du monde s'était allégé, l'air dilaté en vaporeux rayonnements, maintenant que c'était fini, disait-il, maintenant qu'il se reposait de sa grande fatigue droite, de sa rigueur exténuante, son père était déchargé du fardeau qu'il s'était imposé. Son oncle lui avait alors parlé de lui en des termes qu'elle n'aurait su reproduire, tant ils étaient bienveillants et doux à son oreille, ne rencontrant rien de connu dans ses souvenirs, en rien l'homme qu'ils évoquaient ne ressemblait à celui qui avait été son père. Il lui avait appris comment il l'avait connu, tout jeune homme venu de l'Est, à l'Ecole de la magistrature où lui-même étudiait, et comment ils s'étaient liés d'une camaraderie d'abord nouée par leur goût commun de l'aviation, ensemble ils allaient à l'aérodrome de Mérignac pour les meetings sportifs et partageaient le même culte juvénile pour les exploits des pilotes, amitié ensuite affermie par leur fréquentation, les longues discussions qui les tenaient dans un café de la place Pey-Berland et il lui avait décrit un jeune homme brillant, dont l'humour et la fantaisie déridaient leurs camarades, souvent guindés dans leur conformisme moral et leurs certitudes intellectuelles, lui, catholique et d'éducation populaire, ayant une franchise de pensée qui lui avait fait, contre toute sa promotion, défendre dans une plaidoirie mémorable l'arrivée au pouvoir des socialistes, et lorsqu'il lui avait présenté sa jeune sœur, étudiante angliciste, et qu'ils s'étaient épris, ils avaient connu un de ces moments de bonheur que la vie dispense, ce rêve fraternel de jeunes hommes que tout rapprochait, jusqu'aux liens familiaux. Pourtant malgré la gaieté printanière où ils marchaient, la lumière filtrée qui traversait la colonnade des pins de ses rayons de cathédrale, cette évocation heureuse de leur jeunesse semblait traîner après elle une ombre menaçante dont Laura attendait qu'elle les recouvre, et c'était en des mots pleins de tact, d'une grande bonté, qu'il lui avait alors raconté comment cela avait pris fin.

Elle ignorait d'où elle savait ce qu'il avait rapporté avec ses mots à lui, et qui était sans doute la meilleure version qu'il pouvait lui en donner, la version officielle, ou celle que la famille adopte comme telle, dont ensuite personne ne vient contester la vérité d'histoire, selon laquelle, un jour de juillet, comme ils passaient ensemble des vacances à l'océan, dans une maison de la famille, non loin, disait son oncle, de l'endroit où son père était venu la voir dans la villa de Mme Dhal, un jour de grand beau temps que menaçaient de lointains orages d'encre sur la mer, ils s'étaient égaillés sur la plage, les deux hommes marchant sur le haut de la dune vers un blockhaus à demi ensablé où ils savaient trouver quelques couteaux ou moules sauvages, leurs épouses, étant restées sur la plage, s'étaient éloignées elles aussi un peu, longeant les hautes vagues et devisant avec insouciance, tout au plaisir de cette grande solitude des rivages atlantiques, du vent qui gonflait leurs robes d'été et fouettait leurs cheveux, laissant derrière elles à leurs jeux les deux petites filles qui semblaient ne devoir courir aucun danger tant les absorbaient leurs menues activités, Laura avait à peine plus d'un an, et sa sœur quatre ou cinq. Quand s'en retournant, soudain les deux femmes avaient vu au loin, l'une debout immobile et l'autre couchée de son long tout aussi immobile, de si loin leurs petites silhouettes figées s'opposant tel un signal tragique, elles avaient couru à perdre haleine dans le sable qui ralentissait terriblement leur course, et elles les avaient trouvées dans la même posture, l'une tétanisée, le regard glacé, gardant l'autre allongée, la face noyée dans l'eau d'une flaque, de ces mares sans profondeur que laisse la marée, qui reflètent paisiblement le ciel en miroir, et à leurs cris que le vent chassait, qu'ils n'entendirent qu'avec grand retard, ils étaient accourus eux aussi, alors tu étais morte, disait-il. Du moins, ils l'avaient tous cru, dans une épouvante que leur solitude sur la plage et leur éloignement de tout secours décuplaient, et son père seul s'était acharné à un bouche-à-bouche qu'il n'avait jamais appris, secouant son corps inerte, la portant et s'arrêtant, recommençant dans une rage de désespoir, de station en station, sa besogne horrible. Il était resté seul avec son enfant morte tandis que les autres couraient chercher une aide, que chacun croyait inutile, la mère emportant l'aînée hurlante et s'enfermant avec elle dans une chambre, et quand étaient venus en hâte les gens de la maison, les voisins alertés, dont un médecin en vacances, plus de vingt minutes avaient passé. Ils avaient retrouvé, assis dans le sable, jambes écartées comme un pantin stupide, son père berçant à pleins bras le petit corps, baisant ses yeux palpitants, plaquant sur sa poitrine la poitrine hoquetante de son enfant et buvant follement des lèvres à son cou les cognements de son cœur qu'il avait ressuscité. Ils s'en étaient tous retournés en procession dans le sable, lui portant la petite sans laisser quiconque la défaire de ses bras jusqu'à l'hôpital d'Arcachon, où on l'avait gardée en observation. Il n'avait pas quitté son chevet de deux jours, refusant à quiconque d'approcher, même à la mère qui le suppliait et pleurait, et n'était revenu chez lui que quand il avait été assuré que la vie de son enfant était sauve et qu'aucune séquelle n'était envisagée. Mais dès cet instant qu'il était revenu de la plage il n'avait dit un mot à sa femme et ne voulut plus la voir ensuite, ni l'aînée, proprement métamorphosé en homme de marbre, sa peau devenue exsangue et ses cheveux hérissés, barricadé dans un terrifiant silence qui faisait craindre pour sa raison, disait son oncle, et à lui seul, son ami, il avait fini par s'ouvrir, disant qu'à ses yeux le forfait de sa femme était sans pareil, que l'aînée et elle avaient voulu la mort du petit enfant par leur inconséquence criminelle, et qu'il ne supporterait plus jamais qu'elles l'approchent de nouveau. Comme son ami lui remontrait qu'eux-mêmes, s'étant éloignés vers le blockhaus, avaient leur part à ce drame, il entra dans un tel emportement qu'il crut que cet homme pouvait l'assommer, tenant, disait-il, le dossier d'une chaise qu'il brisa par la seule étreinte de ses mains de tueur, et au bout d'un long silence il déclara seulement qu'à elle, devant Dieu, il avait eu la folie de confier la vie une fois pour toutes, et qu'il ne revenait qu'à lui d'en juger la sanction. Appliquant avec une rigueur fanatique sa décision, il prit les mesures du divorce qui lui donnait la garde de l'enfant et obtint dans de rapides délais sa mutation pour un poste le plus lointain possible, restant de nombreuses années sans donner de nouvelles à personne ni en prendre. De sa voix sourde, son oncle avait relaté de son mieux cette scène ancienne, avec les précautions qu'on prend pour les malades, lui-même malade d'en évoquer le souvenir, mais comme une peine qu'il s'infligeait il poursuivait ce récit pour celle qui en avait été le personnage, à cette période de la première enfance où, sans langage, on n'apprend rien du passé ni du présent, encore absent de soi, sans nouvelle de la mort ni de la naissance, sans savoir ni mémoire. Mais, me disait Laura, penchée sur la table du café et son front contre mon front, tandis qu'elle l'écoutait, le laissant dessiner devant elle, de ses mains tremblantes dans l'espace limpide, ce qu'il pensait lui enseigner pour forme de son destin, elle avait alors vu monter, du bain d'obscurité amnésique où il dormait, son souvenir intact, selon lequel, d'une connaissance parfaite, elle avait toujours su comment et pourquoi elle était morte. Parce que imprégnés, et comme façonnés par la nouvelle, les mains qui la prennent, les bras qui l'embrassent, les voix qui lui parlent la lui portent tout au long de son enfance et la fichent à son cerveau le plus ancien. Mais en deçà encore de la mémoire, toute petite elle est sur l'immensité d'une plage, illuminée d'une lumière de fin ou de début du monde seule avec sa sœur, dans la clameur d'un océan barbare. Avec l'aînée, debout au-dessus d'elle, accroupie, elle échange dans la flaque un regard entendu, ce regard mutuel dont s'affrontent les grands fauves, qui prélude au combat mortel des frères ou des sœurs. Au ciel que l'eau inverse, ce regard est celui des Furies antiques ou de Méduse hirsute, en son centre fusent les éclairs de sa pupille intense. Elles sont seules, deux, loin des mères, dans le plus grand danger, qu'annoncent en vain les nuées d'orage montées de l'horizon et la périlleuse lame d'océan en suspens sur leurs têtes. Ma sœur voulait ma mort, disait Laura, de son poing elle a enfoncé ma tête dans l'eau, pour que je ne soutienne plus son regard et lui rende sa naissance de reine, mais tandis qu'elle me tue comme tuent les enfants parce qu'ils désespèrent, au lieu de me soumettre à son vœu je l'absous de ce crime qu'avec elle je veux, j'y consens plus qu'elle ne le commet, je lui vole son amour négatif et de son attentat je m'acquitte, plus souveraine qu'elle j'exauce son rêve et l'accomplis, il est de mon pouvoir et non du sien que je meure, mais je meurs comme on naît sans connaître, la connaissance dont je suis l'inventeur est sans mot ni pensée, le petit enfant conçoit sans parole un ailleurs absolu, il y est de plain-pied. Voilà mon innocence et la sienne, ou notre crime ensemble, d'avoir conçu sur la plage de notre enfance ce lien indéfectible, dont ni la séparation ni l'absence n'ont pu faire que nous soyons des inconnues, je connais mieux ma sœur que quiconque, elle vous ressemble et je l'aime.

La nuit était tout à fait tombée derrière les vitres du café, les comètes rouges des feux filant à présent librement vers les quais. Les passants du soir courbés sous leurs parapluies résistaient à l'averse de subite giboulée, les petits grains de glace fouettant les baies contre lesquelles nous étions assises, gribouillant de leurs traits, au sommet de la colonne illuminée, le génie aux ailes d'or qui semblait pointer, de sa grâce déliée, une destination céleste dans les ténèbres. Nous avions uni nos joues en silence et si des larmes les mouillaient elles étaient sans amertume ni souffrance, je ne sais combien de temps dura cette caresse dont il nous importait peu que son épanchement lacrymal troublât un voisin attablé, ni que nos bouches se joignent, nos fronts et nos mains. Mais, avait poursuivi Laura, après un silence, si ma mère a consenti à ce rapt sauvage, c'est que, d'une prescience noire, elle savait ce qui s'était passé entre ses enfants, dont sa maternité lui enseignait quelle en était l'origine, et peut-être son amour de mon père n'était-il pas tel qu'ensemble ils en dépasseraient l'horreur. Aussi ne trouva-t-elle qu'à se soumettre à son inflexible loi pour sauver sa vie, et celle de ma sœur, je n'ai pas les moyens de démêler ses pensées, si elle en eut de telles, ni d'en juger, on ne sait, quand le malheur fond du ciel, de sa tragique promptitude de rapace, comment ses proies résistent ou fuient, ni si à devenir sa charogne il n'y a pas quelque délectable contentement. Quant à mon père, s'il était cet homme qui ne parlait ni n'embrassait, je crois qu'il m'a embrassée une fois sur cette plage d'Atlantique pour le restant de ses jours, et comme il substitua à ma mère une autre, qui dut l'aimer assez pour endosser ce rôle, il suffit que j'aie eu celle-là. Quant à ma mère, selon mon oncle, elle sombra d'abord dans une sorte de neurasthénie violente, puis ayant épuisé ses pleurs, par ces rétablissements soudains de la jeunesse, elle se remit, tourna le dos à ce jour où s'était défigurée sa vie, quitta cette région maudite pour s'établir aux Etats-Unis avec son aînée, où elle enseigna longtemps à de petits enfants, sans revenir une seule fois dans son pays, seul mon oncle alla les voir de loin en loin sans plus reparler jamais de ce jour funeste. Mais, enchaîna brusquement Laura, décrivez-les-moi maintenant. Puisque vous les avez vues, parlez-moi d'elles.

Son intonation était bizarre, non qu'elle trahît une émotion, au contraire elle avait pris un registre ordinaire, comme si sa prière allait de soi, comme si elle savait de longtemps que j'y consentirais, et peut-être, pensai-je, dès qu'elle venait vers moi dans la forêt et me parlait en toute obscurité, l'avais-je déjà résolu. Mais la nuit d'août que nous avions passée chez elle, quand nos pas errants nous avaient menées à l'appartement du juge, que son confinement et sa poussière, sa désolante relégation, rendaient propice à nos confidences, parce qu'elle n'avait de cesse de prouver, autant à elle qu'à moi, que son récit n'était pas celui d'un petit sabot de bois et s'était risquée à mettre sous mes yeux les lettres de sa sœur comme les papiers du notaire, qui portaient l'adresse de celle-ci à Phoenix en Arizona, j'avais eu la certitude que c'était pour me donner tacite mandat d'accomplir à sa place ce voyage. Eût-elle évoqué ce soir-là le tableau sauvage de la grande plage où une enfant en tuait une autre, elle m'aurait sans doute dissuadée de l'entreprendre, mais elle l'avait tu et, à mon retour, je n'avais rien de plus pressé que de lui rapporter comment, même si ce que j'avais pris pour une instance pressante me taraudait d'angoisse, j'avais fait ce déplacement auquel rien ne m'obligeait, pour lequel le motif sérieux que j'avais de le faire n'avait reçu aucun billet. Finalement, sur un coup de tête, profitant d'une parenthèse de mes occupations, j'avais pris un vol intérieur pour cette ville de l'Ouest dont je ne connaissais que le plan de grand ensemble qui ouvre le film d'Hitchcock, le vaste panoramique de buildings en plein midi qui s'achève dans la chambre d'hôtel où Marion et Sam ont leur rendez-vous d'amour clandestin et où se fomente le drame de l'argent volé et de la mort. J'ignorais toujours, en arrivant à l'aéroport, par quel moyen et quelle justification j'approcherais cette femme, ni même s'il fallait vraiment que je le tente, si même encore elle se trouvait toujours à cette adresse, et si la visiteuse que j'avais pu être, en toutes sortes de lieux qui ne m'attendaient pas, dont j'avais forcé les portes avec la détermination et la persévérance des chasseurs pour qui c'est une question de vie ou de mort, était en mesure d'assumer cette irruption indue chez des gens qui avaient toutes raisons de l'éconduire. A ce moment-là m'était revenue cette pensée qu'un matin, au bord d'une route de campagne, dans un village désert qui semblait avoir été vidé de ses gens à l'instant par le grand vent de la guerre, déchiffrant avec Laura les noms en lettres d'or d'un monument aux morts, j'avais décidé en même temps qu'elle que je devais commencer à me souvenir, parce que l'inscription dans la pierre des tombeaux ou sur les papiers d'archives, les images du passé comme la voix et les visages des disparus, aussi bien de ceux qu'on n'a jamais connus, n'ont de cesse de nous tourmenter que parce qu'ils réclament, dans l'intranquillité de l'absence ou de la mort, d'occuper le présent où nous les faisons vivre, ou bien ce sont eux qui nous font vivre, qui justifient notre existence. J'avais trouvé sans mal cette adresse, disais-je à Laura, elle était dans une de ces périphéries des grandes villes américaines qui se ressemblent toutes, un quartier résidentiel de classe moyenne aux maisons spacieuses identiques entourées de jardins tondus de la veille, sans clôture de propriété, avec chacune son bateau qui conduit au garage, devant lequel stationnent un 4 x 4, et parfois des bicyclettes, agrémentées de piscines dont on entrevoit l'eau bleu turquoise à l'arrière et les meubles de jardin, les jouets répandus dans l'herbe, dont les rideaux de la même élégance cosy doublent les fenêtres fermées sur la climatisation, et rien ne distinguait celle que je repérai à mon passage. J'avais à peine ralenti et le cœur battant interrogé sa façade, la gorge nouée d'une émotion qui brouillait ma vue, mais j'avais dépassé l'adresse sans m'arrêter, à cette heure du jour les rares voitures en stationnement m'indiquant que le mien serait aussitôt insolite dans ce quartier trop paisible et, connaissant la psychose de l'étranger dans ces rues privatives dont les Américains s'évertuent à faire des ghettos sous haute surveillance, je craignais d'être aussitôt remarquée et interrogée sur ma raison d'être là. Si bien que je n'étais revenue que le soir, à la nuit tombée, alors le quartier s'était animé d'une vie domestique et les rues peuplées de voitures, les fenêtres allumées laissaient voir les intérieurs. C'est ainsi que je stationnai tous feux éteints, immobile dans le silence de mon habitacle étouffant, et passai je ne sais combien de temps à observer la façade éteinte de cette maison, et plus le temps passait, quand toutes les autres avaient retrouvé leurs habitants, plus je désespérais qu'il y vécût quiconque, gagnée par l'amère dérision de n'avoir fait tout ce voyage que pour contempler, stupide, l'insipide façade d'une maison que l'Amérique offre à des millions d'exemplaires. Ah Laura, pensais-je, il ne faut pas venir ici en voleuse, en chasseur honteux si mal camouflé, il faut s'annoncer et s'avancer à visage découvert, déclarer son nom et ses raisons, mais, au moment où j'allais renoncer, j'ai pu voir arriver la vieille Buick gris métallisé qui glissait sans bruit et se garait à l'autre bord de la rue, éteignant ses feux. La femme était descendue et, après toutes sortes de manœuvres, avait déplié un fauteuil roulant et extrait de la voiture son occupante, une vieille femme impotente très maigre d'une légèreté de poupée, car elle l'avait soulevée dans ses bras comme une enfant et posée sur le fauteuil, l'entourant de soins attentifs, malgré la chaleur recouvrant ses jambes d'un plaid, l'avait ensuite roulée jusqu'à la maison et elles étaient entrées. Elle n'était ressortie que bien plus tard, pour rentrer la voiture dans le garage, auparavant j'avais pu longuement, tandis que s'allumaient les lampes, comme dans toutes ces maisons transparentes à force de baies, voir comme sur un écran démultiplié le film aux lents épisodes que la nuit entourait de son aura obscure, et dont les couleurs filtrées par les vitres avaient ces teintes passées du cinéma des années 1950, le vert et le rouge fanés dans une lueur d'aquarium, bordés de l'orange et du rose d'un prisme épuisé, ci ou là l'éclat d'une lampe restituant aux températures de lumière une vivacité factice, et j'avais pu voir évoluer la femme dans sa maison, d'une cuisine au séjour, à une chambre, en lents déplacements somnambules qui en étiraient la durée, qui parfois s'interrompaient au milieu d'un mouvement, comme si elle était immobilisée dans un tableau énigmatique par une songerie soudaine, et dans le suspens de la scène on aurait dit que se précipitait le temps, ou qu'il était désorienté par son figement théâtral, alors la femme grandissait, grandissait, de son éloignement elle accédait à l'échelle géante des gros plans qui affectent le visage d'une qualité lunaire. Alors m'apparaissait son étonnante ressemblance avec Laura, comme si s'était fondu au sien, inconnu, celui dont je m'étais pénétrée avec tant de passion, sur un banc au jardin du Luxembourg, pour en faire un *souvenir pour plus tard*, quand nous nous serions quittées une dernière fois. Mais entre-temps la femme avait repris sa danse lente, sans qu'ellipse ou coupure me soient sensibles, d'une même coulée elle se mouvait entre chaque agrandissement indiscernable du réel et du rêve, on eût dit que le centre de gravité de son corps mince basculait en un pas hésitant, tanguait à la poursuite de sa propre silhouette par ombres successives décalées d'un écran à l'autre. Plus tard dans la nuit, j'avais retrouvé les avenues et mon hôtel, plongée sans transition dans l'agitation électrique de la ville, dont la chaleur nocturne faisait vibrer les lignes, et je ne savais si pendant tout ce temps passé dans le confinement de la voiture, dont j'avais oublié et le tableau de bord et le pare-brise, le spectacle auquel j'avais assisté relevait de mon cerveau enfiévré, si ces images avaient pu sourdre d'une machinerie greffée à ma nuque et dont le foyer projetait une hallucination, ou si la réalité n'était devenue intelligible et présente que sous cette forme du désir, et, disais-je à Laura, une dernière fois je vis, immense, son visage, il était si près du mien que j'en eus presque peur, son contour outrepassait les limites de ma vision et cependant si proche il restait d'une tuante netteté, j'en voyais le grain poudré de la peau, le frémissement lumineux de sa carnation et la luisance pâle de sa bouche creusant la commissure d'un sourire faible, de patience et de connaissance, toute la réflexion d'un visage perdu en lui-même et miroir du mien, dont le regard ne m'était pas adressé directement mais plongeait au plus profond de moi jusqu'à la douleur, ses paupières lourdes dont le lobe gonflait l'arche de chair couvant ses yeux obliques perdus en deçà de nous-mêmes, de ce regard pathétique elle désignait la place où nous rêvons notre vie, elle vous ressemblait, Laura, et je l'aimais.

Nous avions bu un autre verre de vin de Sancerre, tandis que l'heure passait, chassant les clients du café pour d'autres arrivant à la sortie des cinémas, le brouhaha protégeant nos voix sourdes nous bougions à peine nos lèvres, sans peine nous y lisions l'une l'autre l'histoire qui balbutie et murmure, et Laura disait encore comment elle était revenue chez

Mme Dhal après quelque temps passé chez son oncle, où elle avait pu consulter le seul album de famille qui restât de ses parents, et surtout une photo d'elle et de sa sœur au fond d'un jardin, fronçant le nez au soleil comme font tous les enfants, riant au photographe amoureux qui arrête un instant leur jeu, ce livre dont elle me décrira un jour les images anonymes, mais alors le temps aura encore passé comme s'il ne passait pas, et recommence, sans cesse il recommence, ces photos, disait-elle, qui ne racontent rien de la vie des gens, seulement leur souvenir pour plus tard à ceux qui déchiffrent leur langage imaginaire, et elle me raconta encore comment la vieille institutrice étant tombée malade d'un refroidissement elle avait dû, pour un temps, disait-elle, être admise à la maison de retraite où l'attendaient ses voisins, où Laura l'avait retrouvée, entourée et dorlotée, calée dans ses coussins devant un feuilleton de la télévision où s'agitaient des pantins qu'elle n'écoutait ni ne regardait, les yeux perdus dans le jardin où les rosiers ravissants déployaient leurs brassées rouges au soleil de mai, et lui tenant avec ferveur les mains elle lui avait fait promettre de revenir pour achever leur classement des archives de l'école, car maintenant qu'elle avait trouvé une *personne de confiance* pour l'aider dans sa tâche, elle avait la certitude de toucher au but, de savoir où était, dans ce tout ce dépotoir de la mémoire, la petite fille disparue, chuchotait-elle en grand secret. Je reviendrai, promettait Laura, dans ce village de bord de mer, voir si le petit homme cassé cherche toujours sur la plage ce que ramènent les marées d'océan et qu'il attend sans le connaître, voir monter des nuages d'orage et s'écraser les vagues dont l'avertissement souvent est vain, et maintenant, disait-elle, au moins, nous qui nous connaissons déjà, nous savons qu'encore nous nous rencontrerons, où que nous mènent nos pas dans l'obscurité de notre histoire, pour nous dire l'une à l'autre s'il y a un mot de la fin. La dernière fois que j'ai vu Laura, c'était au mois de mars de cette année-là, elle était repartie tête nue sous l'averse dans son invraisemblable imperméable, elle s'était éloignée et perdue dans l'obscurité, mais à la place du trottoir où elle avait disparu j'avais vu une auréole, peut-être une tache de fuel qu'irisaient la pluie et la nuit, et je persiste à penser que ce temps n'est pas passé.

BABEL

Extrait du catalogue

586. ELIAS KHOURY
La Porte du soleil

587. ARTHUR MILLER
Mort d'un commis voyageur

588. HENRY BAUCHAU
Jour après jour. Journal (1983-1989)

589. WILLIAM SHAKESPEARE
Beaucoup de bruit pour rien

590. JEAN-PAUL GOUX
Mémoires de l'Enclave

591. PAUL AUSTER
Le Livre des illusions

592. REZVANI
L'Enigme

593. BARBARA GOWDY
Anges déchus

594. ZOÉ VALDÉS
Trafiquants de beauté

595. CATHERINE DE SAINT PHALLE
Après la nuit

596. JOSIANE BALASKO
Nuit d'ivresse / L'Ex-Femme de ma vie /
Un grand cri d'amour

597. PIERRETTE FLEUTIAUX
Histoire du gouffre et de la lunette

598. ANNE BRAGANCE
Casus belli

599. ARNO BERTINA
Le Dehors ou la Migration des truites

600. CLAUDE PUJADE-RENAUD
Au lecteur précoce

601. LAURENT SAGALOVITSCH
La Canne de Virginia

602. JULIEN BURGONDE
Icare et la flûte enchantée

603. DON DELILLO
Body Art

604. JOSÉ CARLOS SOMOZA
La Caverne des idées

605. HELLA S. HAASSE
Locataires et sous-locataires

606. HODA BARAKAT
Le Laboureur des eaux

607. INTERNATIONALE DE L'IMAGINAIRE N° 16
Politique culturelle internationale

608. TORGNY LINDGREN
Paula ou l'Eloge de la vérité

609. IMRE KERTÉSZ
Kaddish pour l'enfant qui ne naîtra pas

610. ALBERTO MANGUEL
Dans la forêt du miroir

611. NAGUIB MAHFOUZ
Les Fils de la médina

612. SALVAT ETCHART
Le monde tel qu'il est

613. LAURENT GAUDÉ
Cris

614. FLORA TRISTAN
Pérégrinations d'une paria

615. ANTON TCHEKHOV
Platonov

616. MADISON SMARTT BELL
Le Soulèvement des âmes

617. GUILLERMO ROSALES
Mon ange

618. VÉRONIQUE OLMI
Privée

619. CÉDRIC PRÉVOST
Sain et sauf

620. INTERNATIONALE DE L'IMAGINAIRE N° 17
Le Patrimoine culturel immatériel

621. JAVIER CERCAS
Les Soldats de Salamine

622. JAMAL MAHJOUB
Le Train des sables

623. AKIRA YOSHIMURA
Naufrages

624. DALTON TRUMBO
Johnny s'en va-t-en guerre

625. COLLECTIF
Israël autrement

626. CHI LI
Trouée dans les nuages

627. ZHANG XINXIN
Une folie d'orchidées

628. JEAN-MICHEL RIBES
Théâtre sans animaux
suivi de Sans m'en apercevoir

629. REBECCA SOLNIT
L'Art de marcher

630. PAUL AUSTER
Constat d'accident

631. ILAN DURAN COHEN
Mon cas personnel

632. THÉODORE MONOD
L'Hippopotame et le Philosophe

633. KHAYYÂM ET HÂFEZ
Quatrains / Ballades

634. RAINER MARIA RILKE
Elégies de Duino

635. FRIEDRICH HÖLDERLIN
La Mort d'Empédocle

636. V. KHOURY-GHATA
Le Moine, l'Ottoman et
la Femme du grand argentier

637. NANCY HUSTON
Nord perdu *suivi de* Douze France

638. MAJA LUNDGREN
Pompéi

639. ELIAS KHOURY
Le Petit Homme et la Guerre

640. COLLECTIF
Jérusalem

641. DENIS LACHAUD
Comme personne

642. JEAN CAVÉ
Une femme d'esprit

643. YOKO OGAWA
Parfum de glace

644. SONALLAH IBRAHIM
Charaf ou l'Honneur

645. TIM PARKS
Comment peut-on aimer Roger !

646. CLAUDE PUJADE-RENAUD
Le Jardin forteresse

647. HENRY BAUCHAU
Le Régiment noir

648. VÉRONIQUE OLMI
Numéro six

649. ANNE BRAGANCE
Les Soleils rajeunis

650. NANCY HUSTON
Une adoration

651. HELLA S. HAASSE
Des nouvelles de la maison bleue

652. STIG DAGERMAN
Automne allemand

653. SEBASTIAN HAFFNER
Histoire d'un Allemand

654. MILJENKO JERGOVIĆ
Le Jardinier de Sarajevo

655. INTERNATIONALE DE L'IMAGINAIRE N° 18
Islande de glace et de feu

656. RUSSELL BANKS
Survivants

657. PATRÍCIA MELO
Enfer

658. LIEVE JORIS
Danse du léopard

659. BALTASAR PORCEL
Méditerranée

660. MAJID RAHNEMA
Quand la misère chasse la pauvreté

661. KHALIL GIBRAN
Le Prophète

662. PAUL AUSTER et GÉRARD DE CORTANZE
La Solitude du labyrinthe

663. YOURI RYTKHÈOU
Unna

664. HUBERT NYSSEN
La Leçon d'apiculture

665. RUBEN GONZALEZ GALLEGO
Blanc sur noir

666. NINA BERBEROVA
Tchaïkovski

667. LAURENT GAUDÉ
La Mort du roi Tsongor

668. GUILLAUME LE TOUZE
Tu rêves encore

669. JOSÉ CARLOS SOMOZA
Clara et la pénombre

670. PAUL NIZON
Chien

671. VÉRONIQUE OLMI
Un si bel avenir

672. SYLVAIN ESTIBAL
Le Dernier Vol de Lancaster

673. BRIGITTE SMADJA
Des cœurs découpés

674. DON DELILLO
Cosmopolis

675. JEAN AMÉRY
Par-delà le crime et le châtiment

676. V. KHOURY-GHATA
Une maison au bord des larmes

677. VÉRONIQUE TADJO
L'Ombre d'Imana

678. NINA BERBEROVA
Le Cap des Tempêtes

679. JOHANNA SINISALO
Jamais avant le coucher du soleil

680. YOKO OGAWA
Le Musée du silence

681. ALFRED DÖBLIN
L'Empoisonnement

682. ALBERTO MANGUEL
Stevenson sous les palmiers

683. ALBERTO MANGUEL
Chez Borges

684. HENRY BAUCHAU
La Grande Muraille

685. JEAN-PAUL GOUX
La Commémoration

686. SIRI HUSTVEDT
Tout ce que j'aimais

687. NIKOLAJ FROBENIUS
Le Pornographe timide

688. FRANÇOISE MORVAN
Le Monde comme si

689. CHI LI
Triste vie

690. FRÉDÉRIC JACQUES TEMPLE
L'Enclos

691. INTERNATIONALE DE L'IMAGINAIRE N° 19
L'Europe de la culture

692. NAOMI KLEIN
Journal d'une combattante

693. GEORGE SAND
Nanon

694. FIONA CAPP
Surfer la nuit

695. CHRISTIAN GOUDINEAU
Le Voyage de Marcus

696. NORMAND CHAURETTE
Scènes d'enfants

697. VÉRONIQUE OVALDÉ
Les hommes en général
me plaisent beaucoup

698. OLIVIER PY
Paradis de tristesse

699. CLAUDE PUJADE-RENAUD
Les Enfants des autres

700. FRANÇOISE LEFÈVRE
Le Petit Prince cannibale

701. PASCAL MORIN
L'Eau du bain

702. ORNELA VORPSI
Le Pays où l'on ne meurt jamais

703. ETGAR KERET
Crise d'asthme

704. YOKO OGAWA
Une parfaite chambre de malade

705. HUBERT NYSSEN
Lira bien qui lira le dernier

706. INTERNATIONALE DE L'IMAGINAIRE N° 20
Cultures du monde

707. IMRE KERTÉSZ
Liquidation

708. SONALLAH IBRAHIM
Warda

709. SEAMUS DEANE
A lire la nuit

710. DIDIER-GEORGES GABILY
L'Au-Delà

711. VLADIMIR POZNER
Le Mors aux dents

712. AKI SHIMAZAKI
Tsubaki

713. LISE TREMBLAY
La Héronnière

714. ALICE FERNEY
Dans la guerre

715. NANCY HUSTON
Professeurs de désespoir

716. SELMA LAGERLÖF
Des trolls et des hommes

717. GEORGE SAND
L'Homme de neige

718. JEAN MARCHIONI
Place à monsieur Larrey

719. ANTON TCHEKHOV
Pièces en un acte

720. PAUL AUSTER
La Nuit de l'oracle

721. PERCIVAL EVERETT
Effacement

722. CARINE FERNANDEZ
La Servante abyssine

723. ARNAULD PONTIER
La Fête impériale

724. INGEBORG BACHMANN
Trois sentiers vers le lac

725. CLAUDIE GALLAY
Seule Venise

726. METIN ARDITI
Victoria-Hall

727. HENRY BAUCHAU
L'Enfant bleu

728. JEAN-LUC OUTERS
La Compagnie des eaux

729. JAMAL MAHJOUB
La Navigation du faiseur de pluie

730. ANNE BRAGANCE
Une valse noire

731. LYONEL TROUILLOT
Bicentenaire

732. INTERNATIONALE DE L'IMAGINAIRE N° 21
Cette langue qu'on appelle le français

733. ALAIN LORNE
Le Petit Gaulliste

734. LAURENT GAUDÉ
Le Soleil des Scorta

735. JEAN-MICHEL RIBES
Musée haut, musée bas

736. JEAN-MICHEL RIBES
Multilogues *suivi de* Dieu le veut

737. FRANÇOIS DEVENNE
Trois rêves au mont Mérou

738. MURIEL CERF
Le Verrou

739. NINA BERBEROVA
Les Derniers et les Premiers

740. ANNA ENQUIST
Les Porteurs de glace

COÉDITION ACTES SUD – LEMÉAC

Ouvrage réalisé
par l'Atelier graphique Actes Sud.
Achevé d'imprimer
en mars 2007
par Bussière
à Saint-Amand-Montrond (Cher)
sur papier fabriqué à partir de bois provenant
de forêts gérées durablement (www.fsc.org)
pour le compte
d'ACTES SUD
Le Méjan
Place Nina-Berberova
13200 Arles.

Dépôt légal
1re édition : avril 2006
N° impr. 071127/1
(Imprimé en France)